昆仑山上一棵草

红柯 著

西安出版社

图书在版编目（CIP）数据

昆仑山上一棵草 / 红柯著. -- 西安：西安出版社，2018.1（2021.4重印）

ISBN 978-7-5541-2815-2

Ⅰ.①昆… Ⅱ.①红… Ⅲ.①短篇小说—小说集—中国—当代 Ⅳ.①I247.7

中国版本图书馆CIP数据核字(2017)第316450号

昆 仑 山 上 一 棵 草
KUNLUN SHAN SHANG YI KE CAO

著　　者：红　柯
策划编辑：范婷婷
责任编辑：张增兰　原煜媛
责任校对：张爱林　陈　辉　张忝甜　王玉民
设计排版：李南江　纸尚图文设计
出版发行：西安出版社
地　　址：西安曲江新区雁南五路1868号影视演艺大厦11层
印　　刷：永清县晔盛亚胶印有限公司
开　　本：720mm×1020mm　1/16
印　　张：14.25
字　　数：264千
版　　次：2018年1月第1版
印　　次：2021年4月第2次印刷
书　　号：ISBN 978-7-5541-2815-2
定　　价：42.00元

△ 读者购书、书店添货或发现印装质量问题，请与本公司营销部联系、调换。
电话：(029) 68206213　68206222（传真）

目录

001 / 打羔

018 / 鸟

030 / 蝴蝶

037 / 乔尔玛

054 / 雪崩

062 / 石头鱼

070 / 霍尔果斯

079 / 表

092 / 扯面

106 / 早餐

114 / 中午两点

125 / 苏鲁萨依

138 / 廖天地

146 / 月亮的白裙子

156 / 树叶上的地图

167 / 骑着毛驴上天堂

177 / 星星铁

197 / 无边无际的秋天

206 / 昆仑山上一棵草

附录

打　羔

整个夏天，母羊身上带着布兜，公羊一点办法都没有。他们也很少挤奶，母羊保持着锐气。牧草越拧越紧，大地显出金属般的坚硬和光泽。羊群在大地上游荡，它们在夏牧场长的是水膘，在金秋季节要长一层厚厚的油膘。发情期一次次推迟。丈夫还要磨炼一下他的牲畜。丈夫给她讲山里那片草地。丈夫已经去那里割过草了，过冬的牧草全是从那黄金谷地割来的。

"我生孩子你都没有这么照顾过我。"

话是这么说，她心里还是很高兴的。她给丈夫准备进山的东西，忙了好几天。

那天清晨，她睡得正香，丈夫赶着羊群走了。走了很久，她突然从梦中跳起来，扑到窗户上，窗户嘭一声炸开，她半个身子伸到窗外，跟太阳打个照面。太阳刚出来，还嫩着呢，能感觉到太阳脸上的湿气。那条灰白的大路被原野吞下去了。在原野消失的地方，是那座跟苍穹连在一起的山——天山，丈夫要找的好草就在天山里边。

她从窗户上下来，给孩子们做饭。两个孩子吃过饭去上学。她叮咛他们放学早早回家，不许玩。牧场的孩子一路回家一路玩，常常跑到野地里找也找不到，大人急得发疯，他们跟蛐蛐一样突然从石头缝里蹦出来。她受到这种惊吓可不是一两回了。看两个巴郎子比看一群马还费劲。哥哥和弟弟答应着："我们早点回来。""我们听妈妈的话。"他们撒开蹄子跑，爸爸不在家的日子对他们来说简直是过节。

中午饭是邻居的女孩捎到学校去的，哥俩压根儿就没回来。下午快放学时她赶到学校，教室已经空了，几个学生在打扫卫生。天快黑了，她在几十里外的沙枣树上找到哥俩。那里有一大群孩子，跟鸟儿一样悬在树顶，沙枣林前边是大沙漠，孩子们在看野骆驼。她撕着哥俩的耳朵往回走。小家伙吭哧吭哧就是不讨饶。走到半道她自己心疼了，她不能把儿子的耳朵跟揪树叶一样揪下来啊。

"野骆驼吃小孩你们知道不知道？"

"野骆驼吃草吃树叶子。"

孩子已经不好蒙了，她就改变口气："野骆驼吃小孩鸡鸡，小孩的鸡鸡跟树叶子一样嫩呀。"

孩子站在路边，不要她看，她转过身去，孩子们仔细检查他们的鸡鸡，肥嘟嘟的，嫩嫩的。

"比沙枣叶子还嫩呢。"

"骆驼刺有刺，咱们没刺。"

两个小家伙慌里慌张系好裤子，妈妈摸他们的脑袋，一手摸一个像摸大西瓜。

"不用怕，有妈妈在。"

两个孩子使劲挤她，她的头就高高仰起来，脖子显得很长，跟天鹅一样。晚霞像红沙丽裹在高高的白杨树上，快要裹在她的头上了。两个小家伙叫起来："妈妈！妈妈！"她的头比白杨树还高，还要傲慢，她的脸庞擦着燃烧的晚霞轻轻走过去。"妈妈你真牛哇！"她紧紧搂着孩子，穿过林带走回家。

牲畜饿坏了，用脑袋撞门，它们叫唤够了，绝望了，就这样干。她到房顶上去扔干草，草捆咚咚落到院子里，牲畜就不闹了，牲畜的眼睛亮起来。

孩子也饿坏了，可他们感觉不到饿，兄弟俩嘻嘻哈哈给牲畜撒干草。干草跟小旗子一样哗啦啦响。她忙着做饭。她再忙也要看一下孩子。孩子在牲畜明亮的眼睛里跟小神仙一样。孩子逗它们玩呢，芳香的旗子在牲畜跟前晃来晃去，惹得它们发急，嗷——一声长嚎，才能得到一面香喷喷的旗子，刷啦刷啦咽下去，大鼻孔喷出一股粗壮的热气，小家伙的脸被烘得又红又热，老远能听见牲畜的长嚎和撞门声。

有人在外边看。大家以为他们家给牲畜配种，阴阳交火才这么闹。看热闹的有男人有女人。女人看了热闹还要说闲话："男人没在家，小孩子才这样。"土墙很矮，能看见大人半拉身子。她不想打扰孩子们的乐趣。饭在锅里温着。她靠着门框看孩子们闹，她也想闹一闹；她可不能这么干，村里人会骂死她的。她可以放纵一下孩子。这么闹腾的结果，牲畜吃得特别多，吃不下去了，还瞪着眼睛。

"妈妈，它们还瞪着眼睛。"

"你们没吃饭，它们不放心呀。"

孩子的肚皮跟鼓一样响起来，孩子们吓坏了，妈妈告诉他们："那是青蛙。"

"是牛，是一头牛。"

"是青蛙，咯——咯——咯——"

孩子们笑了，他们相信是青蛙，妈妈嘴里有这么一只青蛙，他们肚子里更多。他们嘻嘻哈哈洗手洗脸，奔到饭桌前。妈妈说："喝汤，先喝汤。"

他们埋头喝汤，碗在手里咕噜噜响。

外边人很吃惊："他们家孩子不吃饼先喝汤。"

孩子们就嚷嚷："我们有汤，进来喝呀，我妈妈给你舀一碗。"

外边的人走开了。

孩子们开始吃饼子。油炸肉饼，黄黄的，刚升上来的月亮就这么黄，孩子们嘿咬一口，摇一下头："咱们咬'月亮'。"手里的黄"月亮"缺口越来越大。天上的月亮升到树梢上。

"妈妈，饼里面有肉吗？"

"里边是羊肉。"

"它给谁吃呀？"

"给天底下的好孩子。"

"我们是好孩子吗？"

"好孩子吃好喝好该干什么？"

两个小家伙奔到房子里，电灯哗亮了，书包文具盒响几下就安静了。他们就像草地上的两只兔子，在嚓嚓吃草。她坐在电视机底下看她心爱的"兔子"在草地上蹦跳。

他们家电视机礼拜天才打开。金丝绒机罩就像拴在母羊身上的布兜一样，电视保持着锐气，直到礼拜天，孩子们一下子进入《动物世界》。村里人的电视每天都开，她告诉孩子们："等到礼拜天，他们的电视就没劲了，跑不动了。"

"他们的《动物世界》不好看，斑马跑不快，狮子也不威风。"

孩子去同学家看电视，发现了这个秘密。不能老让斑马跑啊跑啊，不能老让狮子抖啊抖啊，应该让它们休息休息。

"它们跑累了，眼睛里没神。"

那家的大人咦叫起来，那是村里牌子最亮的电视，孩子完全是大人口气："不神气不威风牌子亮没用。"孩子知道大人要干什么，拉上弟弟掉头就走。大人攒足了劲要教训小孩几句，嘴巴刚咧一道缝就失去了进攻目标，嘴张啊张啊就张成一声呵欠，泪都打出来了。调几个台，不管是人还是动物，都没精神，连体育频道的球赛也是臭球不断。大人不看了，把遥控器交给孩子。看那臭节目，还不如骑上马到野地兜一圈。

大人到马棚子里去了。他牵出来的不是斑马是高大的巴里坤马,一身雪白,跟一朵云一样。

"什么鸡巴《动物世界》!"

他跃上山冈,忽然又冲下去。他既不是老虎也不是狮子,他是天山脚下的牧工,他自豪得不得了,就嗷嗷叫起来,叫着叫着就有了调子;他根本不知道这是什么调,反反复复就这么几句:

沙山子好地方呀,

天底下多么好的地方!

快马跑上三天三夜啊,

跑不到高高的沙梁……

在绿洲的尽头,一道道闪射金光。看一眼沙梁上的金光,人就没脾气,肚子就不胀了。

那个惹他生气的小孩还到家里来找他儿子玩,他呵呵笑着摁小家伙的脑袋,小家伙跟儿马一样跳开了。他嘴上的两撇黑胡子越翘越高,跟大鸟的翅膀一样。

他给电视做一个柜子。电视是头牲口,必须给这头牲口做一个结结实实的柜子,安上锁,跟关囚犯一样把它锁起来。不锁起来不行啊,孩子可以吼老婆不能吼,老婆就像机芯里的虫子。孩子上学的时候他才让老婆过过瘾。钥匙是不能给老婆的,再闹也不给。电视越来越神秘,越来越有吸引力,老婆不串门了,不打麻将了,眼睛里跳着一团火焰,围着电视柜转。老婆就这么给拴在柜子上了。丈夫省心多了。

孩子把这个消息告诉妈妈,妈妈笑笑不吭声,各人有各人的生活,妈妈不愿意给别人下结论。孩子不依不饶:"咱们的电视为啥不关起来?"

"咱们的电视是训练好的,他们的电视还没训练好,等训练好就会放出来。"

礼拜天,孩子们就跟唤牲口一样打着吐噜喷着鼻子,扒下金丝绒罩子,电视就像辽阔夜空下的一匹马,精神抖擞奔到孩子身边。根本感觉不到电流和遥控器,在孩子的世界里,这些小玩意儿是不存在的。随着周末的结束,那匹马消失在辽阔而神秘的世界里。孩子们给它盖上罩子,爬上床,钻进被窝。孩子保持着锐气,开始礼拜一的生活。

算算日子,丈夫该回来了。她在房顶取干草时,定神看一会儿遥远的天山,雪峰猛烈地闪一下，眼睛就湿了。手里的干草捆像着了火，呼啦啦飞出去，跟炮弹一样落在院子里，牲畜们吃惊地看着女主人，它们看主人时眼睛显得特别亮。

女主人咚咚咚从木梯上下来。

三匹马还有好几头牛跟着女主人来到野地里。大片的牧草被收割光了，还有一坨子一坨子没法收割的牧草，跟一簇簇耀眼的篝火一样。马很喜欢这些零散的草。空隙大，可以潇洒地奔跑，跟玩儿似的。两匹枣红马是给儿子的，它们是两岁的小马，儿子上中学时骑儿马。

那匹白马12岁，她从县城嫁到偏远的沙山子就是骑着这匹白马来的。娘家没人送她，一个县城的丫头跟牧场的人结婚，娘家很没面子。新郎带一帮朋友，个个高头大马，叮咣叮咣，马蹄铁快要把县城大街踩裂了。新郎把新娘抱上马背，白马轻轻跑起来。新郎的朋友黑压压跟在后边，她没想到那帮骑手里有蒙古人有哈萨克人，马头琴和冬不拉骤然间响起来，仿佛一股沙暴，席卷了小小的县城。骑在马背上才感到县城多么小。暴雨般的琴弦之后是沙哑高亢的歌声，几十个大嗓门跟几十门礼炮一样在热血汉子结实的脑腔里轰鸣：

沙山子，沙山子多么好的地方，

天底下这么好的地方！

沙山子，沙山子多么好的地方啊，

玫瑰插上了鹰的翅膀，

玫瑰插上了鹰的翅膀。

沙山子就是这么好的地方！

她成了沙山子的新娘，生下两个孩子，一个长到9岁，一个长到8岁。白马长到12岁。

12岁的白马刚开始还是一副老成持重的样子，很快就玩起来。它正当壮年，毛色已经变成青灰色，是一匹漂亮的青骢马，在她的意识里它一直是白马。那种纯白是永恒的。丈夫也乐意叫它白马。

她的身边是几头花牛，牛守着一坨子草，不像吃草像在编席子。她就坐在席子上边，牛奶头蹭她的背，热烘烘的像一团火在烤她。她的肩和背有点圆，她要站起来是很挺拔的，挺拔中透着丰满。牧工的妻子就该这样。结实的乳房奶大孩子，孩子开始喝牛奶，乳房还那么结实，直直地挺在丰满的胸口跟一对刺刀似的光焰逼人。不要说丈夫，整个沙山子的土地包括吓人的一道道沙梁都笼罩在这巨大的光焰里。她轻轻笑起来,这一坨子草算什么篝火,一个结实丰满的女人才是真正的大火。她坐在大地上,坐在太阳底下。沙山子就是这么好的一个地方。沙山子是好地方啊。

她赶牲畜回家。

她挤牛奶,把奶煮开,在木桶里搅啊搅,搅出一身汗。出汗舒服啊。天凉了,她不怕天凉。她用温水擦洗一下,换上干衬衣。衬衣有干草的香味。衬衣是在干草上晾干的,把洗衣粉的气味都遮住了。干爽芳香,跟草一样在她的皮肤上窸窸窣窣。

她进厨房,她有一种异样的感觉:厨房门开的时候她的乳房猛地一颤,她的胸腔好像开了,她没喊出声,她的眼睛和嘴张得很大。这种感觉太奇妙了,乳房厨房,太奇妙了。火烧起来,锅吱喽吱喽响,乳房一跳一跳,跟一对鼓槌儿一样,不是菜刀不是铲子勺子,是她的乳房在乒乓敲打厨房。她看见高高的干草垛,跟山一样顶着弯弯的苍穹,她的胸口快要贴上蓝天了,她的身体在想念丈夫。丈夫把他那副好身坯带到山里去了。

孩子们吃过饭呼啦冲出大门,像一群麻雀。她低着头干活儿,手上活儿很多。羊粪是晒好的,晒了整整一年,都干透了,干成了青绿色跟猫眼宝石一样。她把青绿色的干羊粪又晒一遍,让它们吸足阳光。母羊下羔就靠这个羊粪,铺厚厚一层,就是大地上最温暖最结实的床了。她都想在上面躺一躺。生养对人畜都一样的神圣。她抓一把干羊粪,结实饱满。她把它们撒出去,她手里还是那种结实饱满的感觉。

整个房子整个沙山子都是这么饱满结实。

沙暴从北边的沙梁上过来了,跟一道黑墙一样把天和地砌在一起。太阳就像供电不足的灯,发红发暗。大人们心里紧张脸上没动静,他们知道沙暴的厉害。他们从容不迫把牲畜赶回家,把孩子拨拉到老人身边。孩子跟小兽一样在老人怀里发抖。远方传来可怕的嗥叫,那是大地在叫。

她在地上蹲一会儿,才敢走出家门。她往学校赶,半路碰到孩子,两个孩子跟鸟儿归巢一样撞进她的怀里。母子抱成一团。有个男人喊她名字,她才想起回家。她拥着孩子走得很慢。回到家,孩子才敢睁眼睛。

牛在圈里哞哞叫。

孩子也叫:"听不见马叫,马死了。"

她跳起来。马在野地吃草呢。这几天马都在野地里，晚上她才去招呼它们回家。

她一下子镇定下来，打开柜子，穿上马靴和大衣；风镜是丈夫的，宽皮带也是丈夫的。孩子们嘿叫起来：

"妈妈你是外星人。"

"妈妈你去哪里？"

"去火星。"

"火星，哈，去火星。"

孩子们反而不害怕了。她拍大儿子的肩膀："你爸不在家，你就是家里的男子汉，你要照看好弟弟。"

那是中午12点，外边一片漆黑，太阳断电了，房子很快也要断电。她点上蜡烛，所有的房子都点上蜡烛。她提上马灯走进一片黑暗。大儿子奔出来，塞给她一个手电筒，儿子大喊："妈妈小心！"就奔进院子关上大门。

天越来越黑，沙暴带来的黑暗密不透风，她像在地底下行走，灯光只照出她的脚面。折腾半天根本就没出村子，她老是撞到墙上。她听见暴雨般的唰唰声，沙暴在穿越林带。林带跟筛子一样滤掉那些大石头。碎石和沙土谁也挡不住。她要在飞沙走石到来之前找到马。她在这里生活了10年，她的脚走熟了这里的大地，她就把自己交给脚，脚走哪儿是哪儿。她就这样走出村子，走到野地里。

她耳朵贴在地上，马蹄声跟沙暴声是不一样的，马蹄有很长很丰沛的嗡声。她朝那嗡声奔过去，差点跟马撞在一起。要是一匹陌生的马她可就没命了。马熟悉她的气味，马鬃在她脸上扫一下，就停在她身边，她抓着马鬃爬上去，她贴着马背，她的嘴巴跟马耳朵接在一起，跟话筒一样，她的声音很大，她大喊马马马。马听懂了她的意思，马在疾风里扬起前蹄又落下来，马灯哗啦一声碎在地上，她赶紧摸出手电。手电筒可以照出四五米远。马在原野和黑暗中奔窜，沙子跟子弹一样射在身上，越来越紧。

在一面斜坡上，碰到另一匹枣红马，两匹马一起奔跑。

在野地里，她就被风卷下马背，马随即也倒了。她抓紧马缰，马脖子贴着她的脸，马脖子跟她的脸一样滚烫，太阳血红的光芒突然从黑暗的缝隙里闪射出来，她和马一跃而起。马脖子一片红，马被飞石击破了。更狂暴的沙石马上就到，她翻身上马。天唰又黑了，太阳彻底灭了，灭死了。

她和两岁的小马奔上斜坡。这回手电筒也碎了，马眼睛闪射出神奇的光芒，直射村庄，直扑她的家。飞沙走石轰隆隆紧追不放，儿子拉开大门，枣红马嗖地窜进去。儿子关大门时沙暴赶到了，轰一声巨响，儿子被弹到墙上，一股沙石冲进院子。幸亏儿子机灵，打个滚躲开了。她奔到门后，用肩膀顶住门板只能顶到一半，两个儿子跑过来帮她。母子三人顶不过沙暴，沙石快要堆满院子了，有一团沙石破窗而入，到了床上。两匹儿马奔过来，扬起铁蹄踏在门板上，门板哐一声跟门框合在一起。他们插上门栓，顶上杠子。门板有一拃厚，外边包着铁皮，沙子嘣嘣响跟子弹一样，咚咚声是石块。

孩子们问白马的下落，其实她心里更着急，她不能让孩子们看出来，她说："白马不会有事。"

"沙暴跟大炮一样怎么可能呢？"

"白马在林带里待着。"

她给孩子撒谎她脸上烧乎乎的。老天爷保佑大白马不要出事。

大白马死在林带边上。离林带几十米的地方，一个旱獭窝打断了它的前蹄，紧接着是石块，击开脑门，血浆染红的地方开始发黑。

孩子们哭："大白马你在林带里待着你跑出来干什么呀，你应该听妈妈的话。"

她告诉孩子们："大白马救了你们的爸爸，救了咱们的羊。"孩子们瞪大眼睛不明白她的话，连她也奇怪自己说这样的话。

她越来越相信这突如其来的莫名其妙的话，这场沙暴是冲她家来的，要夺走她一样东西。简直没一点道理。生活有道理吗？生活也一样。丈夫和白马总得失掉一个。她这样对孩子们说：

"妈妈做姑娘的时候骑着大白马来找你们的爸爸。"

"你就做了我们的妈妈。"

"对呀，大白马把妈妈丢在沙山子了。"

孩子们叫起来："大白马上天喽，把妈妈留给我们喽。"

沙暴带来的尘土打扫了两天才打扫完。

第三天早晨，丈夫和他的羊群出现在村巷里。宁静的村庄一片流水般的咩咩声。丈夫醉酒似的在马背上摇晃，快要栽下来了。他和他的羊群闪烁着黄金草原最后的辉煌。金光射进院子，母子三个从梦中跳起来。

"爸爸，我们的爸爸。"

"羊，我们的羊。"

两个孩子衣服没穿奔到院子里。

她拉被子捂住半裸的身子，羊群已经涌进来了，她竟然这么傻坐着。丈夫牵着马出现在门口，丈夫和马望着她笑，咧着大嘴笑，马兴奋得喷鼻子，马用鼻子笑。他们从窗户里看床上这个傻女人。

她猛地一抖跳下床她就不傻了。她手脚麻利，扒拉几下把自己收拾利索，她只在镜子里瞥一眼就信心陡增。满院子都是羊，羊还带着山里的野气不肯进圈，在院子里挤来挤去，她走不到丈夫跟前，丈夫说："快把公羊母羊分开。"她就不好意思到丈夫跟前去了。

孩子们拉开羊圈的门。丈夫扳着公羊的脑袋一个一个把它们搬到圈里。她扳母羊，母羊没有公羊那么倔，可母羊静得可怕，原地不动，焊在地上似的。丈夫过来帮她，才把母羊搬到圈里。羊在圈里大合唱。孩子们跟着叫，根本就听不见孩子的声音，他们仰着小脑袋龇牙咧嘴尖叫也不顶用，小脸涨得通红。他们拉上爸爸到房子里，关上门，才能勉勉强强让声音传到爸爸耳朵里："不要让它们叫了。"

"你们要干什么？"

"我们也要叫。"

"到学校去叫。"

孩子吃完饭去上学。他们在门外大叫，路边的人都看他们。

丈夫半躺在床上一口一口抽烟。她在牲口棚里忙活半天，过来问丈夫："它们在山里闹吗？"

"闹，咋能不闹。"

"那你太辛苦了。"

"要打羔了，它们个个跟地雷一样。"

她在柜子里取丈夫的换洗衣服，屁股就高高撅起来，她感到一只手伸到那圆浑浑烫乎乎的屁股上，她愣在那里，摸着丈夫的衣裤。她紧张兴奋。她转过身。丈夫拿着一棵烟，没拿她的屁股。幻觉比实物强烈迅猛，她一下子坐到丈夫身边。那股浓烈的汗腥和野草味一下子把她击晕了，她使劲闻丈夫身上的气味。丈夫刚才就这样闻孩子，等那甜丝丝的气息渗到骨头缝里，再仔细地看孩子，捧着孩子的脑袋长长地看啊。丈夫也这样看她，那种意思很强烈。她强忍着，再强烈也不能让丈夫空着肚子啊。她猛地从丈夫身上跳开，丈夫吓一跳。

"我去做饭。"

丈夫啃了好多天干馕,皮袋子里还剩下两个,还有杏干和梨。丈夫有一副好肠胃。可她还是心疼丈夫的肠胃,那些肠胃是她的,丈夫身上所有的东西都是她的。她手脚麻利,做满一锅揪片子、羊肉辣子皮芽子还有洋柿子,它们混合在一起,整个沙山子都是这种味儿。丈夫吃得满头大汗,吃下去两大盆,湿漉漉的,不停地擦汗,嘴里痛快地啊啊着,吼隆隆喝着,汤汤水水太有吸引力了。丈夫站起来,松一下裤带,点一根烟。

"再来一盆。"

一根红雪莲盛开之后,引起更大的食欲。

她赶快烧水。

她往洗澡盆里倒两大桶开水,加一小桶凉水。丈夫就进来了,脏衣服一件一件落到凳子上。丈夫的皮肤是那种松木一样的暗红色,刚出一身汗,红松木一样的皮肤就成了一团火,像渗着血的马肉。死在沙暴里的大白马就渗这样的热血,村里人分吃马肉时,马还是滚烫的,简直就是一匹活马。丈夫果然问到那匹马。

"怎么没见白马?"

"沙暴把它带走了。"

"沙暴带走白马,这是怎么回事?"

"它已经12岁了,该走了。"

"你是它驮来的呀。"

"它吃了秋天最好的草,它没有一点遗憾。"

"你太了不起了,我都不敢认你了。"

"快洗吧,水要凉了。"

"我要给你一匹更好的马,一匹两岁的儿马。"

"那是孩子骑的。"

"好马都是从两岁开始的,两岁的马多美呀。"

她已经出来了,丈夫还在里边说梦话。她喜欢听丈夫说这种颠三倒四的话。她在门外站一会儿,端着一盆脏衣服,再这么站下去,她会晕倒。

丈夫一边擦身子一边叨叨,嗞啦嗞啦像用铁片在刮。"12岁的大白马,12岁啦;12岁的大白马,12岁啦。"丈夫反复念叨这句话,接着是哗啦啦的冲水声。

水不知什么时候冲到她手上,她坐在院子里哗啦哗啦搓衣服。阳光在手上跳跃，凉飕飕的；阳光从凉水里渗出来，丈夫的气味飘满整个院子。丈夫的衣服一件一件晾在铁丝上，在风中叭叭响，扇她的脸扇她的光胳膊，扇到太阳脸上，太阳很兴奋，满脸通红，火烧火燎的红，就像铁砧上被锤击的红铁块，她听到铿锵嘹亮的叮咣声。她到房子里收拾澡堂和地板，耳畔还是嘹亮的叮咣声。她把黑乎乎的脏水倒在林带里，黑水跟铁器一样叮咣叮咣敲打土地敲打树根，整棵树很悲壮地响起来。连水桶也在响，小板凳也在响，芨芨草扎的小扫把也是这种嘹亮的声音。会不会是幻觉？她反复问自己。她轻手轻脚，高度警觉，许多汹涌而激烈的感觉狂风般掠过辽阔的大脑。她轻轻飘飘地走着，走到丈夫身边。丈夫很雄壮地呼噜着，从喉咙到胸腔有数不尽的大石头在滚动。所有的声音都是从这儿发出来的。他大展肢体仰躺在床上，拉舍尔毛毯像飞毯，四个角在突突跳，那双大脚板伸到床外。她把脚扳回去。这么大一个丈夫一条毛毯是不够的。她又加一条毛毯。她的手无意中碰到丈夫的生命，那是丈夫的开关，再碰一下会爆炸。丈夫的胸高高挺起来，呼噜声惊天动地。她提心吊胆，慢慢退出房子，到羊圈去看那些羊。

　　她蹲在羊圈里，羊就到了她怀里。每一只公羊身上都积蓄着可怕的力量。从夏天到秋末，又到天堂般的高山牧场去吃最后的鲜草。多了不起呀，山上下来的好汉！她悄悄告诉公羊：你是了不起的好汉，天山顶上下来的好汉子啊！她的鼻子碰着羊鼻子，羊就安静下来，沉沉的身体在她手里安静下来，腹腔一股气喷到她脸上，温馨而甜蜜。只有羊才有这么好的呼吸。那是头羊。头羊在她怀里是大海汹涌的波浪，浪头从她胸口滚过去了，她拥抱了每一只公羊，贴着每一只羊的耳根如同轻风般絮语："了不起的好汉，天山上下来的好汉啊。"风在牧草里就是这种轻柔的声音。一只公羊衔住她的头发，她的头发很结实，她血气很旺就长这么一头好头发，比牧草的根还要结实，她顺着羊的性子，她不反抗，她的脖子伸得很长跟天鹅一样。羊只拔下几根长发，羊吃惊地看着她，羊忘了吃这些好头发，头发跟胡子一样长在羊嘴巴上，羊就像看一片草原一样看它的女主人，蹲在眼前的芳香无比的女主人就是一片花的草原。这么好的草原，吃上一棵草就行了。那草成了羊永恒的记忆，留在嘴巴上。女主人出去了，它们以为自己走出草原，它们彼此打量，发现对方都长着几根漂亮的羊胡子。草原上最好的草从它们身上长出来了。它们是公羊，它们身上很容易涌起一股温暖而强大的力量。这种力量催着它们长啊长啊，积蓄在生命深处的辽阔草原一下子就复活了。它们不再朝门口拥挤，它们沉浸在雄壮的宁静里，这种宁静使它们的眼睛变得深不可测。

她去看那些母羊，母羊身上都带着布兜。她摸着布兜她就说不出话了。用什么话来赞美一只母羊呢？在布兜后边，是漫长的夏天和辉煌的秋天，沙山子任何一个地方都是寂静而辽阔的大海。

　　那是沙山子留给她最早的记忆。

　　那个瘦高的沙山子牧工赶着马群到县城后，就成了空身一人。马群是公家的，离开马群他就难受。他在馆子里喝了很多酒，醉倒街头，整整一个礼拜。走到街口他就发抖。沙山子是块辽阔的土地啊，牧草跟金子一样，枸杞子跟红宝石一样。一个灰暗的人是回不到故乡的。他把自己武装起来，他要干一件大事。他也不知道他要干什么事，反正他得干一件事。他看见一辆铃木五十，摩托手把自己捂在头盔里模糊不清，铃木五十后座上的丫头却有很好的颜色。好颜色的丫头在醉汉眼里跟一幅油画一样。沙山子就是一幅壮美的油画，沙梁、牧场、田野上的红枸杞和遥遥相望的天山雪峰，在同一地方反复出现。他有足够的勇气走过去告诉那个丫头，跟我到沙山子去吧，那地方啊就是你脸上这颜色。丫头万分惊讶喊不出声，自己的手把自己的嘴堵上了，自己的心灵被自己眼睛里的梦幻吓傻了。应该有这么一个男人，肤色黝红、灼热烫人、猛然出现在你面前让你发晕。这次注定要晕倒。丫头咬着自己的手，快要倒下去时，陌生人托住她，她的耳畔反复出现沙山子，沙山子，多么奇怪的地方啊。未婚夫带她来领结婚证，小伙子半途要找一个熟人，谁也不知道他会有这种怪想法。他在县城有很好的工作，有好工作的年轻人就会有好人缘，就会有好颜色的丫头做老婆，就会骑上铃木五十驮着这个丫头去领红本本，也理所当然要在半路停那么一会儿，就那么一会儿，丫头晕晕乎乎跟一个陌生人走了。

　　他们走到街口，陌生人不知道下一步该怎么办？他可以告诉人家一千遍一万遍沙山子，他不能领着丫头一步一步走到沙山子。100多公里路呢，他几乎在说梦话，他告诉丫头："很快会出现奇迹。"他一连说两遍，第三遍只是个念头，快要从脑子里消失的时候，牧场的大卡车停在他们跟前，司机大骂："你死了吗，啊？一个礼拜不见人影，还以为沙暴把你卷走了，牧场的人全到沙梁上找你去了，老鼠都在找你呢。"他给司机嘴里塞一根烟，点上，司机就不吭气了。

　　"我又没闲着。"

　　他钻进驾驶室，把丫头也拉上来。

　　车子刚走，摩托手嘟——就转到这里。摩托手拎着大头盔，两眼冒火。铃木五十跑遍了县城的大街小巷，跑到郊外公路上，绕着小城兜圈子，它好像有点怕那辽阔的野地，野地里有一条细长的公路，越远越细，细到远方就断了。摩托车是不会到那里去的，尽管摩托手把铃木五十开得像愤怒的坦克。

故事越来越简单。沙山子牧场最好的两个骑手在沙暴到来之前，骑上大马去找他们的朋友，被沙暴卷到沙梁那边去了。此刻，他们的朋友醉倒在县城的街道上，眼睛充满梦幻。他们朋友一场，他们同时也看到蓝色的梦幻。人们找到他们的尸体，吹净沙子后就看到了眼瞳里的蓝色梦幻。

丫头也看到了。丫头从那蓝色的梦幻般的眼瞳里看到一个火红的影子，跟死者告别的人都没有留住那蓝色的梦幻，就她留下了。她的影子在死者的眼瞳里晃动，就像一个活人在看她。

死亡在沙山子是不存在的。

丈夫每次去山里放牧都要用这句话安慰她。她相信这是一种真理。风暴和土地的真理。它们要你就得给。每年一场沙暴，总要带走一些牲畜和人。他们的眼瞳里有这种蓝色的梦幻。眼瞳里为什么有这么蓝的梦幻？丈夫告诉她：那是苍穹，苍穹落到牧人眼睛里，苍穹就活了。沙山子没有死亡。丈夫说这话时，她就静静地看着丈夫，她的眼睫毛又长又密，一股汹涌的波涛奔腾着，她不让它们发出声音，它们静悄悄地奔腾着，那一刻她跟冰一样凉飕飕的。这种冰凉总是激起男人的雄心。丈夫热辣辣地走了。沙山子没有死亡。丈夫总能把牲畜赶到安全的地方。真有一天，沙暴把他带走，她也不会相信这种死亡。

死亡是短暂的幻觉。

她把她人生最大的决定告诉父母时，她也告诉他们：这是她梦寐以求的，这不是幻觉。一个23岁果断干练的女子可以有许多不切实际的想法，但对自己的婚姻绝不含糊。那个摩托手，与她相恋5年的小伙子，听她把话说到这份儿上，就不再大吵大闹，骑上摩托，扣上头盔，嘟——吹哨子似的走了。在她的记忆里，摩托手永远是那个大头盔，多么优秀的男人在大头盔里也会模糊不清的。

大卡车开进沙山子，他跳下车，丫头也跳下去。他们徒步走向牧场。那是沙山子给她的最初印象，也是永恒不变的印象；深秋季节的沙山子辉煌而汹涌，土地跟波浪一样一起一伏，把他们涌到很远的地方。梦幻接近尾声的时候，她应该问一问这个胆大妄为的家伙："你究竟想干什么？""你随便，你想干什么就干什么。"

"我放了5年马，我的马一个不剩全没了，我连家都不想回了，我不知道我该干什么。"

"牧场的人不是放马就是放羊，你想上天呀。"

"你要放过一大群马就知道马是怎么回事。"

"你就这么回事么，你还能有什么事。"

"你放过一大群马，马没了你也就没了。"

"你就抓住我不放。"

"我没抓你，我要感谢你，你把我领回来了，沙山子啊我回来了。"

"这人是个疯子。"

她决定把他送到家就回去。

那是什么家？那是个牲口圈。他住其中一间。那么破烂的地方，究竟是什么力量把她吸引住了？她跟着他忙活了好几天，把这里清理得干干净净。他买来10只羊，5只公羊5只母羊，是从朋友那里买的。朋友要用这些羊产羔呢，它们从夏天就受到特别保护，没挤过一次奶。只有贴心的朋友才肯卖给他这么好的羊。这些羊意味着家业的兴旺。公羊个个像新郎，母羊呢，就是新娘子。他教她解母羊身上的布兜，她很好奇地蹲在母羊跟前，他给她做示范，她是第一次见识将要受孕的母羊，她受不了那种腥臊味，她不停地咳嗽。

"该你啦。"

"我不干！"

"你总不能歧视你的同胞吧。"

她惊讶得要爆炸！扬手给他一个嘴巴，他嘴巴就红了，他擦一下，下巴也红了。他自己解，一口气解开4只羊，他把最后一只母羊牵过来。

"你总不能见死不救吧。"

她没想到她的手那么狠，她怀着一丁点歉意勉勉强强解开母羊身上的布兜。她竟然那么熟练那么利索，几乎是无师自通。他嘟嘟囔囔："这活儿是女人干的。"他受了委屈似的去赶公羊进来。她很快就明白见死不救是什么意思。母羊和公羊挤在一起，母羊嘴里发出濒临死亡时的呻吟。她吓死了，她抓住他的手："快去救救它们，它们要死了。"这个臭男人，安心地抽着一支红雪莲，她一把打掉红雪莲。

"快去救它们，去叫兽医！"

"兽医救不了它们。"

"谁能救快告诉我。"

"它们的丈夫，你快瞧呀，它们的丈夫又温柔又能干。"

母羊大声叫唤着喷出喜悦的泪水，把地都打湿了。

"它们没事了。"

"本来没事嘛，你自己吓自己。"

"这是怎么回事？"

"草原上最好的事，羊妈妈要生羊娃娃要干什么？"

县城的丫头跟傻瓜一样听到打羔还是糊里糊涂。他很有耐心地告诉她："待久了你就知道啦，打羔，嘿嘿，真他娘的有意思，人的爱情再伟大也比不上他娘的打羔，打架打仗就羊他娘的打着打着生娃娃。"

那个红本本，摩托手苦熬5年的红本本在她脑子里猛地一闪就不见了，神使鬼差一般到遥远的沙山子来目睹公羊母羊打羔。

他又开始讲神奇的故事，故事已经简单得不能再简单了，他告诉她：草原上的羊都是这么打出来的。那时，她初到草原，净问些傻问题："这么打下去母羊受得了吗？"

"那是源源不断如同长江大河。"

"就那么一只羊呀。"

"只要开个头，大群大群的羊羔就出来了。"

不管这话是真是假，草原上的羊跟天上的星星一样又亮又多。

她生第一个孩子时吓得要死，丈夫说："想想你那些同胞吧，它们多能生。"她一下子就安静了。她挺着大肚子到羊圈去，羊呼啦围上来，羊闻到了她身上的生命气息，羊咩咩地欢呼她的新生命，她就像一艘航空母舰漂浮在浩瀚的大洋上。她问丈夫："你看我像什么？"

"像只母骆驼。"

"母骆驼比不上我，我告诉你呀我是一只航空母舰。"

丈夫哟嚯坐起来，仔细看啊仔细地看。

"不错不错，确实是一只航空母舰。"

她很骄傲，可很有分寸；对丈夫她可以无限制的骄傲，面对那些羊她就很谦虚："女人能跟羊比吗，女人生那么几次就垮了，羊年年生，一生一大群，把草原都生满了，它们是几艘航空母舰呢？"她已经想象不出来了。

那遥远的生命海洋让她一天天向往着。

她跟母羊待在一起就感动得不得了。

她很喜欢在秋天最后的日子里跟母羊待在一起。

丈夫念念不忘那匹被沙暴夺走的大白马。12岁的大白马，两岁时从县城驮着新娘来到沙山子，它的搭档母马被男主人牵出来，疾驰几十公里。男主人很挑剔，他要最好的公马。他的好朋友哈萨克人的马群刚从山上下来，朋友说："让它歇一宿，明天吧。"他骑上母马回来了。

他只给母马喝一点水，后半夜加一点草料和豌豆。不能让母马吃太饱。朋友也会这样喂那匹公马。吃半饱马能使出劲。

第二天中午，太阳升上树尖的时候，朋友骑着公马来了。喝了茶抽了烟。女主人忙着做饭。马不能吃饱，客人一定要吃饱。

客人的大公马拴在院子里，不仔细看会以为大白马回来了。女主人在种马跟前站好半天，种马后腿一跨，硕大的生命跟太阳一样呼一下蹿出来，太阳愣在天上，一个比太阳更雄壮的生命让太阳无比尴尬。女主人已经是个成熟的少妇了，她看到如此雄壮的生命很兴奋，她心爱的白马必将复活。她摸一下公马的长脸，小声说："你多么雄壮，你就像一颗太阳。"马受到鼓励，浑身的筋骨铮铮铮响着，腹下的小生命猛地窜出一大截。她小声说："你是草原上的巴图鲁，没有哪个巴图鲁能跟你相比。"马的生命仿佛注入高压电流闪出一道强光，太阳变成了纸鸢，万道金光从马腹底下直贯云天，苍穹更加辽阔更加深邃。她娴熟这些雄壮的生命，她不再说话。她一遍一遍摸着马的脸，摸到马耳朵摸到马细长的脖颈和脊背，摸到圆圆的后臀时，马的龙骨一下子翘起来，马跟游龙一样往前窜动。她拉紧马缰，跟马一起走进马圈。

母马漂亮的脑袋扬了一下，很羞涩地垂下去，马鬃亮闪闪垂到地上。公马挺着雄壮的生命跟一个勇士一样猛地一扑，母马哆嗦着发出深长的呻吟。公马的生命一下伸到大地深处，大地发出呻吟，呢喃着潮润着，沙山子陷入一片沼泽。她紧紧牵着马缰。她浑身是汗。她泪流满面。她摸着母马摸着公马。她的喉咙发出喜悦的哭声。她快要把嘴唇咬破了。惊天动地的呻吟之后，公马发出嘹亮的嘶鸣。她听见一条汹涌的大河注入大海，天地一下子寂静了。是一种无与伦比的辽阔。

她湿漉漉走出来，站在院子里长出一口气，就像美的沐浴。

她用最精美的豌豆和最清洁的水喂这两匹好马。公马母马都是好马。很快就会有一匹更好的小马。她在水瓢里看见自己的面影，她被自己惊人的美吓一跳。她被一种神奇的生命照耀着。

更辽阔的生命之河在今夜，在后半夜。羊群全都睡了，她提着马灯到羊圈里去解母羊身上的布兜。羊睡得很香，在一片芬芳的梦幻中，她一个挨一个打开羊的生命之门。公羊在惊喜中被她一个一个唤醒，它们机灵地涌到母羊身边，它们温柔而雄壮。

她把一大抱布兜泡在盆子里。

她回到丈夫身边，一件一件脱掉衣服。无论是丈夫还是她，一直保持着锐气。大河把一切都卷进去了，月亮跟白鱼一样在波涛里翻滚。

鸟

塔尔巴哈山把辽阔的中亚腹地分为东西两半,准噶尔门就是群山最狭窄的一个山口。大风经过这里,卷走沙石,房子大的石块也被推着走。树就生长在这里。当初不知怎么栽这些树的,据说是栽了又栽。从肥沃的额敏河畔挑来土,水是从雪山沟引来的,树是榆树,跟牛筋一样坚韧。要把树栽在这里可不容易,风比手快,忙活大半年栽下的树,一场风全没了,数百里外的绿洲边上出现一堆堆好柴火。栽树的不是一个两个是成千上万号人,跟群山一样黑压压守在山口,一声不吭,栽了又栽,终于把树栽活了。

这就是准噶尔门最初的故事。门口栽树,树活了,荒漠有了绿色,淡淡么一点,心里就踏实了。这时候,才有情绪讲讲当初的故事。不是忆苦思甜,新疆人没这习惯,因为人的吱哩哇啦在大风里听不大清楚。一定要让树长起来。大片大片的榆树从山口蔓延到荒原上,风被隔开,这时才能听见人说话的声音。是护林员两口子。还有个儿子,儿子总是待在房顶,小家伙不理他们。

护林员的妻子倒刷锅水时发现白杨树没有声音。风吹过来,白杨树不动也不响。这种鬼拍手的大叶杨平时拍得可欢啦,就像全身挂满了铜铃,不停地响。新疆人就喜欢这种热热闹闹的大叶杨。生活在空旷的大漠深处,大叶杨像怀抱冬不拉的阿肯歌手,守着土房子唱啊唱啊。放牧的哈萨克很羡慕他们,一个部落才一个歌手,他们家就有歌手。

牧人听见大叶杨的哗哗声就拼命往这儿赶。牧人的耳朵特别灵,能听见很遥远的声音。他和他的畜群慢下来,那是为了倾听大叶杨的歌声,冬不拉弹不出这么好的旷野之歌。树已经陷入沉默。风还在吹着。人畜身上的黄尘就像冒起的热气一样。

护林员出来招呼客人。客人喝了奶茶,润了嗓子,就指外边的树:"它嗓子坏了!"

"来客人的时候它不闹。"

"它干啥呢?"

"它在祈祷。"

虔诚的穆斯林哈萨克很自然地诵起经文,声音在喉咙底下咕隆咕隆响,别人听不清。

哈萨克在这住一宿。他见识了树的晚祷也见识了树的晨祷,他悄悄告诉主人:"树想唱歌呢,在房子底下。"夜里,哈萨克听见树根在房子底下很辽阔地唱大地之歌。这种歌,耳朵是听不见的。哈萨克指着心窝子:"这个地方嘛,听得清清楚楚。"

哈萨克端坐在马背上,就像大叶杨的兄弟,摇摇晃晃向大漠深处走去。

树叶哗啦啦飞起来,越飞越高,跟飞机一样一掠而过,惹得榆树纷纷扬起脑袋。护林员对妻子说:"白杨树听见哈萨克赞美它就撵人家。""那是鸟,"儿子在房顶上说,"鸟,鸟。"不知他说的鸟是树叶还是哈萨克。

牧人有候鸟之称,他们和他们的牲畜逐水草而居,不停地转场,从春牧场转到夏牧场秋牧场,又回到冬窝子度过漫长而寒冷的冬天。准噶尔门自古就是牧人转场的禁区,谁愿意把牲畜往风口里送呢?防风林建起来后,他们就直接从这里走向美丽的天山。护林员的房子就成了他们的中转站。护林员的妻子说:"咱们这儿是个鸟窝。"妻子没有埋怨的意思,她说完这话就整理鸟窝去了。她在房子里忙活一阵,房子就亮堂起来,跟老牛舔牛娃子一样,房子的角角落落有一种温润的光泽。

他们的儿子待在房顶上,看着光秃秃的白杨树就自言自语:"鸟全都飞了。"大清早静悄悄的,儿子的自言自语很清晰。护林员望妻子一眼,谁也没在意这句话。儿子说树叶子是鸟,树叶子就是鸟;树叶子飞得那么高那么远,连大人都觉得奇怪,儿子能不胡思乱想吗?

太阳灭了又亮了,星星出来了又回去了,寂静中的日子过得很快。儿子的眼睛一直盯在白杨树上。

护林员的妻子就说:"你的眼睛钻树里边了。"

白杨树有很好看的树疤,全是双眼皮,粗眉大眼,跟铅笔画一样。

儿子盯着树尖,树尖是不会睁眼睛的。母亲知道儿子想什么,她告诉儿子:快到冬天了,不会有鸟儿了。

"你又没见过鸟,你咋知道没有鸟儿?"

儿子的问题太尖锐了,跟刀子攮了一下似的,她一下子泄气了:"你在房顶待着,冻坏我不管。"

她手里有活儿呢,她要去很远的地方挑水。在护风林深处有一条大渠,直通遥远的绿洲。绿洲上的农田就靠这条大渠。他们的生活用水也靠这条大渠。她挑着空桶进入稀稀落落的榆树林时,突然发现这座方圆数百里的防风林里没有一只鸟。

她把这个发现告诉丈夫。护林员正在放水浇树。他看妻子一眼:"你咋跟小孩一样,防风林里能有鸟儿吗?"

"树上没鸟就跟树没叶子一样,就跟人不长耳朵一样。"

"这里是准噶尔门,能长树就不错了,还要什么鸟,你这鸟婆娘。"

护林员压根儿就不理她这只鸟。铁锹铲进干硬的土里往上一撬,水就咕噜噜钻进树林往树根底下钻。树在大口大口喝水跟喝酒一样,咕噜噜——嗞——啊——听到树根响起来,护林员就知道树喝足了。护林员跟着水流往里边走,手里的铁锹会帮树一把,树常常被噎住,铁锹就贴着树根铲下去,铲开好几道口子,跟鱼鳃一样,好几个嘴同时喝,咕噜声就大起来。这蠢婆娘嚷嚷什么鸟,这不是鸟儿吗!鸟儿在土里叫呢。天上有鸟,土里边也有鸟。

护林员扛上铁锹又往林子里走,锹头在肩上摇摇晃晃。

房顶上的儿子说:"那是一只鸟。"

护林员的妻子晾干菜呢。她看一眼房顶上的儿子,又看走远的丈夫,锹头在护林员肩上一晃一晃确实像一只鸟。像什么鸟呢?她跟傻子一样老想不起那只鸟。房顶上的儿子提醒她。

"是猎鹰,猎人肩上的猎鹰。"

她打自己的头,脑子里就显出那个哈萨克猎手,骑着大马,肩上蹲着一只鹰,喝了她煮的奶茶,吃了两个油馕,骑上马摇摇晃晃向山里走去,魁梧高大的身坯,加上一只鹰,跟天神一样。在这儿歇过脚的人都跟鸟儿一样一去不返。或许树认识他们,还有房顶上的儿子。

"儿子你下来。"

她喊儿子下来,儿子不理她,儿子看白杨树。那是这里最高的一棵树。儿子不理她,她就说:"本事大你上去呀,你能上去你就是英雄。"

儿子呼地站起来,站一会儿又坐下。

白杨树哗啦啦唱歌。榆树那么多,榆树只能交头接耳小声嘀咕,那显然是对白杨树的无限敬仰。是这些矮小丑陋的小榆树抵挡着大风,白杨树和庄稼才能安安静静生长在大后方。

护林员去过绿洲,绿洲上全是白杨树,挺立在蓝天白云下,豪迈奔放,就像一匹大白马。树叶哗哗如同马蹄踏踏,它们拍打的不是大地而是辽阔的天空。

护林员带回三棵小白杨,只活了一棵,能在准噶尔门活下来它就是英雄。

儿子生下来就听见小白杨。小白杨在窗外叫得正欢;嫩绿的叶片拍打月亮又拍打太阳。就像拍打两种音色不同的手鼓。明月之夜诞生的孩子,听见妈妈惊喜的呼叫同时也听见小白杨的歌声。

歌声伴随我们来到人世,
又送我们踏上天堂之路。[①]

妈妈太劳累了,一个生命的诞生是最耗费心力的,妈妈轻轻唤了几声就安静了,静静地听着小白杨欢唱。后来她对丈夫说:"就像走在天堂的路上,跟死了差不多,我想墓地一定很美。"

"美不美反正人都得去那儿。"护林员好像去过那地方,眉头都不眨一下,"大人咋想都行,给孩子不许讲这个。"

"他连眼睛都没睁开呢,我给他讲他听得懂吗?"

婴儿的眼睛一直闭着。太阳照进土房子,照进母亲的怀里,照在他粉嫩的小脸蛋上,他好像沉迷在小白杨的歌声里,整天整夜都这么闭着眼睛。护林员受不了啦,又不敢大声嚷嚷。婴儿睡熟以后,他压低嗓门,恶狠狠地训老婆:"叨叨什么墓地,他听见了,他很生气,他在抗议,你这个臭婆娘,我撕烂你的臭嘴。"

产妇跟个甜面包一样嘻嘻哈哈,她觉得丈夫跟狗熊一样,狗熊气呼呼的就犯傻,竟然好意思撕她的臭嘴。她的臭嘴被他捧着跟捧着一杯酒一样,只要开个头就再也管不住自己啦,又贪杯又疯狂,男人都是贪杯的家伙。生育后的女人跟吃了酵母一样,酒杯里的嘴巴壮观大气,雍容华贵。

护林员的怒气慢慢平息下来,他看着妻子嘴巴上红润的酒杯,他不敢相信那是他要撕烂的东西。他听见自己嘴里嘀嘀咕咕,他侧着耳朵,也听不清他到底嘀咕什么。妻子垂着眼拍着孩子,嘴角有一种很得意的微笑。妻子听得清清楚楚。他拧一

[①] 哈萨克诗人阿拜的名句。

下他的嘴，他要拧下来瞧瞧嘴里到底嘀咕什么？当他明白那微弱的声音是酒液的泡沫时，他就不管这张嘴了。爱嘀咕就嘀咕吧，只要你贪杯，你的嘴就属于酒杯不属于自己啦。

三天后，婴儿睁开眼睛时，妈妈在他身边打盹儿。小白杨跟一只鸽子一样咕咕叫着向孩子飞过来，孩子完全是纯净的本能状态，啊啊啊睁着眼睛，圆圆的双眼跟鸟窝一样迎接洁白的鸽子。鸽子飞了很久很久，穿越漫漫的黑夜回到了窝里。妈妈醒来时，鸽子已经要安安静静卧在孩子的眼瞳里。

小白杨在风中不动也不响。那是小白杨来到准噶尔门的第一次祈祷，披着金闪闪的阳光，静穆而纯朴，散发出一股甜蜜的乳香。

护林员的妻子多么惊讶，哺乳期的女人和孩子才有这种气味呀！满月后她走出房子，几乎是扑过去的，好像小白杨也是她生养的。小白杨微微颤抖着，越抖越香。冰凉的露珠落到脸上，落到眼窝里，在晨光里很猛烈地闪耀着。做完晨祷的小白杨和睡醒的孩子一起嘹亮地唱起来。她手忙脚乱团团转，好半天才弄清楚，该去房子里给床上的小白杨喂奶。吮奶的孩子使劲儿咬，妈妈疼啊！欢叫的小白杨比赛似的在辽阔的天空使劲儿，防风林上空那朵白云被咬住了，跟一座白帐篷似的越来越大，很豪迈地笼盖着天地。准噶尔门静悄悄的，塔尔巴哈台山脉无限敬仰地凝望着远方。

小白杨几乎在一瞬间长成了大白杨，一棵顶天立地的大叶杨就像树根拱起来的土丘，孩子是被这巨大的力量挟带着长起来的。

孩子待在房顶上才能引起大叶杨的注意。它肯定不知道他是护风林里唯一的孩子。他在林子里疯跑，爬到树上，榆树不是很高，被他压弯了，晃晃悠悠很害怕。他问护林员爸爸榆树咋这么瘦，护林员告诉儿子：那是风吹的。大风刮了成千上万年，那一天才刮进孩子的耳朵里。风在高空呜呜怪叫，孩子终于听清楚了，那是风不是怪兽。护林员当过兵，护林员告诉儿子：轰炸机就是这声音。成千上万架轰炸机在高空呼啸。孩子说："它们带炸弹吗？"

"它们的炸弹比飞机上的厉害几千倍。"

"它们为什么不爆炸？"

"树护着，炸不到咱们这里。"

"噢，它不爆炸了。"

孩子很失望。

有一天,孩子在房顶上叫起来:"山被吹歪了,山要掉下来啦。"塔尔巴哈台山在大风里摇摇欲坠。孩子惊恐万状:"它的翅膀要断了。"轰隆隆一阵巨响,群山的翅膀碎裂在大峡谷里。孩子的脑袋埋在房檐底下,像在躲炸弹。他必须自己战胜恐惧。

护林员和妻子在树林里忙活着,天黑才回来。孩子很悲壮地告诉大人:塔尔巴哈台山的翅膀断啦,大人张张嘴,难以回答孩子的问题。孩子说:"树为什么不保护它们?"

"树要保护绿洲上的人。"妈妈抱住孩子,"绿洲上有许多孩子,风暴冲到绿洲就会把孩子卷走。"

"孩子有翅膀吗?"

"他们的翅膀太嫩,经不起风暴。"

风吹不到防护林,却能吹到孩子的耳朵里,孩子有一双大耳朵,他能听到很远很远的地方。五月①,春天到了,那双大耳朵里灌满了树根的抽动声和树芽的破裂声,比护林员的眼睛还要准。不愧是我的儿子啊!护林员拍着儿子的脑袋感到很欣慰。儿子的大耳朵又动起来,他听到群山深处有一种奇怪的声音,不是流水声也不是风声,护林员告诉儿子:"那是鸟叫。"

"鸟儿这么叫!"孩子太好奇了,"鸟儿为什么不到我们这里来?"

"山口风大,鸟儿飞不过来。"

孩子一下泄气了,泄了好长时间,又鼓起勇气:"鸟儿长什么样子?"

护林员攥着下巴:"跟人差不多。"

"可它们能飞呀!"

儿子在想象鸟儿的飞翔。护林员皱着眉头堵儿子的想象,这么想象下去要出事,护林员说:"跟人走路一样,人不是在地上飞吗。"护林员不容置疑地告诉儿子:"鸟儿在天上走。"儿子的眼睛一下子就成了卫生球,斜看着爸爸。护林员爸爸掂上家伙往树林里走,走到树林深处,铁锹落到地上,护林员摇一棵榆树,榆树哗啦啦抖起来,比在风中抖得还厉害。

"快来一只鸟儿吧,快一点来吧!"

---

① 中亚腹地五月雪消草木发芽。

鸟儿就这样来到准噶尔门。那个在他们家住过的哈萨克牧人，从天山返回阿尔泰山，给他们带来一只鸟。"汉人兄弟，瞧我给你带来什么，这是天山里的歌手。"牧人亲手把鸟笼挂在白杨树上，"这棵树是准噶尔门的歌手，好歌手要有人伴奏。"鸟和笼子就成了一件精美的乐器。

孩子太兴奋了，喜悦把他小小的心给噎住了，他蹲在鸟笼子下边，一动不动地看啊又看。

牧人住一宿，天刚亮，就赶着羊群踏上阿尔泰之路。

那是儿子最后一次上房顶，他站在树墩上看牧人和牧人的羊群。羊群跟白云一样在大地上飘动，儿子说："那些羊在飞。"

儿子从房顶上下来去看鸟笼里的鸟。

"它的腿这么好看。"

护林员忘了自己说过的话："那是翅膀。"

"你没看见它抓在杆子上吗？"儿子不想理他，给他个后脑勺，"你小时候肯定没爬过树，爬过树就不会说这种话。"

有一次，孩子和鸟在树林里越走越远，一直走到防风林外边，戈壁滩把他吓回来了。他找不到回家的路，哇哇大哭。孩子很聪明，哭着哭着就不哭了。

"鸟儿你能唱歌你唱一支歌吧。"

鸟儿欢叫起来。那么多的榆树，全都静静听鸟儿唱歌。树林里从来没有过鸟叫，榆树憨厚木讷，树叶只有指甲盖那么大一点，在大风里只能沙哑地乱叫。白杨树是这里唯一的歌手，尽管它不防风，待在护林员的家门口，它高大的身影和嘹亮的歌声却是防风林的骄傲。鸟儿的欢叫穿过无边无际的寂静，传到白杨树的耳朵里，白杨树哗啦啦跟着唱。鸟儿跟风标一样转过身，脑袋对着白杨树的方向。

孩子找到回家的路，走了很久很久，天快黑时回到家。护林员和妻子都快急疯了，孩子口气淡淡的："鸟儿跟我在一起我怕什么呀，你们不怕鸟儿笑你们吗？"

鸟儿叫得正欢，白杨树高高的树冠拍着蓝天把天都拍红了，黄昏的天空彩云密布，树叶在天上叫，鸟儿在院子里叫。

护林员说："你妈跟杀猪似的叫，硬说狼把娃娃叼走啦。"

妈妈擦着泪："我是猪八戒，里外不是人。"

儿子不理他们，儿子蹲在鸟笼下边听鸟儿唱歌呢。大人不好意思再吵了，忙着做饭。青烟升上天空，好像房子也在听白杨树唱歌。

日子过得飞快，一晃好几年过去了。孩子可以带着鸟走遍整个防风林带。谁也没觉察出那种暗藏的危险，是孩子自己觉察到的。

他已经能帮护林员干活儿了。他把水放进树林，鸟儿刚安静下来，水在树根底下欢叫，那是孩子第一次听到水的欢叫声，像蛐蛐又不像蛐蛐。开春第一次灌水，干硬的沙土喝到雪水，从群山腹地呼啸而下的雪水绝对是高温的，水钻下去很久，才冒出来走向另一树。孩子马上想到另一棵树对鸟的呼唤。当他取下鸟笼子，打算挂到另一棵树上时，他一下子脸红了，鸟儿是可以飞的。孩子被这个简单的道理弄蒙了。

他打开鸟笼，他原以为鸟儿会蹿出去，鸟儿压根儿就没动，鸟儿连打开的门洞看都不看。孩子的手伸进去，鸟儿反抗他的手，他的手很固执，不屈不挠把鸟儿掏出来，抛到空中。鸟儿跟石块一样坠到地上，鸟儿愤怒地叫着，鸟儿被摔疼了，一瘸一拐活动半天才松口气。鸟儿跟鸡一样走来走去，甚至没有鸡那么利索。孩子把它放到树上，它瑟瑟发抖，孩子不敢松手。水到处乱流，孩子不管，孩子只管鸟儿；水倒流回来，流到他脚下，埋住了脚，埋到小腿上，他开始发抖。手里的鸟儿热乎乎的。

鸟儿在惊恐中度过了一天。

天天如此。第三天，鸟儿可以卧稳当了。树上的鸟儿！孩子叫："你是树上的鸟。"鸟儿跳一下，只跳一下，差点掉下来，摇摇欲坠。孩子几乎冲过去，他心里喊：再忍一会儿。鸟儿不失所望，翅膀展开身子就稳住了。鸟儿高兴得发抖，翅膀张开合起来翅膀开始苏醒。孩子在想象鸟儿的动作，孩子的双臂张开比鸟儿大好多倍。鸟儿受到鼓励，可以连续跳跃。多聪明的鸟儿。终于跳到树尖上，看到了另一棵树。它跃跃欲试，一下子飞起来，翅膀紧张得乱抖，终于栽下来，嘶叫着在地上打滚。孩子把鸟儿抱起来，吹掉尘土和草屑，轻轻梳理鸟儿的羽毛，孩子的手指在阳光里是透明的，跟象牙梳子一样。鸟儿委屈得垂下脑袋。孩子轻轻地抚摸鸟儿的后颈。鸟儿完全恢复了飞翔的记忆。

孩子把鸟放到另一棵树上，比刚才那棵树要高得多。鸟儿在一棵大树上蹦跳，很快欢跳到树冠上，就像王冠上闪闪发亮的钻石。鸟儿的瞳光射向远方。

孩子攀到树上，他攀不到鸟儿的高度，鸟儿一下子显出优势。鸟儿的骄傲是有限度的，它跟下台阶似的下到孩子手上，孩子又把它带向另一棵树。那都是林子里的大树。

鸟儿喜欢这些大树。

最高最大的要数那棵白杨树了。

孩子让鸟儿卧在自己肩上，孩子攀这棵高高的白杨树。那天，护林员和妻子在林子里干活儿，家里没人。孩子和鸟儿越攀越高，已经快接近树冠了，孩子要是往下看一眼就会发晕，孩子噌噌噌往上蹿；树冠越来越大，而枝杈越来越细。一根枝杈嘎巴一声断了，孩子和鸟儿还有那根断枝同时飞起来……鸟儿，那只鸟儿很快摆脱惊慌，在落地的一刹那划出一道优美弧线，顺着那道弧线飞上蓝天。

孩子在惊恐中惨叫着。

护林员和妻子回来时，鸟儿在孩子身边哀鸣。地上一摊血，孩子竟然苏醒过来，对着鸟儿艰难地笑了一下。鸟儿飞起来，飞上高高的白杨树，鸟儿做出好看的动作让孩子看。鸟儿的飞翔还很笨拙。

护林员和妻子蒙了好一阵子，才明白发生了什么事。

孩子第一次来到数百里外的绿洲。躺在团医院里。他再也站不起来了。护林员和妻子悲痛欲绝，孩子反而劝他们。

"鸟儿不是有腿吗？"

母亲哭出了声："孩子你的腿，你的腿没有了。"

"我的腿给鸟儿了。"孩子可以坐起来，孩子双臂一撑坐起来，孩子劝大人，"人爬着走也要鸟儿飞起来呀。"

他们回到准噶尔门，回到护风林带里。鸟儿在林带边上迎接孩子。在孩子养伤的日子里，鸟儿恢复了所有的飞翔能力，鸟儿嗖一下跟火箭一样蹿上高空，卧在云头上，又跟跳水运动员一样跃上蓝天。那些树，绿色的防风林带跟大海一样接住了鸟儿。鸟儿在林子里蹿起来。林涛喧嚣着。孩子躺在床上，对着窗户。鸟儿在他的视野里只能飞那么一会儿，很快就消失了。

林子太大了，护林员心疼儿子，护林员轻轻走近鸟儿，小声求它："你待在林子里，你不要走。"鸟儿还是飞走了。

护林员很快在另一个地方碰到鸟儿。鸟儿怎么可能离开树林呢？多么辽阔的一片林子啊，准噶尔门的大风都被挡住了。护林员抹一把泪，使劲一甩，甩出一串烁亮的珠子，在草丛里滚来滚去。他小声问鸟儿："你不会嫌我们林子小吧，我们年年栽树已经栽几十年了。"最初的防风林带很粗糙，稀稀拉拉，空地很多，护林员和他的妻子跟补衣服一样补上那些空地。后来他们把树栽在防风林的外边，一圈一圈扩张着。护林员小声告诉鸟儿："我们会把林子搞大，搞成一座大森林。"

护林员说着说着就不说了，他脑子里铮响一下，跟钟一样，那种欲言又止的样子很难受，嘴里好像衔着一块宝石。他无限幸福地把宝石衔到妻子跟前，小声告诉妻子："儿子是咱们栽下的最好的树呀，树报答了咱们。"

妻子好多年前听小白杨唱歌时就感觉到了，这种奇妙的感觉是女人最神圣最脆弱的一个幻想，她珍藏在心底，谁也不告诉，给丈夫也不透露，甚至包括她自己。深夜，那奇妙的感觉突如其来，她咬紧牙把它压回去。折腾这么久好像就是为了让男人来满足她的心愿。

"给了我们儿子，还给我们一只鸟。"

"树林是不是太小，鸟儿会不会逃走？"

"树林外边是戈壁，鸟儿跑戈壁干什么？"丈夫对鸟儿上心了，丈夫上心的东西她拼着命也要护住，妻子就宽他的心："几百里大的林子就一只鸟，不是林子太小，是鸟儿太少。"

鸟是只公鸟，不下蛋，就不能孵出更多的鸟。

护林员知道什么地方有鸟。护林员当兵的时候跑遍了塔尔巴哈台山。每年夏天，从哈萨克大草原飞来的鸟群越过山口到艾比湖和博尔塔拉去。那些勇敢的鸟群飞越山口时，常常遇到风暴，大半鸟儿折翅而落。鸟儿的毁灭是美丽的，它们绝不葬身戈壁，灵魂脱离躯体的最后关头，依然不挠滑向湖畔和青色草原。草原上的孩子跟捡贝壳一样捡那些鸟，满筐满筐地捡，大人也去捡。

护林员不是来捡鸟吃的。他的筐子里全是活鸟，它们受了伤，护林员给它们包扎好伤口，小心翼翼放在筐子里。

两只大筐，扁担挑着，不管路途多么坎坷，筐子是稳的。翻越山口时，风差点把护林员吹起来。护林员紧紧抓住筐沿，盖子上加着棉袄。护林员怕大风吓着鸟儿，就大声唱歌，他的嗓子太难听了，几乎是怪叫。过了山口，身上的伤开始发疼，护林员龇牙咧嘴面目狰狞。鸟儿在筐子里看他呢，筐子的缝隙里全是鸟儿的惊奇的小眼睛，护林员就告诉鸟儿："这是你们的救护车。"鸟儿好像听懂了救护车有多么好，鸟儿们不吃惊了，叽叽喳喳叫，护林员就想起林子里那只孤独的鸟。

护林员大步流星，绝对是一颗明亮的流星，划过白天和黑夜，一下子到了家门口。妻子，儿子，还有那只鸟儿，白杨树和大片大片的榆树，全都围上来了。护林员打开筐子，一共 20 只鸟，伤痕累累，就像一场大战后勇敢的士兵。护林员告诉儿子：它们赶了几千里的路，翅膀断了就走，一直走到咱们这里。

"它们飞不过山顶吗？"

"飞上去，又让风吹下来了。"

"它们就用手赶路。"

有几只鸟可以站起来，可以走动。

"我也能走。"

儿子爬着走。鸟儿们把他当作一只大鸟，鸟儿在靠近他；他对着鸟儿笑，鸟儿也笑，鸟儿的笑全在小眼睛里，瞳光闪闪，照在儿子脸上。儿子在鸟儿的眼睛里看见自己的影子，就像深邃的钻石一样。

护林员把雪橇改一下，装上轮子，儿子可以爬在滑板上行走，可以到林子里去了。

林子里有了一群鸟。草丛里有了鸟蛋。草丛摇曳着，跟怀春的少女一样，鸟儿很快把草丛变成一个美丽的女人，孵化那美妙的身体。当鸟娃娃从草丛里爬出来时，草丛被自己的美艳吓坏了，挤破蛋壳的鸟娃娃跟泥土里长出来的草芽有什么区别呢？草丛有一万条理由做鸟儿的妈妈。鸟儿躺在草丛的怀抱里。鸟娃娃终于飞起来了。

护林员完全可以不去冒险，去艾比湖畔要翻越凶险的山口。护林员担心那些受伤的鸟儿，不是被人捡去吃了就是死掉。护林员不听妻子的劝告，妻子发火摔东西也拦不住他。

"你要是看一眼你也会心软，林子是鸟儿的家园，我要把它们领回家。"

护林员就像去找自己丢失的孩子。

孩子说："让爸爸去吧，一个好爸爸应该有好多好多孩子。"

护林员没有回来。准噶尔门的大风能卷走房子那么大的石块，要卷走护林员太容易了。护林员的两只大筐是真正的救护车，我们不知道风把护林员卷到什么地方，筐子里的鸟儿逃出了几只。它们一直逃到防风林里，伤痕累累，拖着断裂的翅膀，连滚带爬走进护林员的家。护林员的妻子身一紧，跟榆树一样任凭大风扭曲也能挺住。

她护理这些鸟儿，一共 4 只，它们很快恢复健康，到林子里去了。那里有一群鸟。

儿子不再是孩子了，儿子长成了一个少年，靠着滑板可以除草，可以浇水修渠，更多的时候是跟鸟待在一起。

护林员的妻子在水渠边栽上白杨树，在榆树中间夹上白桦树。白杨和白桦跟路灯一样，亮晃晃的。儿子只去过城里一次，就把街头的路灯记下了，儿子说路灯像白杨树，护林员的妻子就栽更多的路灯。

春天过去了，哈萨克大草原的鸟群开始飞越塔尔巴哈台山口，到艾比湖畔和博尔塔拉来度夏。护林员的妻子跟丈夫一样，挑上两只大筐到艾比湖去救援那些勇敢的鸟儿。看到这死伤遍地的场面，她哭了。她恨不能带走所有的鸟。筐子里装不了那么多，她先放进那些伤势最重的，她发现这不行，伤势轻的鸟儿更有活下来的希望。她抓着受伤的鸟，跪在湖边的草地上，她不知道该怎么选择，她大声问死去的丈夫："当家的，你的心就那么硬吗？"

她不知道自己是怎么离开湖边的。她攀上山口，石块不停地撞她，她才清醒一点。

儿子出现在她跟前时，她忍不住把儿子抱在怀里。儿子已经大了，不习惯让妈妈这么抱他，可儿子还是从妈妈的抚摸里体会到当年他从树上摔下来的后果，那团留在妈妈心里的阴影直到今天才烟消云散。

护林员的妻子知道，总有一天大风会跟卷走丈夫一样卷走她，她实在放心不下那些受伤的鸟，鸟群的迁徙是无法阻挡的。

蝴　　蝶

老王的女人跟人走的时候,老王正在荒滩上放羊呢,老王五岁的女儿跟小伙伴在河边抓蝴蝶。大白天村子里没有男人,女人们在自家院子里晾雪里蕻、蒸西红柿酱,准备过冬的东西。女人们忙得喘不过气。老王的女人跟着一个陌生男人走了,那个男人躲在村外的林子里,阿尔泰高原的风把林子吹得哗哗喧响,灰白的树叶间有一辆红色摩托车,老王的女人被摩托车带走了。女人们把这消息告诉孩子:

"快往山上跑!快去撵你妈!"

荒野上有两个低矮的山包,跟堡垒一样可以俯视整个荒野。孩子朝山包跑,一群蝴蝶忽前忽后,什么颜色的蝴蝶都有,地上的野花比蝴蝶更耀眼。孩子被迷住了,孩子抓了好几只蝴蝶,孩子玩一会儿就把蝴蝶放了,没飞走的是娇嫩的花瓣,还有蝴蝶翅膀上的粉。孩子要是站在山冈上,就可以看见远方的红色摩托车,跟蝴蝶一样在辽阔空旷的荒野上飞啊飞啊,很快就看不见了。

几天以后,孩子才体会到妈妈走了是什么意思,孩子哭了好些天就不哭了。老王还在放他那群羊,还在种林带里的地。一年后,老王送女儿去上学。老王整天阴沉着脸,话很少,见到女儿老王脸上的肉就松开了。

老王把女儿带到低矮的山包上,老王给女儿讲什么谁也不知道。女儿是个很乖的孩子,很认真地听爸爸说话。其实爸爸的话只是比平时多一点点,没有她们老师一堂课的话多。更多的时候是孩子说话,孩子讲学校里的事情,讲她的老师讲她的同学。"爸爸,你还想听吗?"孩子累了,可爸爸的眼神那么专注,她舔着嘴唇望着爸爸。

"歇一会儿再讲。"

孩子在山包上跑了一会儿就到河边去了。克兰河闪闪发亮,阿尔泰山谷和山下的原野全被照亮了。老王坐在石头上抽烟。女儿跟蝴蝶混在一起,阿尔泰的蝴蝶是很壮观的。老王和老王这把年纪的人早就把蝴蝶给忘了。每天去放牧,去下地干活,弄柴火,都要穿过河边的草地,草地开满鲜花,蝴蝶飞舞。孩子抓住蝴蝶举到头顶,就放开了。蝴蝶一点也不怕孩子,孩子跟一棵小白桦一样长着娇嫩的叶子,让蝴蝶吃惊的是只有两片叶子，它们必须在这两片嫩叶上停一会儿，留下一层细粉就可以飞走了。有一只带着金色斑纹的彩蝶被孩子带过来。孩子举着一只手，就像捧着一个托盘，托盘上飘着一团火焰。孩子穿过密密的草丛，爬上缓坡，孩子一直把火焰般的大彩蝶举到老王的鼻尖上，老王才看见这是一只漂亮的蝴蝶。

"爸爸，你怎么啦？"

"我只顾看你了。"

老王感到很不好意思。

"蝴蝶就在我手上呀。"

"在你手上，在你手上，我的乖女儿。"

"蝴蝶也很乖的。"

孩子要爸爸伸出手，爸爸乖乖地伸出一只粗糙的大手，蝴蝶落在这张大手上，蝴蝶抖一下就飞走了，蝴蝶几乎是在逃窜，逃到草地上蝴蝶慢下来。回去的时候，老王不停地提醒女儿小心小心，好像地上的石头和杂树野草会伤害他的女儿。蝴蝶在老王手上只停那么一下，蝴蝶翅膀上的细粉留在手上，跟他抱女儿的感觉是一样的。

女儿身上的裙子已经发白了，花色已经看不清了；女儿在长高，裙子快要撑破了。老王可以把衣服洗得干干净净，老王做不出一件衣服，衣服全是女人做的。女人是很能干的，女人到几十公里外的团部小镇上扯布，在别人家的缝纫机上嗒嗒嗒跟骏马奔跑一样做出全家人的衣服。那时，女人的梦想就是有一台缝纫机。据说城里人早就不用缝纫机了。女人也不想在别人家的缝纫机上施展身手。女人走了，烟囱还在冒烟，最大的变化就是女儿身上的衣服让人看不下去了。老王到北屯去了一趟，老王给女儿买一件裙子。女儿穿上新裙子去上学。一群孩子吵吵闹闹在那边等女儿呢。女儿跑啊跑啊，跟大彩蝶一样，一层细细花粉轻轻地落下来，老王抽着莫合烟一直把烟抽完。

雪落下来了，阿尔泰的雪花又白又大，老王从来没见过这么大的雪。我有一个女儿，我的女儿一天天长高，老天爷是知道的。

老天爷不但知道老王的心思，老天爷还给他女儿一个很好的机会。女儿上中学的时候，她的母亲回来了，看样子过得不错，母亲愿意供女儿到城市里上学。女儿去她母亲那里住了一段时间。女儿缺少母爱，母亲来得很及时。老王是这样对大家说的。大家都觉得老王是个开通的人。女儿在城里上学，毕业后在城里找了工作。

老王经常去看女儿，女儿成家后，他去的时候就少了，都是女儿女婿回来看老王。老王是很开通的。老王也能跟大家说说笑笑了。大家都觉得老王早就应该这样轻轻松松了。不过话说回来，一个人带孩子是不容易的。

老王精精壮壮的，老王不老嘛。老王应该找个女人。都说好了，是七连的一个女人。老王换上干净衣服，大家都知道他要去几十里外的七连去找老婆。大家都肯借摩托车、自行车，老王摆摆手。有人牵来一匹大马，老王还是摆摆手。老王一步一步走出村子，从两座低矮的山包之间走过去，去几十里外的地方给自己找老婆。老王早就该找一个老婆啦。

双方都比较满意，都是实实在在过日子的人。老王又去了两次，事情就定下来了。老王回去的时候，女人给老王借了一辆自行车，叫老王顺着大路走，不要走小路，小路不安全。

老王骑着车子离开七连。村庄和村庄之间有一条沙土大道，车子唰唰唰就像在草丛里飞蹿。老王受不了这种轻快的速度。车子三拐两拐拐上小路。小路太颠，把老王颠下来了。老王的膝盖磕在地上。老王龇牙咧嘴半天起不来，双手使劲撑也撑不动。老王喘着气，跟一头拉车的牛一样，老王的嘴角冒出白沫子。老王擦嘴的时候看见那两个低矮的山包，山包逆着光，黑乎乎的。老王知道山包上有白桦树，有爬地松，再高一点就是金黄的牧草了。山顶上的草又矮又密又瓷实，跟毡一样毛棱棱的。这些好东西被山包收回去了，山包反而清晰起来。老王有点兴奋，老王的头稍稍抬高一点，看一群蝴蝶飞过来。蝴蝶后边是闪闪发亮的克兰河，蝴蝶就像在镜子里颤动。镜子把天空和大地全都照进去了。河流，山冈，飞舞的蝴蝶，游动的畜群，静静的村庄，一动不动虔诚无比的老王。老王就是这个样子，老王的鬓角贴着一只蝴蝶，蝴蝶翅膀不停地往他的耳朵里扇风。老王越来越兴奋，老王跟一堆火一样被扇旺了，老王呼地一下站起来。

老王走到河边，蝴蝶把他围起来。这回就不光光是耳朵受惠了，浑身上下都感受到蝴蝶的力量。

老王回到村子，人家跟他打招呼，他跟个领导似的爱理不理，顶多点一下头。他相中的那个女人来了几趟，跟他谈的都是成家立业的正经事。他老走神，嘴里说"好着呢，好着呢"，眼睛在很遥远的地方神游。起先女人没在意。女人以为老王光棍了好多年，就变得有点不大正常，等结了婚会慢慢好起来的。

现在不是老王去人家那里，是人家来找他，帮他干这干那。女人都不空手来，自行车上挂满蔬菜水果，连自己养的鸡都带来了。老王不能老这么蔫下去呀。老王不蔫呀。村里人都这么说，老王精神着呢。骑着马赶着牲口的男人告诉女人老王爱去的地方。女人就到那地方。女人一下子被蝴蝶围住了，女人挥手赶，像在密林里拨着树枝找路，女人好不容易找到她的老王。老王肯定是她的老王。老王是点了头的。虽然没有发展到那一步，点了头就是他的人了。女人嗨喊了一声。老王看见女人，老王眼睛里的神光就散开了。女人看得真真切切，男人的眼神有多么奇异。女人说："你在这歇啊。"男人啊啊两声，男人就过来了。男人要走，女人说再待一会儿，男人说："到家门口不回去人家笑话哩。"

"我又不是客人。"

男人已经往回走了。这是很执拗的男人，慢腾腾地走着，女人只好跟着他走。女人回头看看那地方，那确实是个好地方，草地上蝴蝶飞得那么幽静，就像草丛里长出来的一样，在风中一晃一晃，草的枝叶是它们的筋骨。女人长长出一口气。

这么下去是不行的。女人急也没有用。介绍人说我去找他，这个老王毛病倒不少，蝴蝶有啥好看的。女人把介绍人劝住了，女人说："那是个好地方呢，我都没想到阿尔泰的蝴蝶这么好看。"女人的下巴微微仰起来。

女人开始有了变化。老王不在的时候，女人到那地方去。五颜六色的蝴蝶中很快出现一种奇异的景象，女人看得真真切切，这些蝴蝶都是女人的化身，都是千百年来在阿尔泰草原生活过的聪明能干的女人的精魂。村庄出现得很晚，村庄里的女人还没有变成美丽的彩蝶。女人咬着嘴唇看这些蝴蝶。女人跟蝴蝶较上了劲，女人再也不逼老王了，女人该干什么还干什么，照顾老王的生活，直到老王把她娶进门。女人有这个信心。女人做着活就会发愣，就会把墙壁的一块疤看成美丽的蝴蝶，女人相信她能变成蝴蝶。女人知道老王多么喜欢蝴蝶。蝴蝶不是一个梦。女人眼睁睁看着院子里飞来一只大蝴蝶。女人奔过去，很容易抓到那只蝴蝶，软乎乎的就像刚从棉桃里扯出来的一团白棉花。女人的手成了棉花手，女人换一只手，这只手也成了棉花手，手指手腕胳膊到肩膀到胸脯脊背沿着脊梁全成了白棉花……女人的变化可是太大了。这个卖狗子老王咋弄的，把女人弄得这么精神。大家又不得不承认老王是个规矩人，老王绝对不会胡来。就是胡来也没关系，女人在这种事上会发生惊天动地的变化，没有这种事，女人也能变，老王把她给变了嘛，这是大家都看到的。

老王对女人的变化无动于衷，女人暗示他，他都没反应。女人把蝴蝶两个字都说出来了，老王的眼睛一下子变远了。在村子外边的草地上才有真正的蝴蝶。老王的眼神就是这意思。女人再也忍不住了，女人把声音压小了一点。"女人是不会变成蝴蝶的，"老王有了反应，老王的目光从远处慢慢收回来，落在女人身上，"你肯定不是蝴蝶。"

"我连女人都不是，我是个鬼。"

女人再也不想理这个臭男人了，女人回到村里，推开院门，院子里飞舞着一群蝴蝶，女人扑上去，女人什么都不顾了，手是不起作用的，用衣服打，打落了不少蝴蝶。失去翅膀的蝴蝶在地上蠕动，成了虫子，鸡过来把它们全吃掉了。那些碎裂的翅膀飞起来，粘贴到院子的角角落落，女人一个个剥，让女人吃惊的是她全攥在手里了，她使劲地攥啊，那些残片还是从手指缝里钻出来，飞起来，跟活的一样在空中翩翩飞舞，女人惊呆了，再也不动了。等她缓过来有了力量，她就往外走。

出了村子，穿过田野有一片草地。阿尔泰的村庄周围，农田和草地是混在一起的。女人看见摇曳的野花，花丛里飞舞着团团蝴蝶。女人站在草地上，女人的手上落了一只蝴蝶，头发上也落了一只。两只蝴蝶足够了，跟翅膀一样一下子让她进入美妙的飞翔状态。

那时，她年轻活泼充满罕见的活力，一个男人爱上她，她就做了他老婆。男人太幸福了，男人就发誓要让女人成为世界上最幸福的人。他们太年轻了。他们包的地比别人多一倍，付出的力气就更多了。比力气更难应付的事情越来越多，要及时浇上水，就得使出吃奶的劲打通关节。男人年轻轻就开始变老。女人百般体贴都不顶用。棉花长得那么好，他们快要熬出头了，粗粗一算，还清烂账，还能落一笔不少的钱，翻修翻修房子，置几件电器，关键是他们可以要孩子了。女人跟个呱呱鸡一样整天围着男人呱呱呱。男人笑一下，笑得很勉强，男人比女人实际得多，长在地里不算收到屋里才放心啊。男人嘴上不说，心里紧张。有好收成，找不到好买主，投的资金就泡汤。女人想不了这么远。

男人蹲在地头默然地抽烟。女人给他送饭，女人轻手轻脚想给男人一个惊喜，女人躲进林带里，因为男人站起来了。男人扔掉烟头，踩灭，拨开棉花的枝叶一点一点钻进去。男人小心翼翼连气都不敢出，男人终于找到一棵最壮最美的棉花树，男人就跪在棉花树跟前。女人抬起头的时候，眼睛里含着泪，额头粘了土，男人抹一下脸,就成了一张泥塑的脸,男人嘴里还在叽叽咕咕地说什么,棉花树听清了,棉花树一晃一晃地,棉花确实听懂了男人的话。没有一丝儿风,连呼吸都没有,棉花叶子先动起来,叶子底下的桃儿就亮出来了,桃儿青青的,尖上带一点点红,男人小心翼翼地把桃儿捧在手上,男人这时候不再流泪了,好像他压根儿没流过泪。他的腰板也挺直了,他跪着可他不是下跪,在低矮的棉花丛里站着是不能把棉桃捧到手里的。男人的头慢慢低下去,他仔细看手里的棉桃,他的头垂得越低,腰板越直,那些还在枝上晃动的棉桃跟宝石一样闪出一道道强光,血汗和梦想交织着闪耀着,可男人一动不动,头都不抬,男人只要手里这一颗桃儿,男人梗着脖子,就像一个悲壮的武士。武士剖腹自杀,是用锋利的短刀取出自己的肝脏,这个悲壮的农工取出的是心脏,捧在手上死死地盯着……女人一直不肯原谅自己,为什么想到武士,想到剖腹自杀?她神不知鬼不觉地爬到沙枣树上看自己的男人,男人是老兵的后代,身上奔涌着豪气和剽悍的血,他横下心会把这颗心取出来……准噶尔大地静悄的,也是一个男人最安静的时刻,女人不敢打破这可怕的寂静。

几天后冰雹砸下来。女人奔到房子里,男人不见了,女人不顾一切奔出村子,那景象简直就像炮火连天的战场,冰雹跟子弹一样密集迅猛,田野上一片狼藉,枝叶飞舞,棉桃爆裂。女人哭叫着,奇怪的是冰雹没有伤她,冰雹从高空杀过来直扑棉花,棉花!棉花!从桃儿里吐出来的都是白白的花。那些桃儿只要给一点水滋润一下,给一点阳光温暖一下就会把洁白的心掏出来飞起来,满天遍野一片白晃晃的花……棉花……棉花……棉花……女人再也没有力气了,女人瘫在地上,女人的脖子还是梗着的,双手撑地,梗着脖子。现在她看到的是一群白蝴蝶,白蝴蝶带着女人的心愿和梦想飞舞着,轻盈着,把那个绝望的男人围起来,把他扶起来,不要让他跪着,让他站起来,让他的手松开。他的手攥得太紧了,就像一个临死的人那样,手心里攥着辽阔田野上最完整的一颗棉桃。她还是少女的时候,她的胸脯上就长着这么一对桃儿,就是在这个男人的抚摸下她的桃儿裂开吐出一片洁白。

女人根本搬不动她的男人,来一群小伙子才把男人搬到医院。男人死在医院,死的时候还攥着那颗棉桃,一直带到墓坑里。

女人一直不相信这个事实。女人守着圆圆的墓堆,不停地拍着,她很后悔没有孩子。她很后悔男人活着的时候没有好好地爱他。她很后悔包那么多地。有几亩地就可以了。这一切都像是一场梦,真正的一场梦。女人丢了魂似的在田野上晃来晃去。好几年过去了,伤心的事淡漠了,完全淡漠了,有时半夜惊醒,她就掐自己的肉，掐哪掐哪，身上全都掐麻了，也就把伤心事全给忘了。她安静下来了。好心人劝她再找个男人。她就遇上了老王。要命的是她还遇上了蝴蝶。

阿尔泰的蝴蝶是很多的，是很漂亮的。女人开始喜欢上这些美丽的蝴蝶。女人到草地上一待就是一整天。有个男人观察她很久了，这个男人问她有什么伤心事。

"没有，我没有！"

"你不要紧张，你看这些蝴蝶多自在呀。"

"我又不是蝴蝶。"女人的口气已经软下来，男人的话到此为止，男人开始行动了，男人干脆利索，在草地上就把事情做了，而且把女人带走了。

老王是几个月后才知道的。有一天，草地上的蝴蝶全都消失了，老王才想起七连有个好女人。老王徒步穿过茫茫荒野，到七连去找那个女人，那个好女人。七连的村庄外边，砍柴火的老汉告诉老王，女人走了，带她走的那个男人一看就是个骗子。老王的头就大了。

"你说她能去哪里？"

"不是奎屯就是乌鲁木齐。"

老王不敢再问了。老王回去收拾一下，老王徒步穿过了茫茫戈壁，老王要惩罚自己，老王没有走大路，搭个顺车能到奎屯能到乌鲁木齐，老王不愿意，老王梗着脖子，朝准噶尔腹地走去。

快到冬天了，大风一场接着一场，把地上的花儿吹光了，草也枯了，骆驼刺也折断了，随风飞舞。戈壁深处，石头上贴满了蝶灰；美丽的阿尔泰蝴蝶，如果到了群山谷地就会活下来，如果风向朝南把它们吹进戈壁滩，它们就会干死在石头上变成灰。老王抓一把灰。老王小心翼翼往下剥，剥一个碎一个。老王跪在石头跟前，像在乞求石头，嘴里叽里咕噜谁也听不懂。连老王自己也不懂的一种特殊的语言声音越来越大，跟咒语似的快要吼起来了。

乔 尔 玛

他正在地里干活儿，电话这东西响起来。他朝房子看一眼。他没放铲子，铲子正从地里往外翻，翻出一堆土豆，圆浑浑的，这是土地下的蛋。他摸这些蛋，他两只手才能捧起一个土豆。他顺手摸摸土地的屁股，土豆就是从那里生出来的。他把土豆全翻出来了。土豆躺在地上，太阳一闪一闪，土豆身上的凉气散光了，它们开始适应阳光下的生活。还得适应我的生活。他拍拍土豆宽大的脑门，他不是太阳，他只有一双手，他把土豆挨个拍一遍，它们就适应了。他告诉土豆：跟你们一起过日子的是我，不是太阳。好像土豆是嫁过来的女人。

土地把土豆养大就是跟他过日子的。

土豆朴实本分，可以陪他一辈子。

电话这东西再次响起来，他感到愤怒。

电话破坏了他的好心境。他刚刚跟土豆亲近起来，他不能当着那么多土豆的面发火。他转过身脸就黑起来。他朝房子望去，电话在里边响，房子陌生起来，那个叫电话的东西什么时候跑进房子里的？

好多年来电话一直没响过。不是电话有毛病，是电话没必要响。一直是他往山外打电话，报告河流的水文情况，电话只负责传送他的声音。他的声音就是这条河的声音。房子下边的山谷里，那条狂暴的大河是他真正的主人；他把主人的一举一动准确无误地记录下来，通过电话报告给山外的管理处。他搅动电话的动作，仅仅是河流水涨水落的一种延续。在他的记忆里，电话从来没响过。难道山外也有一条河，想跟他套近乎。山外可能有条河。这条河就流到山外去了。跟野马一样，跑遍天山南北，最后想起乔尔玛这个地方，便在远方嘶叫起来。他相信电话里传来的是河的嘶叫声。他喜欢这种叫声。

他的脸就不黑了，跟他挖出来的土豆一样满脸纯朴。

他没听到河的声音，电话传来领导亲切的声音。领导说："老马同志，是老马同志吗？"

"老马，谁是老马？"

"乔尔玛那个老马啊。"

"我去给你找找。"

话筒搁在桌上，好像在冒气儿，领导张着嘴巴在那头等着。谁是老马呢？他问自己认识不认识这个老马。

院子里是菜地和满地的土豆。

他到河边，河道全是青石头，白色水浪在石头的间隙里吼叫，水浪不高却很凶狠，就像一群白熊。满河道都是震天的吼声。他也吼了几声，声音刚出喉咙就被挡住了，就像在说悄悄话。

离开河道走了很久，才把声音喊出来。那是在一面山坡上，已经看不见河了，他很轻松地把声音吐出来。他爬到山脊上，他喊那个陌生的老马。

"老马——老马——你在哪儿？"

"老马——老马——有人找你。"

他的声音落入山谷，山谷越来越宽阔；那些声音张开翅膀，跟黑色的鸟群一样带着悠长的哨音掠过天山谷地；有些离群而去，散落在云杉树上，雪岭云杉，冠形优美，上尖下圆，像一座绿色宝塔直插云霄，他所呼唤的老马可能在云杉树下。他鼓足劲一声接一声，比刚才的鸟群更迅猛更剽悍，越过林莽和雪线，落在雪莲花盛开的雪峰顶上。他所呼唤的老马大概是个采药人。天山里的采药人必须到雪线以上去采那些珍贵的野花，那些红色、紫蓝色的花瓣是冰雪里喷出来的火焰；冰雪越过严寒就会飞溅出火焰，他所呼唤的老马一定是让冰雪的火焰给迷住了。他的呼叫声越来越猛烈，他的肺叶大起来，他的肺腑之气弥漫了群山，他滚烫的舌头在山坡上颤抖，岩石开始沸腾翻滚，跟开水一样。

他对自己的嗓音感到惊奇，他从来没有这么大声呼喊过，他在深山里待了三十多年，他大声说过话，更多的时候是自言自语，就是没有扯嗓子呼喊过。他的双手张在嘴边张成一个大喇叭，他感到他的声音那么汹涌有力。

他一边呼喊一边奔走，他奔上山顶，山连着山，前方是高大的雪峰，他奔到雪线前，他的声音涌向雪峰，积雪轰然倒塌，翻滚着冲下山谷，山谷吼叫起来。雪崩刚平息，他又喊起来。雪山经受住了他的呼叫，不再发生雪崩，他的呼叫声可以顺利地穿越山谷，跃上山峰，四处飘荡。

他听见马蹄声，呼叫声一下子就清晰起来。牧人咻咻地吆喝牲口。那是个孤独的骑手，在山坡上踽踽而行，双脚不停地踢打马腹，山坡又长又陡，马小跑着前进，骑手向上瞭望，他的呼叫声就飞过去，落在骑手的肩膀上。骑手满脸惊喜，来不及下马，右手抚胸向他致礼："朋友你浩（好），我就是你要找的老马，马哈木提，马哈木提从遥远的伊犁赶到这里，就是听从胡达的呼唤寻找我的神马。"马哈木提滚下马背，奔过来抓住他的手，碰他的肩膀拍他的背。

"你来得正好，有电话找你。"

"电话跟我没关系，我要找的是马，马在呼唤马哈木提。"

"你不是老马？"

"汉人叫我老马，牧人叫我马哈木提，不管老马还是马哈木提，他们都是要听从马的呼唤。"

"电话点名要乔尔玛的老马。"

"乔尔玛，这里是乔尔玛？"

"这里是乔尔玛。"

马哈木提跃上马背，双腿一夹，顺坡而下。

"噢嗬，马哈木提来到了乔尔玛，乔尔玛是马哈木提的乔尔玛。"

马哈木提下到坡底开始狂奔。他所呼唤的老马就这样消失了。

他回到房子告诉领导：老马来了，又骑上马跑了。

"老马就是这样子上班吗？骑着马整天乱跑。"

"他刚从伊犁过来，他的马丢了。"

"马丢了不要紧，最要紧的是那条河，水站的工作就是看好那条河。在我们的印象中，老马可是个好同志啊，兢兢业业，坚守岗位，认真负责……"

领导像在翻词典，词儿一个接一个。他越听越糊涂，他打断领导的词典："你说的这个人好像是我。"

"你是谁？"

"我是水文站的工作人员。"

"你就是老马呀，你真会开玩笑，你不要否认，你就是老马，水文站只有一个老马，秘书查一下，他叫马什么，马福海，噢，马福海同志，你是个好同志。"

"我是个好同志，可我不是老马也不是马福海。"

他把话筒捂在怀里。"我是老马？我是马福海？"这个马福海就像贴在他脸上的树，很容易掉下来。他大声告诉领导，他不接受这个莫名其妙的马福海。

领导肯定为难了，领导没搁电话也没吭声，可以听见秘书的嘀咕声："就是马福海，水文站只有一个马福海，档案里清清楚楚。"领导说话了，领导没给他说，领导给办公室的同志说："马福海同志在高寒地区工作35年，几乎与世隔绝，脾气嘛大了点，肚子嘛有点胀，我们要理解他。"领导光明磊落，对下属一阵劝解后，大声对他说："老同志能不能这样，你自己告诉我你叫什么名字，我们尊重你的意见，你想叫什么就叫什么。"

"我有名有姓，我叫乔尔玛，乔尔玛不是我想叫就叫的，命中注定我叫乔尔玛，这是谁也没办法的事情。"

"这纯属你个人的私事，谁也不能强迫你。"

"这话我爱听。"

他们就这样热乎起来。领导可以说出组织的决定了："根据国家的规定，高寒地区工作的同志55岁必须退休，我们在市区给你分了房子，三室一厅，有暖气，你可以安度晚年了。"

他一直举着话筒。领导说了很多很多，可以说是滔滔不绝，口若悬河。领导肯定把连绵的群山当成数千人数万人数百万人的群众大集会了，领导声如洪钟，越敲越响，钟声浩荡，久久不息，最后领导还喂喂两声问他有什么要求没有？他唉唉两声，跟领导喂喂相应，就像对联似的。领导很满意地搁下电话，当啷一声就像咽下一块美味。他也当啷一声搁下电话，他的喉咙本能地跳一下，他咽下去的是一大口唾沫。

搁下电话，他的眼睛就到了窗外。他看到群山和宽阔的山谷。他看到河滩上的石头，它们大多都是青石头，也有白石和麻石。白石头显得很醒目，也很英俊。

他的床就垫在白石头上，另几个白石头当凳子用。过路人进来就坐白石上，夏天坐光石头，冬天垫上羊皮子。那些白石头是他从河道搬来的，比一头羊还要沉，他抱在怀里，撅着屁股吭哧吭哧抱进房子，咚一下扔到地上，就不再挪动了，跟丢骰子似的。石头总是面孔朝上，那是石头最整洁的一面，过路人走进房子，就会说："啊呀，石头给我的不是屁股。"过路人就把自己的屁股搁石头脸上，等着喝主人滚烫的奶茶。过路人肯到房子里坐坐，那简直是他的节日。进我的房子就是尊贵的客人，不进我的房子就是陌生人，让陌生人走过你的房子，那是比严寒还要厉害百倍千倍的大风，那冷风会吹你一辈子。

他不止一次追赶过路人的背影，把陌生人变为贵客，把严寒化为春雨。这种神奇的力量简直不可思议，他就怀疑这是白石头给他的神力。有时过路人太匆忙，急着赶路，他的赤诚会使人家中魔，临时改变主意，返回房子，一误再误，误了要办的事情。那事已经很次要了，重要的是在这荒山野岭，在这房子里坐一会儿，喝一碗奶茶，从嘴巴暖到肠里暖到脚后跟，整个人热气腾腾。客人情不自禁叫起来："我从来没有这么热乎过。"客人擦一把，脸上没汗，可脸上就是热，整个人热成了一团白气。客人不再惊叫，客人声音变小，客人用很小的声音说："活人就活一口气，这口气必须是热乎乎的。"客人看着飘荡在自己身上的那团热气，客人就把自己的使命看淡了。客人的屁股就像长在石头上，再也抬不起来了。直到太阳升起，客人才恋恋不舍起身告辞。

送走客人后，他细细地看这神奇的石头。

那简直是一个宝座，谁坐上它谁就会高贵起来。

他一直坐那把木椅。那天早晨，他把椅子搬出去。他不能占客人的位子。尽管房子里的石头宝座有四个，他还是到河道给自己另搬一个，放在那四个旁边，就是五个。他数一遍，是五个。

那把椅子一直搁在窗户底下，落满了灰尘。让讨厌的灰尘坐椅子去吧，椅子是让人衰老的家伙。

就这样他想起了电话。这家伙比椅子更讨厌，竟然在房子里大模大样待了几十年，那把椅子在房子里只待了一年就被他赶出去了。他显然小看了电话这个东西。多少年来一直是他使唤这个电话。他到河边查清水速含沙量，回到房子就对着电话吼一声，他的声音跟水浪声一样大，河就这么吼他，他理所当然对着电话吼叫。那些水文数据被他吼到山外，吼到领导耳朵里，领导就会感觉到这条河的厉害。不吼是不行的。他的舌头他的声音跟水浪一样把电话机拍打了几十年，这几十年来，它一直是温顺的，它没法不温顺。就是一座山，水也会把它劈开，把大石头切成小石头，把尖石头磨成圆石头，把圆石头卷到山外抛到戈壁滩。被抛出河道的石头都不是好石头，河讨厌它们，河水就毫不客气地把它们赶出去。

他不会对电话客气的。他轻轻一抓就把电话拎起来，这么软弱的一个东西竟然对他居心不良。血性汉子不会给他来这一手。他稍用些劲就能把电话捏碎。他的手高高扬起来,做出要摔的样子。电话肯定吓坏了。他不是一个残忍的人,他会把一头熊摔下山崖摔成肉饼,他不会把一只雪鸡、一只野兔弄伤的。把它赶出去就行了。他拎着电话往出走,电线在上边,他只好从窗户递出去放窗台上。窗台也不能让它待。窗台常有鸟儿光顾。就让它待在椅子上,椅子上落满尘土,椅子已经腐朽了,它待在上边正合适,就让它跟尘土说话去。多少年来,他清扫房子清扫院子,从来不清扫椅子,椅子是给电话准备的。

我的房子不要你。

他拍拍电话光滑的脑门,他想笑,他就笑了,他从来不压抑自己,他笑得很开心。

你让我退休,我先让你退下去,要不了多久,尘土就会给你盖上被子,老老实实给我待着。还有你一把椅子,再乱嚷嚷就把你扔到河里去。

他晃晃他的铁拳,电话缩在椅子里不敢动。

他蹲在栅栏外抽烟,他撕开一整盒,打算一根连一根抽,抽两根就抽不动了。他不想理电话,他还是朝电话走过去,没走到跟前他就吼起来:"你娃乖乖的啊,你娃乖了一辈子为啥这时候气我,要把我赶出去。"他把唾沫咽到肚子里,他声音变小了:"我想吐你一脸,可我不想吐了,鸟鸟都有指甲盖大个脸,你比鸟鸟大几倍,我吐你脸上你就不好看了。"

他摸一下电话,他的手就挪不开了,他的手摸来摸去,他的舌头想动已经来不及了,舌头僵硬了,他也搞不清他的情绪为什么这么激烈?舌头难以承受舌头就僵硬了,可他肚子里的话一个劲往出涌,涌到手上,手指麻酥酥的,手告诉电话:"我从来没有把你当过电话,你为啥说出那种话?"

电话不吭声,提起话筒,电话还是不吭声,里边发出呜呜声。电话哭哩,电话不敢大声哭就压着嗓子哭。这种哭最伤心。电话伤心了。他也伤心了。他一伤心他的心就软了,跟泥一样,他那红通通的手就是从心里涌出来的泥,软软地摊在电话上。他的手还没给谁软过。打断骨头连着筋,电话到底是自己的。自己跟自己过不去就弄成这样子,电话压着声呜呜咽咽,他从心软到手。

他把电话抱到怀里,把屁股上的尘土擦干净。电话晒了一会儿太阳,热乎乎的像只猫,他大嘴一歪,笑起来:"你这我儿①你就是个猫,咱心里钻了个老鼠,你

---

① 你这我儿:西北方言,也是古典语言,既是第一人称,也是第二人称,相当于"我,你"。吾儿某某。

把它吃了,你这我儿。"他有一个宽大厚实的胸脯,猫从中闯咬下去,咬得太狠,把自己陷进去了。"你这我儿咬对地方啦,狠劲咬咬死它。"他筛抖起来,浑身上下全是筛子眼,七筛八筛老鼠出来,整个人好像长高了一大截。

他把电话举起来对着太阳看,太阳就成了一个大铜镜。他在太阳的大镜子里看到自己那张沟壑般盛满笑容的脸,他把电话举高一点把他那副嘴脸遮住,那副嘴脸很开心也很吓人,他不爱看那副嘴脸,他爱看电话这只猫。

"你这我儿,叫我好好看看。"

铜镜里的电话亮起来,陈旧的塑料壳子被亮光穿透,可以看见里边的肠肠肚肚,蓝色的电阻金红色的铜线圈还是新新的。他说的话全在这里边,他说的话有多少他也记不清了。那条大河变成一些数字,这些数字忽高忽低,跟狗的脉络一样很难把握。电话却能把它们理顺,那些乱糟糟的线圈最终变成一根粗线伸出去,越过房顶跃到电杆上,山坡平缓辽阔,电杆迈动它的长腿,它的腿那么长,跟树一样直直的一溜,涌上连绵起伏的群山向远方延伸。那是河的新出口。

从房子到河有一百多米,这段路必须由他来完成。他也有一双电杆一样的长腿。现在,他的长腿出现在太阳的铜镜里,那条大河也出现了,他怎么瞒得了太阳呢?太阳是上天的眼睛啊,他居住的房子,他耕种的地,地里结的土豆,太阳都看得清清楚楚。他注定要在这一天把土豆翻出来,不是他要翻出来,是上天要土豆出来,上天要用它的太阳眼看看土地的杰作。自从他热爱上这个地方,土豆就越长越大,他耕作的手艺日趋精湛,他很高兴在他的双手炉火纯青的时候,上天睁开了眼睛。

这一天,河要流出它的辉煌。太阳这面铜镜照什么都是古铜色,一条古铜色的大河就不像是河就像龙的浮雕,从天山腹地直达遥远的准噶尔。

在这神奇的大镜子里,他很想笑一笑,一笑面孔就变形。他那张脸还算整齐,就是五官大了些,大嘴高鼻大耳朵深眼窝,稍有点笑容就显得很狰狞。他从不压抑自己,心里高兴,笑容就上头上脸。过路人进来都要深深地看他一眼,他不知道人家有多惊讶,他的嘴咧得更大,笑声像野马从那张大嘴里轰轰而出,震得人家头皮发麻,客人的嘴也就不由得歪起来。他喜欢这么开心地笑,他又不是女人,他不在乎面部表情,再狰狞也狞不成野兽。野兽的笑才吓人哩,但也吓不了他,他见过狗熊的笑,见过狼的笑。野兽的笑有一种粗犷的美。那不是一般人能欣赏了的。他就能欣赏野兽的笑。他很高兴自己有这种能力。他把这种粗犷豪迈的笑献给客人时,客人的头皮都要麻一下,麻过之后就慢慢品出那种凌厉激烈的力量。客人喝过奶茶，客人脸上多多少少也有了这种线条奔放的笑容。

客人把这种笑容带到山外，山外的人目瞪口呆，他们就谈起乔尔玛，谈起河边那个神秘的房子。

乔尔玛有这么一个房子。

这是上天所见。上天的太阳从这里升起降落，太阳就落在房子后边的山坡上，在草窠里歇一宿又从那里升起来。

房子从外形看不像个房子，像山坡的自然延伸。他把房子的后墙打掉，把大梁直接搭到坡上，房顶是平的，压着一层石板，像从山上滑下来的，其实是他搬上去的。从山坡可以直接走到房顶上。房檐微微翘起来，傍帽檐一样，青石帽檐下的两扇窗户也是石条砌的，那是山的眼睛。他就住在那深不可测的眼瞳里。他的眼睛跟山的眼睛合在一起就是一双重瞳。

过路人老远就能看见这双重瞳，过路人在里边待一会儿便恍若梦中。过路人爬上马背，或者到独库公路拦一辆车，他并不知道自己已经永生永世罩在那光里了。他把这一切当成回忆，讲给朋友讲给妻子或孩子，他并不知道是那光在回忆山中的一幕。那些回忆的片断构成光的基本微粒，飘荡在天山谷地。

那些微粒还在回忆。

这是他在太阳的铜镜里看到的最生动的一幕。他被这一切给镇住了，半天反应不过来。他抱着电话这只猫自言自语："都是你这儿干的好事，你把爷爷我的心给掏空啦。"

他不敢看太阳，可太阳这面铜镜就在跟前，亮晃晃地照着他的眼睛。我总不能闭上眼睛。他飞快地看一眼太阳，那些微粒还在太阳的铜镜里颤动。

"他们在惦记我。"

是那些光顾过房子的客人，他们多得数不清。有些人连面孔都看不清楚，黑夜里来，借着幽暗的灯火喝奶茶啃干馕，天没亮就启程赶路，彼此都很模糊，就狠劲地握手，碰肩膀拍后背，把后背拍得咚咚咚，跟打手鼓一样。客人在雾色苍茫中走了。现在他们同时浮现在太阳的铜镜里。太阳是大家的，谁有这心性谁就可以把太阳当成古老的铜镜，把自己的心灵投注到上边。乔尔玛，在乔尔玛，无论是白天还是黑夜，无论你有多么疲累，那房子都会让你尊贵起来。太阳的铜镜里颤动的就是他们成为贵客的珍贵时光。

他站在房子跟前，完全是一个威严的父亲的样子，怀抱着电话这只猫，边走边拍打："你这我儿，你啥时给我当儿来？乖乖地听话，我就唤你为我儿。"他声音很轻，却很清晰，完全是说给房子听的。

房子完全听清了，房子里有一种幽暗的光在静静闪动。房子是由石头砌成的，墙根是石条，墙壁是石方，顶上横着一排原木，都是带皮的雪岭云杉，云杉原木上是一层薄石板，压一米多厚的干土，上边还是石板，厚厚一层跟岩石层一样。房子的结构就装在他的脑子里，清得跟水一样。床也是一圈青石，架起一拃厚的方木板子。有一个客人揭开熊皮褥子看见这么厚的方木床板，叫起来："爷爷，你这是地板砖么。"他的床确实有一种大地般的感觉，睡上很安稳，没有嘎吱声。那些放牧的哈萨克人、蒙古人，坐在他的床上，悠然自得，喝足奶茶，告别时指指房子说："这是个石头帐篷。"牧人的帐篷里，毡铺在地上，他们的睡眠很踏实，他们紧贴着大地睡觉，睡眠就像从泥土里渗出来的一样，鲜美无比。他的睡眠是从石头长出来的，石头从山坡上延伸到他房子里，就像山坡伸出的两条胳膊。山把胳膊盘在这片开阔地上，他就很自然地睡在山的怀抱里。

最早的房子是干打垒，是管理处的几个农工打土坯盖的。他在房子里住过一段时间。

他喜欢那些大石头。从河道到山坡，远远近近的石头他都摸熟了。要把它们搬回来可不容易，它们都比他重，而且性子野，比烈马还要野。他得慢慢挪，不能顺坡放滚石，那会让石头粉碎的。放牧的哈萨克从马背弯下高大的身躯问他："朋友，这是一块什么石头？"

"我喜欢的石头。"

牧人下来帮他。他们一起用劲，用一下劲石头就挪动一两寸。牧人说："你要把它搬到哪里去？"

"搬到我房子里。"

"噢哟，你的房子。"

"石头要给我盖房子。"

牧人看他半天，看石头半天，牧人说："你喜欢石头是有道理的，你要在它里边睡觉。"

牧人撇下自己的羊群，从早晨忙到黄昏，太阳下山时，石头被两个壮汉搬到院子里。牧人歇了一宿，离开时留下一只肥羊，说是胡达的意愿："你祈求胡达吧，你有一颗诚实的心,加上一身好力气,你能搬来所有你喜欢的石头。"牧人一下子庄重起来,庄重的牧人是不能骑马的,牧人牵着骏马领着羊群走进灰蓝色的晨光。

在那个早晨,他心里开始涌动一种奇妙的感情,那是一种神圣的喜悦。太阳冉冉升起,辽阔天宇传来海啸般的滚动声。太阳在切割天空的大理石,太阳转动着锋利的齿轮,喷射出弧形的火光。太阳的身后出现青色的群山,那是太阳雕刻出来的气势磅礴的群山,他所喜爱的青石和白石全在那里,他所听到的呼啸声就是石头的翅膀发出的。石头在天上,石头就一定能飞翔。它们飞起来是为找一个归宿。飞到高空就能找到那地方。它们静静地落下来,它们等待着大地的翅膀。

在牧人消失的晨光里,他举起双臂去搬那块白石,他对白石说:"这就是你所需要的翅膀。"他的双臂就箍在白石上,他的力量和白石的力量融在一起。他们走得很慢很笨拙,跌跌撞撞,尘土飞扬,可他再也不感到吃力了,石头的力量跟他的力量融汇成巨大的喜悦。泪水从眼瞳里渗出来,泪水越来越圆润饱满;汗水不是一粒一粒渗出来的,汗水就像春天草地上的泉水大片大片涌出来,从后背到前胸到脖子,就像镶满了珍珠或宝石;尘土飞扬,他身上有一种圣洁的光芒,尘土和劳累是遮掩不住的。他满怀喜悦告诉白石:"我把你顶在额颅上,你这么白,拿你做房檐,房子的印堂就会亮起来。"白石受到鼓励,一下子急切起来。石头是不能走快的。他肩顶着石头,一只手抓着,就像牵着一匹烈马。

他所喜欢的石头,从山上从河道里全被搬回来了,堆在院子里跟一座山一样。天上的石头也被搬来了,天空平坦辽阔,太阳就像大草原上的马,一匹真正的毛色金黄的骏马,垂着脑袋看大地上的群山,看那些壮美的石头。他就站在石头旁边,他正抽一根莫合烟,太阳所看到的石头罩着淡淡的烟雾;石头开始呼吸了,群山和群山里的峡谷都在呼吸,呼出清纯的气息,又吸进清凉的风。太阳就在这一呼一吸中转动着,向天空深处转去。天空根本就没有深处,也没有高度,每当它走到尽头时,它就会从那高处落下来,它年复一年、日复一日地照着自己的形象在画一个又一个圆,在它的行程中天空绝对是一个大圆,一个无穷无尽的大圆。它还得从那大圆里落下去,它再次升起的时候,它相信今天比昨天更大。它就抱着这种念头奔走在天空。天空需要它的激情和喜悦。

搬走那些巨大的青石和白石之后,太阳来到更辽阔的天地里。

在那美妙的时候,他提着斧子和手锯登上山顶。对面山坡上长满云杉。那正是他要找的树,他就要这种树,根爪抓着大地,树冠直入云天,就像擎天柱。能支撑大地和天空的树绝对能撑起他的房子。他奔下山，很快出现在对面山坡上，很快进入雪线附近的云杉林。手锯呜呜响起来，斧子吭吭响起来，它们跟大鸟一起在林子里叫了好几天，十几棵树倒在山坡上，被截成好几段，再一根一根拖回去。

圆木堆成一座山。

他喜欢这些圆木，连它们的皮他都喜欢。他只除掉树杈和叶子。

那栋旧房子跟雪峰、云杉林、青草地和奔腾的大河摆在一起太寒碜。他只留了电话机和那个"乔尔玛水文站"的牌牌，他一把火烧了那栋旧房子。他看着冲天而起的大火，他很兴奋，他对自己说："你这我儿，你是个土匪么。"他从来没有这么高兴过，在他的老家陕西，人们高兴至极就脱口而出自己给自己当儿子，"你这我儿，你这我儿"。那是人对自己太满意了，觉得自己很了不起，不由得欣赏起自己来。他这辈子没遇上什么顺心的事。他离开老家来到天山脚下成为一名兵团战士，接着就是成家立业，还没等他喊出人生最得意的这句"你这我儿"时，他在自己房碰到他的女人跟连队的管理员干好事，他僵硬在外边，然后悄悄走开。他再也没回那房子。那是他和战友们打土坯盖起来的，巨大的耻辱压得他喘不过气，他没有声张，农场里平平静静什么事也没发生。团里在几百公里外的乔尔玛建了水文站，没人愿意去深山老林守那条狂暴的大河。他报了名。他再也没有出山。团里的车去库车时，顺便给他捎些生活用品，也捎来了女人的离婚申请。司机告诉他，他女人另找了一个男人，不是管理员，管理员有老婆，他签上字交给司机。他在水文站的破房子里住了好几年，竟然不知道山上有这么壮美的石头和树。他的耻辱随着那把大火被烧个精光，他把废土和灰铲到地里做肥料。在原来的房基上他铺砌青石，石条和石块一级级高起来，高过他的头顶，他很吃惊他怎么有那么大力气把巨石一块一块搬上去。每块石头都是他凿过的，他并没有刻意去敲打那些纹路，它们竟然很吻合，一直到房顶，与圆木合拢，整个房子天衣无缝。

搁上最后一块石板，他从房顶爬下来，他倒退着，一直退到栅栏的横杆上，那房子就像神话里的宫殿突然出现在眼前。他敢相信这是他的房子。他仔细看他的手，他嘿嘿笑起来："你这我儿，你有房子啦。"他完全成了地道的新疆人，在新疆人的意识里。房子就是老婆，你房子里就是你老婆。他从来没有这么高兴过，这种令人愉快的感情猛然进入他荒凉的身体还有些不适应，他显得有些笨，他上台阶时摔了一跤，进房子时头又在门框上磕了一下。他太喜欢这个房子了。他做了一张宽大厚实的床，上边铺着熊皮和狼皮。皮子熟得很软和。都是他在山里打的猎物，自己剥皮自己熟好，缝制成别具一格的毯子铺在床上。牧人过他的房子总要留下最肥最美的羊，他吃了羊肉，把皮缝制成被子。那个大炉子是用土坯砌的，土能蓄热。他有的是木柴，也有煤，独库公路上过往的司机常常给他留下大块大块的煤。他的灯是装在铁筒里的羊油，中间一根手指粗的捻子，燃烧起来有一股油腻腻的芳香。夏天，整个大地的凉气顺着山坡涌进房子，打开南窗，从巴音布鲁克和呼拉提吹来草原的气息。

那时候，他就坐在白石头上，望着窗外，森林草原奔腾的河流，平静的蓝天，还有肥壮的太阳，它们都把这栋房子当成一个奇迹，这是你的房子。那是一种天籁之音，从天宇而降。让房子伴你终生，让石头让树让太阳让风让河流伴你终生。他站起来，他摸着墙壁，他说："这是我骨头里的骨头，这是我肉里的肉，做我的女人，我会好好待你，白头到老。"那房子闪出一团红光，那铁筒里的羊油把灯火缩成手指那么大一点，房子自己亮起来的时候，灯就会变小。那确实是他的女人，在乔尔玛，石头睁开眼睛，森林里的云杉睁开眼睛，狂暴的大河睁开眼睛，草原睁开眼睛，太阳睁开眼睛，风睁开眼睛，它们的光聚在一起聚在这房子里。他轻手轻脚走到床边，他解开衣服，他躺在一团柔和的光里。那些兽皮比它们活着的时候还要光艳，那些兽皮获得了新的肉体，那些兽就活过来了，熊和母狼融合出一种雄壮剽悍的旷野之美。

天亮后他还记着那个梦，他把熊和母狼的皮拿到外边，对着太阳看，熊和母狼的影子出现在天幕上，那巨大的投影远远超出它的梦，比它们的生命更真实，就像迎风招展的旗帜，上面绣着华美的太阳。他不知不觉走到陡崖上，兽皮在手中哗哗喧响，他被那强悍的生命牵引着。他的生命无所不在。风在他脸上揭一下，把他的笑容带到草原上，跟鲜花开在一起，可以想象他的笑容有多么生动，绝对要比在他脸上好。他喜欢太阳，他就走进阳光地带，让太阳尽情地照耀他。他喜欢树，他就到森林里去挨个敲打高高的云杉。那么高的树必须用铁拳，他使出全身的力气攥紧双拳，擂在树的胸膛上，树发出巨大的轰响；树冠在响，树根在响，伸入云天，琴声如诉，深入大地，鼓声隆隆……他把自己打累了，咕咚一声倒在地上，跟一堆泥一样。他靠着那棵音乐树睡着了。他的呼噜声就是美妙的音乐。树静悄悄的，整个森林静悄悄的，鹰在森林上空盘旋，鸟雀在林中追赶阳光；照进森林的阳光跟金黄的树叶一样，鸟雀捉住它们就喳喳叫着美餐一顿。阳光逃到这个呼呼大睡的壮汉身上，鸟雀就不敢过来了；鸟雀静静地听着壮汉的呼噜声，只有狗熊才发出这么雄壮的呼噜声。呼噜声一起一伏，大地也一起一伏，森林也一起一伏。鸟雀们晕眩起来，它们摆脱不了这种巨大的起伏，它们就像浮在水里。

那只熊出现了。熊从阳光里走出来，走到酣睡的壮汉跟前，熊被那热烈的呼噜声给迷住了，熊也能打这种雄壮的呼噜，可熊从来不留意自己的声音，这种奇妙的声音换个地方就显得奇妙无比。熊技痒难忍，笨重的身体慢慢倒下去，呼噜声响起来。

那只熊走进他的睡眠，他的梦就消失了，他的呼噜声弱下去，他睁大眼睛看那只熊。熊的嘴巴发出雄壮的音乐，那强劲的旋律深深感染了他，他伸手摸熊的嘴巴，他抓那肥厚的嘴唇，他抓那锋利的牙齿，在牙齿后边他摸到滚烫的舌头，宽阔厚实，奔腾着汹涌的热浪，森林之歌就从那里升起，雄壮，健康，嘹亮。他往后仰仰头，他发现熊是很漂亮的，宽阔的嘴巴里伸展出憨厚朴实的笑容，就像伸向田野深处的一道道土塄，那些土塄垫在他身下，他再也睡不着了，他爬起来，他的手还抓着熊嘴巴，他听见自己惊叫一声。熊也被惊醒了。

他撒腿就跑，他手还在熊嘴巴上，把熊扯疼了。熊并没有咬他，他蹬一脚才把手拔出来。他跟石头一样滚下山坡。他在树上撞了好几次。熊也滚下来了。熊也撞那些树，树冠在云端发出哗哗的响声，林涛滚滚，鹰一跃而起，落在太阳背上，太阳晃几晃，像汪洋里的大船很快就稳住了。

熊在他之前滚到坡下，他下来时熊已经清醒过来。他还在狂热中。他离熊很近，熊往他跟前挪一下，他惊恐到极点，他既疯狂又胆怯，他竟然大手一挥指着熊大喊："你这我儿，你做啥？"熊扑通跪在地上，仰起粗大的脑袋不停地晃着，他竟然走过去摸熊脑袋，嘴里喃喃自语："你这我儿，你这我儿。"熊听懂了他的话，熊伏在他脚下用毛茸茸的脑袋蹭他的小腿，他有点感动，他拍拍熊脑袋："瞌睡了就睡吧。"熊卧在山跟脚呼呼大睡，太阳从森林上空赶过来，太阳贴着熊脑袋，熊的鬃毛全成了金黄色，像一堆跳动的篝火。

从熊开始，更多的鸟兽走进他的生活，他呼熊为儿的时候，其他动物就羡慕起熊来。

鹰从天而降，鹰叼人的眼睛，他捂住脸不敢抬头，鹰落在他背上跟石头一样压得他喘不过气。鹰发出凌厉的啸叫，啸叫声连续不断，回荡在乔尔玛河谷。他从这凌厉悠扬的旷野之歌中领悟出生命的旋律和节奏。他拧过脑袋，面孔朝上对鹰说："你这我儿你欺负你爷哩。"鹰一跃而起，直入云天，一晃而失，很快又出现在天幕上，不停地翻跟头。鹰太高兴了。做儿子就要做骄子，骄横而高贵，以绝对的优势超过父亲。

他只能仰望这个骄子，他低声说："这是我的儿子，这是我的儿子。"他应该有这么一个儿子，去纵横长天。他从来没有仰望过天空，一个不能仰望天空的生命该有多么悲哀。

他一动不动，静立天山长坡，仰望着辽阔高远的蓝天。

鹰飞走了。

太阳飞走了。

他坐在房子里，他从窗户里看天空。他不可能像女人那样离窗户那么近，支起下巴无奈地看天空。一个男人，一个沉默的男人总是坐在房子的角落里，坐在石凳上，静静地看着外边。

那夜，灯没有亮，他的眼睛亮着；他的眼睛在天空发芽，长出鲜美的星星，长出娇嫩的月亮。他再也不能给星空一个确切的称呼了，语言显出他的无奈与笨拙，他的心灵发出一声声惊叹一声声呼唤，星空在对应着，但彼此的交感只能在无声中进行。他是地上的一个活物，能跟天上的生命彼此感应，他很满足了。

日出而作，日落而息，飞禽走兽以呼儿为荣。他乐意这么呼唤它们，他乐意拥有这些生命。

月亮和星星的面孔让人难以诉说又难以忘怀。他相信这种奇迹一定存在于大地。

他从早晨走到黄昏，他好像在追赶太阳。太阳再也跑不动了，太阳落到山坡上，踉踉跄跄，就像负伤的勇士。他紧跟着。

那是中亚腹地的秋天，牧草一片金黄，太阳很容易在草丛里藏身。他很快就发现了太阳的血迹。他一跃一跃地向前奔跑，跟一头豹子一样，那凶猛的样子把太阳吓坏了。太阳拖着受伤的后腿，太阳在草丛里爬着，拼命地爬着，多威风的空中勇士，伤成这样还干干净净一尘不染。整个山坡笼罩在金红色的光芒里，他喂喊一声："我不是抓你的。"他把枪扔到地上，拍拍手。太阳缩在草丛里不再窜动，等喘息声平缓下来，他慢慢走过去。

他小心翼翼拨开牧草。他看到的是一只俊美的母狼。母狼一身金红色的毛,那双美目放射出逼人的光焰,那光焰笔直地射入他的眼瞳。他听见他心里发出一声惊叹,接着是一阵强烈的晕眩。他垂下眼皮。他看见母狼受伤的腿。猎人的铁夹夹在上边,还在渗血。他从靴子里拔出英吉沙钢刀,刀光一闪一闪。母狼身上依然散射着金红色的火焰,母狼的目光落到地上,母狼死死地盯着地面,在地面打出一片亮光。他的刀也打出一片亮光。那亮光慢慢地撬开兽夹子,把皮肉里的铁刺剔出来,剔干净。

母狼翻身躺下去,紧绷绷的身体完全放松了。它仰躺的身体修长俊美剽悍。它把受伤的腿压到下边。它让这个救它的人看它的俊美和健壮,它的瞳光湿漉漉的带着逼人的光焰一闪一闪。它所凝注的那个人显然受不了如此美艳的光芒。那人朝天空看一眼,天早就黑了,他所追赶的太阳是一个幻象。奔逃的母狼以及母狼的光焰照亮了群山,把那人诱到天山腹地最美妙的地方。狼不再奔逃,狼意外地获救,狼惊叹这突如其来的奇迹,狼不知道它的瞳光何以含泪,有一种奇妙的感觉。那人抬头看天,狼的目光被那人引到天上,月亮很小,星星很亮,那无边无际的夜空跟它去过的辽阔草原相近,狼想起美妙而甜蜜的日子。狼并不知道自己在笑,那俊美的眼睛里涌出罕见的笑容。

那人走了很久,狼也不知道,狼让夜空给迷住了。

狼朝夜空走去,刚开始伤口发疼弄得它难以忍受,它长嗥一声,叫过之后它羞愧起来。它奔到水边,就是那条狂暴的大河,它用那河水洗净伤口,它在激流中看到自己的影子。它为自己的美貌而自豪。它看见它的眼睛里有一丝羞涩。一只羞涩美丽而剽悍的母狼,简直让它不可思议。星星在缩小,月亮越来越大,夜空更加辽阔。母狼奔上山坡,它跃动的步子很优雅,潇洒自如,徐缓有致,一会儿谷底,一会儿坡上,一会儿山脊,一会儿越上峰顶。在天山峰顶,母狼要停留片刻,那里离天很近,它伸出前爪,它触摸到天空辽阔的胸脯,它听见那辽阔的胸膛所发出的大海般的轰鸣,那雄壮激烈的心跳让它感动。母狼身上热乎乎的。母狼朝夜空走去。母狼奔走在月亮的身边。

月亮把它带到那栋房子跟前,月亮靠在栅栏上不再动了。母狼身上涌起一股巨大的柔情,它垂下头,它看见地上的影子,它的睫毛很清晰地投射到地上。它相信那门是开着的,它轻轻一推门就开了。它相信那人在等它,那人和衣躺在床上瞅着屋顶。它进去时，那人坐起来，那人对它的到来一点儿也不感到惊奇。一切都很正常。它静静地蹲在白石头上，那人也悄悄地躺下。那人睡着了，狼也睡着了，狼是看着夜空睡着的。

他醒来时狼还睡着，他轻轻走出去。他去河边测量水位。太阳还没升起来，晨光在山那边，天已经很亮了，群山上空要更亮一些，山谷里有点暗。他走到栅栏边，他看见房子的窗户。母狼在窗户里，母狼的侧影在窗户里完全是个美妙的妇人，瘦长的脸，亮闪闪的金发，美目闪出光焰。那完全是房子的光焰，从墙壁从门窗从屋顶放射出强烈的生命之光。太阳出现在群山上空，太阳看见那美貌的妇人，她的面孔在窗户里多么生动！

过路人在这里留宿，他们把这美人的芳名带到山外。更多的客人要见她一面。他笑而不答。人家以为他是那种丈夫，就神秘地朝里屋张望，他们都以为美人躲在里边。这么一想，他们也就满足了，他们跟美人待在一个屋下么。

他很喜欢这种默默无言的交往方式。他们配合默契，这种默契只有房子才能相比。其实，母狼到他这里也只是在白石头上待一会儿，然后离开。现在他必须告诉母狼一件大事。他打破了他们多年来保持的习惯，他站在山顶喊一声："你这我儿你快点来呀。"

他只喊了这么一声。

他前脚进屋，母狼后脚就进来了。

他告诉母狼："我要到山外去办一件大事，这事办成了，我还能住这，办不成就得离开。"

他怕狼听不懂，他一字一顿重复一遍。狼眼睛就湿了，狼跃到床上，呜呜咽咽叫起来。他拍一下桌子："你这我儿你别哭啦！"狼停止呜咽，狼静静地看他，狼眼睛里闪出奇异的光焰，他摸一下那光，他小声说："你这我儿，你有这么亮的光我怕毬个啥。"狼就狗样蹲起来，面孔对着他细细地看他。他的瞳孔大起来圆起来，嗖儿嗖儿的。母狼的光焰流进他的眼睛，他整个人鼓起来，骨头嘎巴嘎巴响，他问自己："你这我儿你这我儿，乔尔玛都成了你的儿，你为啥不做你的儿。"他小声说："人可以自己给自己做儿，人可以从自己的命里生出另一个命。"

管理处设在山外一个叫奎屯的小城。他好几十年没有进城了。他赶到奎屯时，领导正伤脑筋呢，没人愿意到乔尔玛去。领导接到门卫电话，想躲一躲，那人已经进来了，那人说他是从乔尔玛来的。

"我父亲回老家了，我代他工作，水文站那一套我都会。"

"老马有这么一个儿子咋没听说过？"

"我们待在山里，你当然没听说过。"

"你父亲也太那个了，连欢送会都不开，我们多被动，高寒地区工作的同志是我们重点保护对象，我给你们争取到了房子，三室一厅的房子，这是你父亲应得的，你可以继承。"

"我不要房子，乔尔玛有房子。"

窗外好多人听着呢，大家都关注这个大房子，大家都觉得乔尔玛来的人很可爱。

"你要想好啊，老婆孩子愿意吗？"

"他们喜欢乔尔玛，待在乔尔玛就行了。"

这是管理处最欢乐的一天，人人脸上阳光灿烂。

领导亲自带他到各办公室去填表盖章。办工作证时他看到了自己三十五年前的照片，三十五年后他还那么结实，他心里说："人是可以给自己做儿子的。"他看着秘书在新照片上盖上钢印，他紧绷绷的身体一下子放松下来，他抓起工作证，拍一下领导的肩膀："我儿主任就是厉害，一下子就让我回到了乔尔玛。"领导满面通红，很生气地取下他的手，办公室里的人都捂着嘴笑，他莫名其妙："把你当贴心人才这么叫你。"秘书过来推他："快走快走，这话挨揍呢。"

雪　崩

　　把路堵了,把八音沟几乎填满。从山外开来铲雪车,还有几车人。车在山谷显得很小,声音却很大。山谷太静了。山谷上空,太阳又圆又大,金光闪闪,缓坡上的云杉披满白雪,白雪会突然落下来,升起一团白雾,像云杉在呼吸。厄鲁特人的马群和羊群在雪地上吃草,把雪拱开吃下边的枯草,黄草坚韧细长,牲畜像在拔大地的筋。

　　有个厄鲁特人打马而来,他在路边勒住马,大声喊叫。司机减速,脑袋伸出驾驶室,厄鲁特人重复刚才的话。大家都听清楚了,有人压在雪底下。

　　铲雪车扑到雪里,雪慢慢移动慢慢高起来,像激烈的造山运动,不断升高升到最高时就滑下山谷形成瀑布。红黄色的铲雪车扬起锃亮的铲子,像一头巨大的史前动物。有人喊:"他出来啦,他出来啦。"雪还在滑动,那个白色斜面上确实有个黑影。雪光刺疼了大家的眼睛,那个黑影不让人窥探他。厄鲁特人说:"那不是人,是棵树。"

　　有人反驳:"树应该有枝杈呀。"

　　厄鲁特人说:"雪崩很厉害,会把云杉拦腰击断,这棵树受到两次攻击,头和脚都被击断了。"

　　司机不耐烦了:"把他铲出来就知道了。"

　　铲雪车扬起锃亮的铲子,张牙舞爪扑上去。更多的人挥动铁锹,他们就像坦克后边的步兵。铲开的地方越来越宽敞,有些人就冲到铲雪车前边,山岳似的积雪坍塌下来把他们埋住,他们很快就钻出来,就像冲出海浪的潜水者。雪浪冲天而起,他们哈哈笑着就像罩在白色蒸汽里。又出来一棵树,向山下滑去。这是一棵带冠的树。高大粗壮,头朝下冲向谷底;雪很快把它盖住,就像蒙上了白布。铲雪车和铲雪工人都是红黄色,风雪花风雪帽风雪镜,像一群彩色雪豹。

　　死者一下子出现在大家面前,死者仰卧在大雪里,锃亮的钢铲跟光一样贴着他的身体一闪而过。他就一下子出现在人们面前。令人震惊的是他脸上的笑,那是一种睡眠中的梦幻般的笑容。阳光照在他脸上,阳光慢慢地红起来,就像从水里洗出来的胡萝卜，阳光嫩生生地散出清洌的芬芳。大家包括车上的钢铲，全都仰起头看群山上空的太阳，太阳比人还要惊讶，太阳的眼睛又圆又大。太阳显然不想唤醒这个沉睡的人。太阳知道他要醒来，太阳有的是耐心，太阳就不再惊讶了，太阳松一口气，谁都听见太阳松了口气。

在场的人可松不了这口气。他们蹲在死者身边，他们的耐心是有限的。他们摸死者的手。死者的手很坦然，就像正常人睡觉那样很自然地放松，虎口朝上，手指微曲并拢，整个手掌红扑扑的，就像太阳在地上打的红戳，左边一个右边一个。他们摸的就是这两个红戳般的大手：红润结实冰凉。

女人开始往前挤。女人穿上风雪衣，戴上风雪帽，风雪镜就没有性别的区分。女人们战胜了恐惧。她们就揭开风雪帽摘掉风雪镜，露出她们生动的面孔。她们还要挤到死者身边。她们摸那双结实红润冰凉的大手，她们摸那张挂着笑容的生机勃勃的脸，她们摸到了嘴唇。嘴唇潜伏在黑胡子里。她们还是摸到了胡须下的冰凉，她们的手就停在那里，仿佛那种彻骨的冰凉是女人们的归宿。

刚开始谁也不知道哈密瓜会引起故事。

那个丫头显然是个行家，她很挑剔，她挑了好几个瓜摊都不满意。卖瓜的人受不了，喊起来："丫头你要什么样的瓜吗？"卖瓜的人纷纷掂起炮弹一样的哈密瓜。那里有十多个瓜摊，瓜摊靠着林带，卖瓜的人把瓜拍得嘣嘣响："丫头你掂一掂吗？"

丫头不接人家递过来的瓜，人家把瓜捧到她鼻子跟前她也不接，她只拿眼睛看。她拿眼睛一看，那人手里的瓜就白壳（白壳：新疆话，没用）。丫头就站在这个垂头丧气的摊主跟前，她不看摊主，她只看摊主身后的瓜，一大堆绿中透黄的瓜。她看得很仔细，她看一下，瓜就哆嗦一下，堆积如山的瓜就崩溃了。摊主奔前跑后，收拾那些四处逃窜的瓜。

丫头走向第二个摊主。这个摊主已经不大喊大叫了，他手捧着他的哈密瓜，迎着这个公主一样的丫头。

摊主们都不喊叫了，都抱一个自己最满意最信任的瓜，迎着这个公主一样的丫头。

第二个摊主，手里的瓜在丫头的注视下失去了重量，身后的瓜一触即溃，溃不成果。摊主奔前跑后，把他的瓜全找回来。他很热爱他的瓜，他一个一个摸它们，就像摸自己的巴郎子（巴郎子即男孩）。林带里有水渠，奔流着沸腾而凉冰的雪水。摊主把毛巾塞进去，就感觉到这种灼热的冰凉。摊主把毛巾从沸腾的渠水里拎出来。毛巾就不是毛巾了，他手里抓的是一块天山的白雪，松软湿润。他一个一个擦洗，不停地去水渠洗毛巾，洗干净，用净毛巾擦，挨着擦一遍。他的那些瓜很快恢复元气。

第三个第四个摊主在重复这个过程。

谁都知道这是一个传说中的故事，群山草原绿洲，人人都知道这个故事。在这个故事里，美丽的丫头注定要陷入爱情。那最初的火焰使世界黯然失色。她要看太阳一眼，太阳也会垂头丧气变成白壳。

她不看太阳，她心里已经有了太阳，她就对天上的太阳失去兴趣。她要给情人一个哈密瓜，让他记住爱情的甜蜜。她给情人端上奶茶，摆上馓子。她炸的馓子就像一座金山，盘旋而上，势如山岳，用木盘托出来，情人惊讶万分，眼睛里能奔出一匹马。

她让情人慢慢品尝。

她不告诉人家她去干什么。

她慢悠悠走在大街上。她的一举一动轻盈而平稳，她的手臂她的腿，一下子让花裙子庄重神圣起来。那确实是个不需鲜花的季节，她的头上有小花帽。那也是个不需要太阳的季节，她的面孔已经很生动了。

在那一天，在天山北麓的小城里，林荫大道和宽阔低矮的房屋用叶片和门窗来轻轻呼吸。田野一望无际，玉米和果瓜丰硕而壮实，像一群兽开始逼近小城。人们已经感觉到空气中迅猛的芬芳。小伙子们咳嗽，丫头们的裙子鲜艳无比。

她的睫毛就像草原上的牧草，一种热如奔马的东西在里边窜动。她就这样走进那个故事。那是一个流传千百年的故事。草原和绿洲所构筑的故事框架，像影子一样跟着她，就像一支强大的兵团。她已经被那个古老的爱情故事渲染起来了。她穿过林带时，高大的白杨和榆树发出一阵嗡鸣。

她的眼瞳闪烁一种神光。

那些瓜应该说很甜蜜了，可丫头的眼睛寻找的是流传千百年的甜蜜和芬芳；那不是一个季节能长出来的，瓜就泄气了。堆积如山的哈密瓜一触即溃。摊主用雪水擦洗它们，绿洲所有的生命都是雪水浇灌出来的。摊主热爱哈密瓜，摊主就用雪水擦洗。摊主跟植物一样，手往雪水里一放，摊主自己也恢复了元气。

有人不满足已经定型的故事。他显然在雪水中感觉到什么，他的手红润结实冰凉，他就想打破故事的框架，他就朝丫头喊："喂，我知道你要什么瓜，你要二转子瓜。"丫头确实是个二转子（二转子即混面儿），苗条结实而漂亮。周围的人轰一下笑了。二转子丫头就在故事里转个弯，朝年轻的摊主走过去，她一下子走到故事的边缘。她身后那个经过几十代所锤炼的老故事有被甩掉的危险。周围的人惊喜万分，空气紧张起来。丫头可不管这些，她走到那人跟前。

"二转子瓜你有吗？"

年轻的摊主很严肃很庄重，不由你不信。他离开瓜摊向田野走去。丫头跟着他。

围观的人都愣在那里。他们连同那个老掉牙的故事一起被丫头甩掉了，也被年轻人甩掉了。大家叽叽喳喳乱猜一气，他们并不知道，这些猜测和吵闹比沉默和等待更呆傻。他们边吵边吃哈密瓜，对他们来说这瓜很不错了，他们如何也不理解丫头所要寻找的那种瓜。

"地里就不长那种瓜。"

"卖瓜的也是种瓜的，他把人家领到驻地就不好办了。"

瓜地在绿洲的边缘，有一片草滩横在绿洲与沙漠之间，林带跟卫兵似的守在瓜地周围，瓜地有好几百亩大。瓜蔓上圆滚滚的哈密瓜就像脐带上的娃娃，一个挨一个，遍地都是饱满壮实的小生命。瓜蒂渗出黑乎乎的糖稀。瓜汁液饱满，藤蔓还在输送大地的芬芳和甜蜜，汁液就溢出来，被太阳晒干。

小伙子说："这是我种的瓜。"

丫头说："这是你的二转子瓜。"

"瓜连着蔓，瓜还在长哩。"小伙子拔出一把很亮的刀，是长长的库车腰刀，"长哩长哩可杀哩，把你杀成二转子瓜。"地上的瓜，嘭一声破了，跟地雷一样，瓜响一下，可瓜没炸开。瓜在小伙子的手里，一头朝下，一头朝上；朝下的一头连着蔓，库车腰刀顺着手指缝咪溜咪溜划一圈，手一松，跟莲花盛开一样展开一圈瓜牙子，瓜牙子的一头还挂在蔓上，瓜还是活的，大地还在给它输送养分。

丫头蹲下就吃，吃得很快，眨眼间一个瓜不见了。

小伙子一路杀过去，杀到地中间，满地都是嘭嘭的爆炸声。小伙子破开的都是好瓜，几百亩地的好瓜全被打开了。田野上膨胀着强劲的芳香和甜蜜。

丫头只吃了那么一个瓜。

丫头瞪大眼睛听那些嘭嘭的爆炸声，丫头的眼睛里能跑出一匹马，好像整个大地被那把库车腰刀切开了。大地很丰饶地摊开她美妙的身体。大地一片金黄，又嫩又黄的瓜肉把大地装饰成神境。芳香和甜蜜冲天而起。

小伙子提着刀走过来，他把瓜杀掉，边走边唱：

善鄯的葡萄哈密瓜，

库车的洋缸子（洋缸子即女人）一枝花；

俄把大地切开啦，

太阳就是俄娃娃。

小伙子唱到丫头跟前就不唱了，小伙子说："丫头，你妈肯定是库车一枝花。"丫头点点头。丫头眼睛睁得很大，眼睛里奔出一匹马，眼睛就失神了。小伙子说："你往里边走，角角落落都走到，让眼睛吃饱，眼睛吃饱，神就回来了。"

丫头就往地里边走。那些杀开的瓜还活着，活得很旺。蔓把它们跟地连在一起，大地的芳香和甜蜜排山倒海呼啸而来，往丫头脸上喷射激情。

丫头的眼睛眯成猫眼。她穿过田野往回走。

情人在等她。她走进大厅，巨大的芽香和甜蜜暴风般冲过去，情人一个趔趄差点摔倒。情人停在几步以外，中了魔法似的再也走不过来了。她往他跟前走，他就往后退。她喊起来："我要你记住我的芳香和甜蜜，我是你的哈密瓜，我把大地的果瓜全带来了。"

情人焦急万分，情人寸步难移，情人伸出双臂。丫头也伸出双臂。他们只剩一点点距离，手就是碰不到一起。丫头说："我们动动腿吧。"丫头动一下腿，情人就后退一下。情人受不了那巨大的气浪，可情人非品尝生命的甜蜜不可，情人就把身子倾斜过来。这倒是一个好办法。丫头犹豫一下，也把身体倾过去。身体比胳膊长，身体很容易缩短他们之间的距离；脚还在原地，双臂可以连在一起，令人兴奋的是脑袋也能相接。这正是他们所希望的。

"我亲了你火热的唇，方知人生的甘美。"

这就是丫头要让他记住的甜蜜。

他第一次亲一个丫头，亲一个库车女人与准噶尔男人生下来的二转子丫头。丫头把整个绿洲的芳香和甜蜜全部带来了。他听见他的心脏轰地一下，显然是那种没炸开的爆炸。可他还是说出来了。

"你的舌头把我切开了。"

"切开的是我，跟刀子一样从头划到脚。"

情人瞪大眼睛。

大家叫起来："他眼睛睁开了，他没死。"

死者的眼睛是在女人的抚摸下睁开的，女人们惊喜万分，开始搓死者的脸，有的人搓他的手脚和身体。

　　男人们很快冷静下来，他们叫女人不要着急。他们支起帐篷，把死者放在行军床上，把死者脱光。

　　男人们以为女人会躲开，女人根本不在乎，包括那些没结婚没谈对象的丫头。她们守在裸体的死者身边。她们含着泪可她们不流泪。她们用雪擦死者的身体。这是个精壮的汉子，身体壮实均匀，生殖器挺在丛毛里就像草丛中美丽而剽悍的蛇。女人们把那东西也擦亮了，又红又亮；那东西的头是弯的，就像给女人们鞠躬。女人们把他翻过来，腹部垫一个枕头。女人们想得很周到。死者有一双结实的腿和一对结实的屁股。雪和女人的手把那里搓红了，从背到颈全部红起来，又红又亮，可以看见他的血管。女人们又把他翻正，让他躺着，这样舒服些。

　　女人们说："让他活过来吧。"

　　男人们给他做人工呼吸，压他的心脏活动他的胳膊。女人心细，女人拨开男人，咬开死者的嘴狠狠一吸。死者的嘴就张开了，死者腑脏里喷出哈密瓜的芳香。大家的头发都直起来。人碰到狼才这样子。男人用手压，头发又弹起来。女人的长发跟鸟儿翅膀一样处于飞翔状态。她们小心翼翼，弄不好就会离开地面。她们已经感觉不到自己的重量了，她们叫起来："是不是到了月球？"

　　男人们说："你们又不是嫦娥。"

　　女人在惊恐中也不改初衷，她们告诉男人那是女人的一个梦，女人都想成为嫦娥。男人很严肃地说："这不能怪我们，是你们自己要来的，你们看看这是什么地方。"四野茫茫，全是皑皑白雪。男人们说："嫦娥待的地方很荒凉，你们为什么喜欢荒凉的地方。

　　女人们不再理男人，她们围到死者身边。死者脸上始终保持着宽慰而喜悦的微笑。女人们说："他笑得真好，跟花一样。

　　"他爱上了一个丫头，他亲那个丫头，他脸上就有了花一样的笑容。

　　"是那个丫头给他的。"

　　"男人的脸要让女人装饰才像个男人。"

　　死者的嘴唇在动，就像在跟她们交谈。

　　男人提醒她们："人冻死的时候都这么笑。"

　　"你们怎么不笑？"

"我们是活人啊。"

"天冷你们就龇牙咧嘴。"

"女人真不讲道理。"

"我们就不讲道理就不讲道理。"

她们跟死者交谈,她们拉着死者的手,死者爱听她们叨叨。

"他听见了,他都笑了。"

死者笑得很开心,死者高兴得发抖……

"骏马跑到河边,

痛饮那清凉可口的泉水。

我亲了你火热的双唇,

方知人生的甘美。"

女人们泪水涟涟,女人们问他:"你为什么来到雪山,你不知道雪崩会要你的命吗?"

死者的笑就像一个梦,死者在梦中喃喃自语:"雪崩把我的喜悦固定下来了,爱跟风一样转瞬即逝,我的笑容还在脸上吗?你们看它还在不在?"女人们摸他的脸,那被严寒凝固下来的笑容跟金属一样,女人说:"不知他爱的是谁?"

"不管她是谁,我们都可以摸他。"

那个最勇敢的女人俯下身,抱住死者的脑袋,跟母狼一样咬住他的嘴,咬他的笑容;笑容从嘴角,从眼窝里伸展出来,伸向四面八方如同辽阔的原野。母狼一样的女人连亲连吻,发出恶狠狠的呜呜声,如同真正的狼在搏斗在吞吃东西。

她的丈夫就在旁边站着,好多女人的丈夫都在这。丈夫们并不恨死者,又不能放任自己的女人这么闹下去,闹下去不是个办法。有个男人挤进去看看,出来说:"这哪像个死人,死人嘴里有臭味,他不但不臭,还满嘴的哈密瓜味,就像吃了几火车皮哈密瓜。大家合计合计,如此如此。"去劝女人的那个男的大概是个小领导,大家叫他主任,他就是主任。主任以领导的口气对女同志说:"他还没死,他的血还在流动,抓紧时间送医院或许有救。"女人们全都一愣,主任就下命令:"男同志发动车,女同志清理帐篷。"女同志说:"不铲雪啦,路还没有清出来呢。"主任说:"救人要紧。"

男人们动作麻利,把死者连同行军床一起搬到车上,女人们守在跟前。开始撤离雪山。

快到山口时，女人们发现死者的脸在扭曲，笑容一点一点在消失，女人们吓坏了，她们又喊又叫。男人们不停车，车子疯了似的往山外冲。这么一冲反而把女人们冲灵醒了。

"他们想把他送太平间。"

"他到山外暖和的地方就会腐烂就会发臭就不会有笑容了。"

"那是他用命换来的呀。"

女人们捶打驾驶室的铁板和小窗户。车没有停下来的意思。女人们跳车，先是胆大的，后是胆小的，所有女人全跳下来，摔倒在雪地里没有哭叫。死者和行军床也被扔下车。女人们围着死者，她们用手绢擦死者的手和脸。

车子很快又回来了。男人们默不作声，满脸惭愧。主任说："大家上车吧。"

"去哪里？"

"山里山里。"

"去山里我们就上，想耍花招你们自己走。"

"我们已经没有花招了，我们只有这么一招。"

"老实说还有没有？"

"没啦没啦。"

大家上车。那个最刚烈的女人钻进驾驶室，她要坐在司机身边。司机咧咧嘴："大姐把我当什么人了。"大姐不吭气，司机不敢再多嘴。

车向山里开。山越来越白，就像到了月球，就像在梦境里奔跑。

死者微微笑起来。女人们又惊又喜，她们摸死者的嘴巴和眼睛。

快到雪崩的地段时，厄鲁特人从山坡上打马而来。车子减速，司机把头伸出去听半天，又缩回来对主任说："牧民是山里通，他们说还有雪崩，比昨天的大。"主任说："要崩就让它崩吧。"女人们说："这才像个男人。"主任笑一下，大家都笑了一下，就像死者脸上的笑容蔓延到他们脸上一样。

061

石 头 鱼

海子很大很蓝，那是天空的影子落在了海面上。海子边没有树，只长些浅草。牧草带绿。草刚长出来就是这样子。靠群山那全是高高的石崖。有一条路从山里通到海边。路是从石头上过来的。路很结实，跟钢一样在阳光下闪亮，跟钢轨一样伸到海子就散成一堆石头。海子很大很深，海子几乎一动不动，石头却碎了。石头绝不是水击碎的，石头却碎了。石头有大有小。大石头上可以站一匹马，可以躺一个人。小石头可以当凳子，再小就不算石头了，它们是大地的皮，毛茸茸长着浅草，它们就不算是石头了。

那人从山里出来，站在石崖上看海子。他眼睛是湿的，从海子上吹来的风是湿的，风一片一片落在他脸上。他站在石崖上站了很久，也不怕头顶的太阳。他脸上脖子上是油汪汪的汗。他不擦汗。他从石崖上下来。

从石崖到海子很近，走过来却很远。他走到岸边，脸上没汗了，脸灰蒙蒙的，尽是汗沫像在沙地跌了一跤。他的脚步也跟傻子一样是散的。他一颠一颠走到水边，跪下，用手掬着喝水。水鳖儿鳖儿响，跟宽面条一样噎得硬脖子瞪眼睛。掬一次淌一次。他还是掬。好给手喝水哩。

确实是给手喝水。他掬一次又一次，干脆把手泡在水里。手在互相揉搓，好像一只是手另一只是菜，是土豆或萝卜。土豆萝卜泡在水里肯定是硬撅撅的，越泡越硬。手不是土豆萝卜，手能动弹。手忽闪忽闪动哩。水不动，水跟玻璃一样，又平又静。手在动，跟鱼一样，忽闪忽闪在水里划出一道道印子。水是蓝的，水印子是白的。手划出许多白印子，像在勾勒铁笔画。忽然，手跟鱼一样挣破海子跃出水面，手扒拉下一块碧蓝的海水，捧到嘴边，嘴就呜儿咽下去，像老鹰吞咽一只捕获的野兔。他吞咽下海子里的水，是海底的一团清水。

手扑通又下去了。手指间流过大股大股的水，冒出大串大串的白泡沫。手在喝水哩，手跟鱼一样用腮吸水。

他在荒漠里走了好多天，又在群山里走了好多天。他知道他很渴，可他不知道到底渴到什么程度。反正他的手渴到家了。手顾不上伺候嘴巴，手先让自己喝个够。手在水里忽闪忽闪，手发出吱儿吱儿的吸水声，手离开他的身体成了自由自在的东西。

他蹲在岸边，他就像一个大码头，手臂跟索链一样抻得老长，紧绷绷一动不动。海子里的水也一动不动，让人怀疑那水是用青石凿出来的。海子那么沉，那么静，盘在群山与荒漠之间，蓝天几乎贴上水面。云影跟鱼群一样，迅猛而无声。偶尔会有大鱼撑破水面，发出哗哗的响声。那些被鱼击中的水高高飞起来，飞那么一会儿又落到海里，荡来荡去，再也找不到翅膀了。云却永远跳不出天空，风给它壮胆它也蹦不出去，它只能跟着风狂奔。

这时，水面哗哗响起来。那人目瞪口呆，看着自己的手跟鱼一样跃出水面，他啊啊叫起来，挥舞胳膊拼命去抓，才把手给逮住。他捧着手看了又看，他真的相信这是海子里长出来的活物。

他又把脚扑通塞进去。好像他没有脚，一定要在海子里捞一双活蹦乱跳的脚。脚被鞋套惯了，在水里呆头呆脑。两只鞋空荡荡丢在岸上，鞋有几个破洞，阳光和风钻进去沾一身尘土，臭烘烘像一只土狗。太阳很狠狈，在石头滩上卷舌头。

他坐在岩石上，石头很烫，可手是冰凉的。脚也在一点一点变凉，脚在水里淬火哩。他就像水里长出的草，水面就长他这么一棵草。真正的水草都很小，都长在水底下，跟头发丝一样。它们不渴，它们就长不大，也长不到水面上。地上的草跟它们一样，也长不大，渗在沙石的缝隙里，黄巴巴，但它们不渴。它们跟水草一样，它们不渴，它们就长不大。干渴的是人和牲畜，不管胖瘦高矮，只要是草，就能引来大群大群的牲畜，牲畜背上坐着人。

他孤单一身，没有骑马没有赶羊群。他一个人从山里出来，他的干渴是巨大的。他的马倒毙在那个叫干沟的大峡谷里，他的羊群倒毙在那个叫土墩的地方。

土墩没有墩，全是厚厚的尘土，比冬天的积雪还要厚，脚踏下去踏出扑扑的粉末声，像跳进了灰坑。他和他的羊群抬头看天空，天空也是个大灰坑，太阳在里边乱扑腾。后来，他和他的羊群爬上一座山冈，山冈那边全是风，风把他和羊从尘土里吹出来。风把羊嘴巴都吹开了，羊呜儿呜儿像吃奶。羊干干净净倒在石头上。好像睡了。他不敢看他的羊群。他顺着风往山下走。有时用手，有时用脚。

后来腿把躯体撑起来。

再后来，大地出现树木和村庄。

他穿过草地穿过林带，走进大片大片的麦田。麦子发黄，麦子离阳光很近。阳光绵软潮润,他可以在阳光里走动。他甚至伸出手摸麦子,麦穗胀鼓鼓,使人联想到少女和少女的胸脯。

绿洲上的人都很兴奋。他一家挨一家作客,喝的酒比河里的水还要多。还有西瓜,一切就是一大桌,蒙古人哈萨克人把瓜切在地上,在地毯上满满排过去,让他其(吃),其(吃)。西瓜的开裂声真好听,那是带水的响声。拉起水闸或者铲开堤坝,就会听到这种湿漉漉的爆响。

他的肚子吃得溜儿圆。他用主人的刀朝肚子比画一下,指指西瓜,主人哈哈乐了,全家都乐了。

"噢我的朋友,你真是个货真价实的客人,我们好多年没有接待过这么好的客人啦。"

月亮升上天空,河边燃起篝火,村庄里的农工和帐篷里的牧人唱歌跳舞。对村庄里的人来说,牧人就是客人。牧人住在河那边的大峡谷里,牧草一直长到河边的庄稼地头。牧畜吃完牧草,牧人就离开这里到远方去过冬。丰收的季节,种田的放牧的,分不清民族,他们唱啊跳啊,篝火升上天空遮住了月亮,欢闹声传向远方,河流静悄悄的。他在这里,便成了最尊贵的客人。大家要他来一曲,他抱着冬不拉,手指落在琴弦上,他的笑容就消失了,他目瞪口呆,好像在听陌生人唱歌。那是一首维吾尔民歌,那个叫胡赛音的汉子肩挂着坎土曼,徘徊在中亚腹地的荒漠上。胡赛音渴望一片沃土,生长麦子和葡萄。胡赛音穿过戈壁沙漠穿过群山大河,坎土曼成了乐器,他还是走不停。

苦命的人你要去哪里?
苦命的人在迈步向前。
他手里拿着坎土曼,
他的手里拿着坎土曼,
坎土曼成了真主的琴弦。

苦命的人你要对谁歌唱?
你的痛苦别向我倾诉,
我比你还要悲惨。
你的痛苦别向我倾诉,
我比你还要悲惨。

那个陌生的歌手反复不断地唱胡赛音的苦。无论农工还是牧人，他们全都硬邦邦愣哪里，跟石头一样。他大喝一声，冬不拉碎在他怀里，他自己把自己喊醒了，他的手指落在琴弦上。

人们从地上站起来，依然是石头模样，硬硬脚，沉默不语。连小孩也是僵硬的。母亲怀抱里的婴儿也是那种沉默状态，他们稚嫩的躯体已经显露出心灵的焦灼。他乞求母亲："停一停，停一停，我要他们露出笑容。"母亲们告诉他："冬不拉是歌手的灵魂，冬不拉已经碎了。"他拦住老人，老人们不用他安慰，母亲们安慰他："我们的村庄留不住客人，我们村庄不是好村庄。"

"我喝了酒吃了西瓜，我很喜欢这里。"

"酒和西瓜算不了什么。"

最后他拦住的是个姑娘，他一定要给她唱一首歌，再不唱他就没歌了。

"歌给婴儿打开生活的大门，

也送死者踏上天堂的途径。"

姑娘脸色苍白，姑娘说："你不是婴儿，也不是死者。"

"我是什么？"

"你想什么，你就是什么。"

"我想不了什么。"

"你不想那事？"

"你指的什么？"

"你拦住我，给我唱歌。"

"我拦住你，给你唱歌。"

"你唱人的生与死。"

"我唱的就是生与死。"

"那事情包含了生与死。"

姑娘把他领到牧草深处，去做那事情。

你的马已经没了，你的羊群已经没了，你的坎土曼和冬不拉也没了，可你还在大地上，你要有命，我就能留住你。

太阳升起来，姑娘说："你到有水的地方去吧。"姑娘打声呼哨，一匹马飞驰而来把她驮走了。

他的脚在海子里喝水喝得很痛快。他的神经从脚上散开，像撒开的渔网，落在水底。脑袋也扑通一声钻到水里。屁股还坐在岸上。手撑着石头，撑得很紧。不用他张嘴，水就把嘴冲开了。

他很喜欢这种喝法。无论是手还是脚，都不能这样喝水。不管它们有多少根神经，不管它们的毛细血管多么像树根，甚至比树的根须密比树的根须长，它们的吸水量绝对是有限的。它们不能跟嘴巴相比。嘴巴是洞开的。洞开的嘴巴让水毫无遮拦流进来。他甚至没有感觉到那巨大的滚动。他只觉得天旋地转，脑袋滚得又快又欢。耳朵里冒出长长的啸音，像是耳朵里长出来的。海水跟河水不一样。海水是硬的，跟青石一样。在青石一样的水里滑行，水就发出长长的啸音。水越来越硬，越来越结实，飞旋的脑袋受不了海水的挤压，一下子甩了出来，水面发出巨大的喧响。脑袋在喷水。他梗着脖子，他倾听脑袋像树那样喧响。

太阳很快把脑袋晒干了，头发还保持着水冲击的形状，跟刺猬一样。

他躺下睡觉，睡得很死。他把大海从眼睛里关掉了。他很高兴能在太阳底下出现这么一片小小的黑暗，能让一个人睡觉，发现鼾声。

在真正的睡眠里，不会有梦。

那个大脑袋还是出现了，在深水里一摇一晃，不知要往哪儿晃。他差点喊出声，叫它别动，我要睡觉。

剧烈的运动把他惊醒，他在搬那块石头。就是他睡觉的那块石头，他一直待在那块石头上。在上边蹲，在上边坐，在上边躺着。石头热乎乎，带着他的体温。石头比他个儿大，要抱起来不容易。可他是牛力气，抱不动却能搬动。他把石头搬起，手一松，石头掉下去，跟炮弹一样，在水面轰开一个大水坑。

水面很快就平静了，白浪消失，水面一片碧蓝，泡沫被涌到岸边。海底黑沉沉。可以看见那块下沉的石头。石头轻捷漂亮，一块在水里滑行的白石头确实很漂亮，像绿色草原上飞驰的一匹白马。原先逃散的鱼群又出现了。先是大鱼，一群一群靠上去，连小鱼也敢靠近它。它的速度很慢，鱼宁肯放慢速度，也要尾随其后。它那么笨拙那么缓慢，它还是撒开了鱼群，独自向水底游去。深水区黑森森跟山洞一样，鱼停在那里，鱼没有脖子，但鱼还是拉长了身体。鱼用这种办法表示它们的惊讶。

他趴在岸上，他的脖子跟雁一样，他差点把脑袋伸进水里。他往后缩，手便落在石头上，他抓那块石头，好像那是别人传给他的球，他得把它传出去。

这是一个篮球大的石头，他很容易就把它抛出去。石头落水前在空中翻了几下，拉长了他与水面的距离，在空中出现短暂的飞翔，水面就裂开了，水面嘭！像裂开一个瓜。不是刀切开的。是瓜长得太猛长爆了。海子就像荒原上一颗大西瓜，碧绿饱满，又圆又大。海子嘭一声裂开一道口子，把飞翔的石头吞咽下去。

又落下一块石头。

鱼群乐此不疲，它们喜欢这些跳下来的大鱼。白石头变成灰石头变成青石头麻石头红石头，它们都能辨认出这些各色各样的大鱼。

石头在深水里大口呼吸。鱼第一次见识这么大的呼吸，如此雄壮的呼吸让鱼感动不已。

石头在陆地上就是这样呼吸的，石头一呼一吸就刮起大风，中亚腹地的风特别大，因为那里全是石头。石头筑起群山，筑起大戈壁和万里荒漠。那是地球呼吸最急促的地方。

石头在水里不用张嘴，不用两腮，它的呼吸是无形的，它的呼吸只是一种声音。声音从深水里传出来，好像大海在打呼噜。跟酣睡的人一样，大海的脸是平静的。大海睡得很安详。大海蓝莹莹，太阳像一顶扣在它脑袋上的草帽。

真正的睡眠没有梦。所以梦境里的鱼和石头很真实。鱼群和石头实实在在地在大海的睡眠里滑行。海水像一团彩色棉絮，毛茸茸消解所有的声音，梦是没有声音的。

他摸一下海子，像摸一块玻璃板，玻璃突然裂开一道口子，咬住他的手。他的手白生生像一束光，折射在海子里。鱼群慢慢靠过来，鱼群越来越快，大鱼在前小鱼在后，跟一支舰队一样，鱼在海水里那么白那么清晰，像高压电棒打出去的光柱，在水里晃动。它们快要跟他手上的光重合了。鱼群像一支舰队，在靠近那双手。他的手扳着大海的嘴唇，大海的嘴唇发白了。他的手轻轻一跃，就能跳到鱼群的甲板上。他就跳，手和身体一起跳，跳得又高又猛，就住他抛出去的那些石头。岸离水很近，几乎贴着水。他把自己抛得又高又猛，这就拉长了与水的距离，就可以在落水前有一个短暂而迅猛的飞翔。他的双臂都张开了，张得又平又大，跟鹰一样。

他心里兴奋，咬着牙兴奋。他想他肯定是个大石头，是个漂亮的大石头。石头落下去，肯定能在海子上轰出一个大水坑。

他飞得又快又猛，干脆连腿也张开了。腿张开，人就落在离水很远的地方，他蜷在地上半天不动弹，像降落的飞机。不像石头像飞机，确实像飞机。飞机起飞时轮子收上去，降落时又把轮子伸出去，就落在地上，落在离岸十几步远的地方。

他蜷在地上不动弹。

他还是动了。

他扭头朝后看，从群山里涌出一条灰白的路，通到海子边，岔开，把海子围了起来，路成一个圆圈，路就消失了。路上全是石头，全从山里滚滚而出的石头，石头在山里很大，甚至一座山就是一块整石。整座山的巨石还是要流出来。石头浩浩荡荡，跟一只强大的军团一样越走越远，很悲壮的离开群山，山外它们就失去高度，它们围成一个圆，用一个圆来装水。

他差一点落到那个圆里头，他有点怵那个圆。他跟狼一样。狼害怕圆圈，特别是白圆圈。村庄的墙上刷许多白石灰圈，狼就不敢进去。

他绕着海子走。海子是个不规则圆。规则不规则，反正是个圆。他走了好多天，身上奶子疙瘩都吃完了才走了一圈。他咽最后一口奶疙瘩时正好走到原来的位置上。

海子又大又蓝，海子蓝莹莹，太阳像个大草帽扣在上边。

他走过去，他要揭开这个大草帽。他使劲喊一声，草帽飞到天上，不见了。海子的脸全露出来，海子打呵欠。水打呵欠很好听，湿漉漉的，满地都是湿漉漉的海水滚动声。

又一块石头咚！跳下去，像一条大白鲨，又快又猛。鱼群一拥而上。这回，鱼下死力也跟不上大白鲨的速度。石头这么凶猛！石头就像到了山里。山上的石头就这么威风。群山连绵起伏，就像连绵起伏的野马群，石头喷射长长的马鬃。

他又扔下一块石头。

他的手跟跳板一样，轻轻一晃，石头就飞出去。

他的手突然出现在他面前，他愣一下。他只愣那么一下，他就知道这是怎么回事，他就上去了，他很高兴他有这么一双手，这双手能逮石头，这双手上蹲着一块石头。这是留下陪他的。大概是最后一块飞翔的石头了。他摸一下石头，一股美妙的感觉闪过全身。他抱住石头，抱起来，往石崖上走，给人的感觉好像往山里走。

路是从石崖上拐下来的，路从山里出来，到石崖上打个弯拐到海子边，石崖下边是绝路。

他抱着石头到石崖上。石头从几十丈高的崖上跳下去，就成了海里最大的鱼。

石头很激动，石头出气很粗，石头热烘烘，石头都流汗了，宽宽的脑门上汗津津的。不管是谁，到了崖上都是一头汗。他也是一头汗，他不擦汗，他给石头擦汗。一颗大汗珠，叮在手指上，像个大钻戒，把手弄得很高贵。石头很满意，他也很满意。他原以为手会轻轻晃一下。手没必要把自己当跳板，手带着他和石头一起飞出去，在水面轰开一个大坑。鱼蜂拥而上，像轰炸机群，拼命往那里丢炸弹。

霍尔果斯

媳妇生小孩难产，死在手术台上，媳妇娘家人闹起来了，麻烦够大的。

媳妇一个礼拜前住进医院，反应很厉害，吵得大家一夜没睡好，好像她肚子里怀的不是孩子是一头豹子，天山顶上凶猛的雪豹就是这种劲头。产房里边住着四个孕妇，这是第五个，住在十二床。天亮的时候，十二床睡熟了，产房里静下来。十二床的丈夫很抱歉地朝大家笑笑，那么壮一个汉子。大家感到很吃惊，新疆男人本来就壮，这一位壮得让人服气，其他几位丈夫就显得有点单薄。大家都要做爸爸了，平时牛皮哄哄的，现在可以让娘们儿喝过来喝过去，大家乐意呀。怎么着，又来一个坦克一样的汉子，蹲在床头哄媳妇吃哄媳妇喝，媳妇发脾气摔东西使小性子，这些如狼似虎的西部汉子都得忍着。十二床的丈夫在重演这一幕，孕妇们高兴，丈夫们也笑，笑得意味深长。十二床的丈夫总是蹲在床头，捧着热水，捧着热毛巾，捧着饭盒。

"嗨，老兄弟你站起来呀！"

有人喊他，他蹲在地上，跟熊一样很笨拙地转过身跟人家打招呼。他媳妇小声说："你就站起来吧。"

"床就这么低嘛！"

"你弯弯腰嘛。"

他站起来试着弯腰，腰是弯下来了，弄得他浑身不自在，他又蹲下了。他是个宁矮半截身子不弯腰的主儿，再没人小看他了。在媳妇的吆三喝四中他一声不吭，媳妇顺坡而下，完全顺从这个沉默的壮汉的意志。丈母娘来看女儿，两个大舅哥，大舅哥的媳妇们，热热闹闹一大帮，都是穿制服戴大盖帽的，各种颜色的都有。八床是牧区来的哈萨克女人，就噢哟叫起来："你们家都是当兵的！"十一床是个小学教师，小学教师小声告诉哈萨克女人，那个是工商的，那个是税务的，那个是法院的，里边就是没有当兵的。哈萨克女人压根就分不清这么复杂的制服，可有一点她猜得绝对没错，他们家挺有势力的。那些制服们很快就走了，他们工作忙，那样子看着就忙。他们的妹妹，也就是十二床，据说在电信局上班，找的女婿是开车的，更要命的是这个没念几天书的粗人顽强地左右着媳妇，当着大舅哥的面让媳妇服服帖帖了那么几回。这是他们家最气愤的事情。他们的母亲，也就是丈母娘在儿子儿媳们离开之后，就开始呵斥女婿："你不要强迫她，她想吃啥就吃啥，孕妇害口你知道吗？你不知道，你妈没教你？""妈你不要说了，他是关心我。"女儿这么说话，把做妈的气坏了，丈母娘的劲头更足了。女婿笑眯眯的一点也不生气，老太太口干舌燥的时候，他把茶水递上去。"我不渴！"老太太沙着嗓子说她不渴，女婿就把水喝了，牛饮似的一口气喝干，还擦了擦嘴巴。老太太气哼哼地出去了，估计是找水喝。

十二床的丈夫就在这个时候，给他媳妇讲二十多年前在伊犁霍尔果斯发生的事情。这件事与他的出生有关。很简单的故事，他母亲把他生在了雪地上。二十世纪六十年代，这种事情一点也不奇怪，女人们挺着大肚子下田收庄稼，骑马放牧，庄稼地草原戈壁滩就是辽阔的产院，麦草草窠子沙窝窝就是生命最初的摇篮。产妇把脐带咬断打个结把婴儿裹在胸前，爬上马背，冲向旷野。二十多年后重温这些往事就有点传奇色彩。确实有点传奇色彩，两口子赶着羊群在半路遇到了暴风雪，男人拼着命把怀孕的妻子和羊群护送到科古琴山下，也就是平坦辽阔的霍尔果斯河边。这时风停了，男人也拼尽了力气，僵硬在地上。女人继续往前走，就把孩子生在寂静的雪地里。

十二床听过好几次了，从她感动的样子就知道她每一次都有不同的体验。其他人可不一样，从八床到十一床再也不紧张了，当初她们的丈夫受到的震撼不亚于一颗原子弹。十二床好像是第一次听丈夫讲述这个故事。雪地是跟产院没法比的，产院雪白的墙壁雪白的床单，医生护士们干干净净的白大褂，这一切都让人想起故事里的那个冬天和霍尔果斯寂静的雪地。护士也听完了这个故事，护士看样子刚出校门，十七八岁还是个大孩子，眼泪都流下来了。她肯定把这个故事讲出去了。查房的医生走到十二床跟前就有一种不同的感觉，说话的语气也都不一样。丈母娘在院子里听了一半就明白故事的主人公是谁，丈母娘进门第一句话就是："我女儿呀，算是插到牛粪上了。"八床那个哈萨克女人说："是羊粪不是牛粪。"

"反正都是粪便。"

"霍尔果斯就是羊粪蛋。"

"听见了吗？听见了吗？霍尔果斯不是什么风水宝地，是羊粪蛋成堆的地方。"

哈萨克女人冷冷地告诉老太太："诞生上马背上的顶多是个巴图鲁，诞生在羊粪堆上的注定要做国王。"

"哈哈,他是国王?一个臭开车的是国王?"老太太跟老母鸡一样嘎嘎叫着跳到哈萨克女人跟前:"谁告诉你这些邪理?"

"我的阿帕告诉我的,每一个男人都是国王,不管他是开车的骑马的还是种地的,他们都是国王。"

"妈你不要再说了。"十二床快要气哭了。

老太太收拾一下东西准备走了:"你总是烦你妈,你妈我走呀,让国王照顾你吧!"外边有小车接老太太。

基本上是按编号的顺序生产的,第一个是八号床,哈萨克女人如愿以偿生了一个女儿,她第二天就想出院,丈夫不答应,非等一个礼拜不可,丈夫们开始横起来了。九号十号十一号床都生了,都很顺利,产妇们后来告诉丈夫,在生命的关口,她们就想到那个在霍尔果斯雪地生小孩的母亲,那个孩子已经长成了壮汉,做了丈夫又要做爸爸了。老天爷都是喜欢孩子的,而且都是健壮的孩子。不管男孩还是女孩都跟牛犊子一样,都跟母亲们想象的一模一样。健壮美丽的婴儿,而且是从鬼门关过来的,一场生死搏斗后,母亲们都精疲力竭又如释重负。

谁也不相信那个激动人心的故事就发生在十二床的丈夫身上,十二床一切都很正常,没有任何难产的迹象。从她的身腰和妊娠反应来看,她怀的是儿子,跟雪豹一样凶猛无比的小家伙。医生第一次检查时就赞不绝口,胎儿发育得如此正常太让人兴奋了。据十二床自己介绍说,要孩子前一年她就做准备了,不参加集体聚餐,不喝酒,不吃不洁净的食物,保持心情愉快。"到野外多走走。"新疆的野地可是太多了,谁都知道十二床所说的野外是那些人迹罕至的飞鸟不惊的地方。她说到了巴音布鲁克草原、那拉提草原,她就是没有司机丈夫陪着,她也能去那些地方。她在电信局工作,她有许多机会,大家怀疑她的孩子是在野地里怀上的。

最后的时刻就这样到了。丈夫贴着耳朵给她重复那个故事,她喜欢那个故事,她一定要丈夫讲详细一点,再详细一点。差不多是耳语,叽里咕噜跟经文一样。大家都想笑,哈萨克女人严肃得不得了,"敬神的时候是不能说出声的。"大家听到的都是含糊不清的声音,整整说了两个小时。

连丈夫也没想到妻子患的是很奇特的一种心脏病,平时根本看不出任何蛛丝马迹,但是它就跟定时炸弹一样突然爆炸了,让人防不胜防。先是难产,这时候也没有心脏病的征兆,上手术台是肯定无疑的。医生就要丈夫签字,要孩子还是要大人？妻子脑子很清楚，一定要孩子，女人显然沉浸在霍尔果斯雪地的故事里，丈夫没有任何发言的机会，女人把孩子看得比自己生命更重要。女人大概有这种直觉，生孩子有生命危险，这种危险冥冥中反而激起她的生育本能。丈夫是无能为力的。在产房外丈夫顺从了妻子的意愿，先保孩子。那个孩子跟真正的天山雪豹一样凶猛无比，他太猛了，把母亲的命都搭上了。心脏病是在孩子冲出生命之门的那一瞬间突然发作的。婴儿个头不大，可重得要命，足足有九斤多，简直是个铁蛋。医生护士还有外边的丈夫全都沉下了心。

娘家人哭闹起来，这很麻烦，弄不好要吃官司的。八号床那个哈萨克女人叫起来："这也要吃官司呀？"九号床小学教师告诉哈萨克女人："那就看娘家人松不松手了，这种萨克女人："那就看娘家人松不松手了，这种事可大可小。"哈萨克女人还是闹不明白："这明明跟官司搭不上边嘛。"小学教师是很有耐心的，就像给学生讲课："平头百姓想这么干也干不了，人家有这个力量。"哈萨克女人差不多听明白了，其他人都懂这个。几位产妇的母亲都可怜那个刚出生的孩子，有个老妈妈特意提醒那家人："那可是你的外孙呀，去看看你外孙子吧，圆头突脑跟牛犊子一样。""我女儿命都没有了，圆头突脑有啥用？""外孙，外孙咋啦，外孙是狗吃了就走。"大舅哥恶狠狠地，"非给我妹出这口气不可。"这家人恶狠狠地走了，出气去了。哈萨克女人又闹不明白了："明明是自己出气，为什么要说给妹妹出气？妹妹没生气嘛，妹妹两口子感情好着嘛。"

孩子躺在婴儿室里，孩子好像意识到他做错了什么，冲出娘胎那会儿他大哭了几声，雄鸡报晓似的，很快就被父亲的哭号压下去了。孩子不认识父亲，也不认识母亲。父亲跪在母亲跟前龇牙咧嘴地嚎着，跟挨了开花弹的野猪一样。护士推着小车把孩子送到婴儿室，好多孩子躺在这里，都有大人来看。这个婴儿很孤独地躺着，他一声不吭，吃了睡，睡了吃。几天后，有好心的护士，大概就是那个听过霍尔果斯故事的小护士在婴儿的头顶拴了一串气球，五颜六色好几种。婴儿看见了红气球，接着是蓝气球、黄气球……噙在嘴里的是橡胶奶嘴……没有看到妈妈爸爸，就看到了气球。

那个可爱的小护士很快也看不到了，所有的医护人员都个别谈了话，大家都工作好多年了，什么怪事没见过，稍稍通个气，咋办就咋办。这个小护士刚走出校门，有点不开窍，显然是被霍尔果斯的故事感动了。小护士很快就离开这个岗位，去什么地方我们就不知道了。我们只知道另一个三十多岁的护士嫌那串气球碍手碍脚，就拿掉了，也不知道轻一点，甩来甩去的，甩爆了两个气球。婴儿听见了气球的爆裂声，婴儿想转过脑袋看一眼漂亮的气球，婴儿才发现他根本没有力量转动他的大脑袋，刚出生的婴儿脑袋差不多跟身体一样大，他看不见，他能听见，该听见的他全听见了。

他的父亲麻烦大了，跟落网的野猪一样，挣扎了好一阵子，脑子也清楚了，可以回答法院的问题了。问题也不复杂，就是妻子临产前那段神秘的咕噜声，据说叽里咕噜了好几个小时。

你到底叽咕了些啥？

下边就是那个故事，讲了不知多少遍的他出生的故事，这一次详细一些罢了。信不信由你们。

听我母亲说我应该出生在春天，三月份在口里肯定是春天，在西天山，在科古琴山，三月份还是冬天。我出生的月份应该在五月，我妈骑着马到处乱跑。不跑不行啊，两口子管着一大群羊呢。在马背上颠晃了几十天，我就提前出生了，整整提前了两个月。

父亲老担心母亲难产，一定要赶回伊犁。父亲当过教师，父亲相信科学。让妻子在野外生孩子，他是万万不能接受的。他还料到妻子要吃大苦，他绝对不让妻子吃这个苦。母亲后来总是叨叨一句话，女人比男人命大，女人耐折腾，他们要是待在山里就不会出事。

出发的时候天气好好的，冬天快结束了，太阳慢慢热起来了。他们过了果子沟都没事。出了科古琴山就碰上暴风雪，用我妈的话说，我真会瞅时间，一路上老老实实的，风暴一来我就积极响应，不是平时的伸胳膊蹬腿，而是用头顶，跟疯牛一样，在母亲肚子里乱撞，好像要从肚脐眼里冲出来。父亲把皮大衣加到母亲身上，父亲不再吃东西，吃的全留给母亲。父亲也不让母亲乱动，他把母亲绑在马鞍上。他一个人赶着羊群还要护着母亲。父亲很快就绝望了，不要说回到伊犁，霍城都去不了。父亲就把活命的地方选在霍尔果斯。

父亲在霍尔果斯原野上过过夜。父亲本来在学校里教书，很偶然的机会认识了母亲，就放弃了教师的好职业。母亲没有讲过原因，我猜是万不得已吧，父亲选择了母亲就失去了脑力劳动的机会。据说，父亲还有机会到霍城中学教书，父亲当时是那个地区仅有的几个地理专业毕业的教师，可以在六十年代离开团场到人人羡慕的地方和单位去工作。他的专业能力是很强的。我没见过父亲，全都听母亲讲的。他们刚认识的时候，父亲就在地上画出整个霍尔果斯，一直画到哈萨克大草原。霍尔果斯河从科古琴山上流下来，慢慢地消失在草丛里，草不高可草丛里的羊粪蛋太吓人了，有一尺多厚，都是羊群从科古琴山上带下来的。科古琴山在哈萨克语里是碧绿的意思，等走到山脚下的辽阔原野上，就变成墨绿色的羊粪蛋了，跟戈壁上的石头那么多。我的父亲为了见心上人，不惜在野地里过夜。有一次我母亲从他的头发里拔出了羊粪蛋，他只好从实招来。可以想象母亲当时有多么感动。

父亲的秘密太多了，最大的秘密一直保持到他生命的最后一刻。他耗尽了全部的力气，把母亲和羊群送到山外，大风也停了，辽阔的霍尔果斯雪原静悄悄的。父亲告诉母亲的最后秘密并不是霍尔果斯的蒙古语含义，也不是他在羊粪蛋上过夜，父亲告诉母亲，找一个洼地，最好是沙坑，铺上羊粪，把羊粪点着就可以过夜了。不用说，父亲用这土办法过过夜。说罢，父亲就倒在了山脚了。

母亲带着羊群继续赶路，在她用尽力气之前，她来到霍尔果斯原野。正如父亲所言，雪底下有一尺厚的干硬光滑的羊粪蛋，跟玛瑙一样。母亲也找到了洼地，母亲跟土拨鼠一样翻开积雪，扒出羊粪蛋。用母亲的话讲，这种匍匐运动对孕妇有好处。母亲在天黑之前把洼地周围几十米以内的羊粪蛋全扒到洼地里，在这之前，她必须把雪扒出去，差不多垒起一道雪墙了。母亲用头巾引火，点燃了干羊粪，火从中间烧起来。火焰慢慢向四周蔓延，跟寺庙里的香火一样，大地燃烧起来啦。火焰压在几十厘米厚的羊粪下边。母亲躺了一天一夜，攒足了力气。

母亲是抱着一头老绵羊生下我的。母亲最难受的时候，在洼地里爬来爬去，有好几次爬到雪地里，往嘴里塞雪，可她脑子是清醒的，这样会害了孩子，她就滚到青烟滚滚的洼地里，往嘴里塞羊粪蛋，咬碎了都咽下去了，呛住了嗓子，都要憋死了。羊群中那头经验丰富的母羊走过来，母亲就一把抱住老绵羊，咬住羊耳朵，把半截羊耳朵都咬碎了。老绵羊疼得发抖疼得咩咩叫，疼得一股子一股子流汗，老绵羊就是不离开母亲。

婴儿落地的时候，老绵羊也瘫在地上不能动了。母亲跟狼一样咬断脐带，用活羊身上的羊毛捻一根绳子，扎住脐带。母亲把最后的食物吃完，母亲有了力气。母亲跟狼一样在雪地里寻找最秘密的鼠洞，我至今不明白母亲用什么办法把土拨鼠赶出去的。用母亲的话讲，胞衣应该回归大地，而且要埋得深。那是生命的根。母亲跟狼一样在野地折腾了一整天，把胞衣塞到鼠洞里，用红柳条子捅啊捅啊，天知道她在什么地方找到了一丈多长的红柳条子。据她说有一丈多长，我想这绝对是真的，哪个母亲也不会在这个问题上说虚话。母亲那样子就像一个老猎手往火枪里装火药，装足了火药，就用探条捅啊捅啊。

母亲怀抱着婴儿，走了两天两夜走进一个村庄。母亲精神得不得了，一进门就向人家要热水，婴儿还没洗呢。据母亲讲，我身上全是羊粪疙瘩，跟长在身上一样，去掉的地方还留着青疤。三岁那年，青疤消失了。

父亲跟冰雪一起消融，人们找到他的时候只剩下骨头架子，一直保持着仰躺的姿势。母亲说那姿势很安详，他好像知道妻子会一路平安，他的孩子也平平安安。母亲没有惊动父亲，因为芨芨草已经从骨头架底下长起来了，很快会埋掉父亲的。就让芨芨草埋掉他吧，我碰到芨芨草总要默哀三分钟，从伊犁河谷到准噶尔盆地，有多少芨芨草啊。母亲就这样让她的儿子怀念自己的父亲。我上中学的时候，母亲去世了，我唯一的亲人离开了我。一个出生在野地的孩子长到十六岁就很了不起了。

你们该听听我和我媳妇的故事了，我猜你们肯定愿意听，这肯定对你们有用。像我这样的不可能有很高的学历，我上到技工学校就很满足了。

我学的是汽车驾驶，跑奎屯到伊犁这一段，有时候也能捞到去乌鲁木齐的好机会，有时候也顶替别人跑塔城跑阿尔泰，大多时间跑伊犁。我开车第三个年头，有个朋友捎话问能不能搭顺车，朋友不搭车，朋友给人帮忙，我想都没想就答应了。

来的是一个丫头，误了班车，就只能坐大卡车了。到精河吃饭，丫头掏的钱，这是搭顺车的规矩，我当然不拒绝了。女人搭我的车不是一次两次了，她们买烟买吃的我全享用，我心安理得。这一回我有点不安，吃饭的时候还好好的，跟个大爷似的，丫头去结账的时候，我看着她的背影，我就不那么心安理得了。我去买了两个瓜搁到车上。到赛里木湖那一段路全是沙漠，干热干热的，灰尘又大。赛里木湖这辈子见过多少回呀，我估计丫头见得不比我少。越过最后一道山梁，出现在湖边时，我听见丫头很兴奋地喊了一声，我就让车子飞起来。司机总有办法让车子处于最佳状态。从湖面吹来的凉风跟浴室里的喷头一样，身上的燥热一扫而光。

我把车子停在大海子与小海子中间，丫头到大海子边看天鹅去了。那天真是福星高照，湖边有天鹅游来游去。我坐在小海子边抽了几根烟。我不能在车上抽。丫头过来的时候，我已经把瓜杀开了，一个西瓜，一个哈密瓜，红的，翠绿的，杀在金草地上，丫头老远看着，有点吃惊。她在大海子边撩着清水逗天鹅玩，天鹅不怕人，天鹅淋上清水就不动弹了，丫头把自己也淋得湿漉漉的。跟天鹅玩够了，她肯定口渴了，海子里的水清是清，可喝不成。她老远看见西瓜哈密瓜摆在金草地上，一把闪晃晃的刀子躺在瓜中间。刀刃刚吃了瓜，一个新疆男人要杀多少瓜！那天我才发现刀子杀瓜不是杀是吃瓜呢。丫头走到瓜跟前一句客气话都没有端起来就吃，一个西瓜一个哈密瓜全吃下去了，也不让我一哈（下）。

出了果子沟我口干得连唾沫都没有了，她也不看一眼。本来可以赶到伊犁，到清水河我突然想起我出生的那个地方。我就告诉丫头，我要在清水河办点事，要在这里过夜。"你就把我扔在这里呀！"丫头满脸不高兴。开车的到处都是朋友，连车都不用下，按两声喇叭，就拦住一辆车。我告诉丫头："那是我朋友，能把你带到伊犁，明儿个也能把你带回奎屯。"

丫头上了人家的车，丫头又下来了。

"还是坐你的车，不麻烦人家啦。"

"那你得在这儿住一夜。"

"住一夜就一夜。"

我把她送到清水河最好的旅馆，车停在院子里。我给她打招呼说去办事，我就一个人走了。

我不知道去的是不是我出生的地方。母亲临死前告诉我，我是三月十二号黎明出生的，那也是我父亲的忌日。其实父亲三月十号就冻死在科古琴山脚。母亲一定要把我的出生和父亲包括她的好日子放在一天。我每年这个时候都要祭奠一下。那一天，不是三月是金秋十月，天已经凉下来了。我在野地里转到半夜，我就到一个沙坑里躺下，坑里有一尺多厚的羊粪蛋，我带着火，我可以点燃这些羊粪。我没有点火，我身上热烘烘的。我想那个丫头。我的脑袋往下挤，羊粪蛋都干透了，跟核桃一样响动着，埋到我的脸上，我整个身体都在动，我一边动一边想那个丫头。她的皮肤跟金绸一样，跟哈密瓜的瓜瓤一样。我看见了月亮，从科古琴山漂来的月亮又圆又大，新鲜得不得了，就跟削了皮的哈密瓜一样，哈密瓜褪掉那身绿皮不就是甜蜜的月亮嘛。我睁着眼睛一直睁到天亮，羊粪蛋把我埋得那么深，只露两只眼睛。

我发动车子，往伊犁开。丫头说："你在哪儿过的夜？""朋友家里。""朋友家里？羊圈里吧。"她闻到我身上的羊粪味，她没有捂鼻子，新疆的丫头嘛，闻不惯羊粪味怎么行？

"你为什么要在羊圈里过夜?"

"我是羊妈妈生的。"

她吃惊地看着我:"你不要开玩笑好不好?"

"我没有开玩笑。"

车子进伊犁之前我讲完了我出生的故事。那次讲得很简略,大概半个小时吧。丫头该下车了,我喊她好几遍她才清醒过来。我看见她眼睛有泪,我就让车子在伊犁的大街跑了几圈,丫头是在阿合买提江大街下车的,她要走到办事的地方。她告诉我回去还坐我的车。

后来我们就成了夫妻。她家里一直反对这门亲事。只有这么一个女儿,还嫁个开车的,丈母娘和大舅哥们恨死我了。

法院的人说:"跟说评书一样,你的口才这么好,作为证词对你可太不利了。"

表

少尉根本不相信土王有什么绝招,一个名存实亡的部落酋长,怎么可能驾驭群山和天空?女人一定要他坚持下去,在土王唤不到鹰的时候,她才能逃出王宫。

私奔从来都是惊天动地的,逃出王宫还要逃出拉达克群山。山就在他们脚下,那是喜马拉雅山奔向帕米尔高原的一条巨型铁链,群山上空只有太阳、鹰和风。

"还有时间!"女人说。

少尉抬起手腕,让她看表,女人告诉少尉:这是伦敦时间,拉达克人的时间不在表壳里。"他们的时间在太阳里边,他们只相信太阳。"

鹰就这样出现了,从群山里猛然闪出,高悬在宽阔的河谷上空。

鹰的翅膀和脑袋在太阳中间伸展开来,太阳开始转动。女人说:那不是轮子,那是拉达克人的时间,两根翅膀一颗脑袋,跟表壳里的指针一模一样。少尉目瞪口呆:原来没有时间,鹰飞进太阳,时间就开始了,最初的时间是太阳本身,是那个圆圆的轮廓:

0

那时鹰还没有飞进去,太阳完全是野性的。拉达克人从草原进入群山,他们弯弓射箭,狼虫虎豹全成了美味佳肴,唯一不可征服的就是鹰。

鹰的神速是箭无法比拟的,骑手们朝它放箭,只留下呜呜的响声,鹰悬挂在河谷上空,一动不动。骑手们泄气了。

他们的祖先曾用箭射落过太阳,这种伟绩使他们兴奋了许多代;可第十颗太阳依然悬在空中,传说中这被解释为人的宽容。后来,他们离开中亚,进入喜马拉雅山西南角的拉达克;在世界屋顶上,太阳很清晰地显出它的原型,他们开始怀疑祖先的神话是否真实,很可能那只是一种夸张和炫耀。

祖先的这副德行,完全是由于老家没有这么高的山;在大平原待惯的人,容易自高自大。所幸他们离开了大平原,置身于世界最高的群山中,他们开始变矮。刚开始他们很害怕,人死的时候才变短;后来他们习惯了,因为山顶上是不长高草的;山顶的草不招摇,叶片很大很宽,贴在地上,汁液又稠又多。

他们放牧,也种地。林莽中的虎豹蟒蛇取之不尽,至于高高的天空和无法逾越的山峰,就留给鹰吧。鹰是唯一可进入太阳的神鸟,鹰把太阳当作自己的窝,鹰接近太阳的时候,拉达克人全都静静地肃立着,仰着脑袋,看着那苍劲的影子闪进圆圆的太阳,像根柱子一样直直地竖起大写的:

1

拉达克人全都趴下了,在神鹰与太阳所构筑的1跟前,人是站不起来的,人甚至不敢抬头去看。谁都知道最纯粹的看不是眼睛,是脑子,是心,是那双埋藏很深的眼睛。

他们匍匐在地上,凭着那双内在的眼睛凝神注视;鹰翅慢慢展开,一左一右撑在天地间,在它的庇护下,人才能直起身。拉达克人就这样开始一天的工作,去放牧去种地。鹰用它的双翅给人一个可以接受的数字:

2

拉达克人无论干什么都不超过这个界限,太阳和鹰永远高高在上。阴天太阳不出来,鹰很孤独地飞来飞去,拉达克人就待在屋子里,让鹰孤独下去。人是不能跟它平起平坐的,没有它,人就无法沟通太阳。

他们占据着大河上源,水是清的,鱼跟天上的鸟儿一样很自由,没人惊动它们。鱼和清水流到下游平原,就变得肮脏不堪。去过平原的人都不敢相信,那条圣河是从拉达克流出去的。他们很少到平原上去,宁肯让商人翻山越岭到山里来发横财,也不出去了。

国都列城是客商云集的中心,最先到列城做生意的是新疆的马队,拉达克人把他们当作上宾,商队的首领都是神通广大的人,他们能穿越世界最高的群山和最大的沙漠,他们讲述的太阳和鹰跟拉达克的一模一样,拉达克人就凭这个认朋友。

3夹在1与2之间,是个吉祥数,象征着远方的朋友。拉达克王朝强盛的时候,派使者去中原朝贡,使者带回来的消息令人振奋:那里的皇帝和臣民跟拉达克人一样,崇拜1崇拜2,把他们自己放在天地之间,三即3。

无论是中国的皇帝还是拉达克国王，他们都没有想到三的外来意义。

英国人就是这样出现的，他们的舰队从大海上疾驰而来，毫不客气地插在天地之间。他们在大平原上折腾，还没到山上来，而3已经显得不吉祥了——

3

英国人绝不满足于大平原，他们了解帕米尔高原和喜马拉雅山。当年，成吉思汗来到这里，一下子被这万山之王震撼了，汗王宁肯舍弃大河下游的平原也不离开群山。汗王对他的骑手说：蒙古人啊，什么时候你们离开马背住进房舍，你们就完了。蒙古人的一个分支留在世界屋脊，成为拉达克的一部分。

英国人征服印度以后，沿着河谷向上游挺进。他们把铁路修到拉瓦尔品第，把公路修到克什米尔；他们派印度人进山做生意。中国商人一年才能来一次，而印度商人一礼拜来一次；中国商人很快被挤垮了，剩下的都是赚不了钱的小店小铺。

紧跟印度商人之后的是英国军队，他们的大炮在列城轰了三天三夜，拉达克王朝就崩溃了。土王跟英国人签字画押，英军撤走，英国官吏留在列城，衙门里的差役全是印度人。

土王失去了驾驭群山的权威，他把希望寄托在王子身上，他掏出一样东西："英国人就是用这个把我们搞垮的。"那是一块精美的钟表，金壳金链，瑞士制造。土王咬牙切齿："时间是从太阳里流出来的，是神的创造，英国人用这玩意儿模仿神灵，把时间装在铁笼子里，鸟笼造得这么小，比蛐蛐罐还小，时间能飞吗？动一下都很困难。打英国人来到喜马拉雅山，连天上的鹰都飞不动了。"

土王要儿子弄清表是个什么东西，制服这个怪物，把时间解放出来。

时间属于神灵，人征服不了时间，可英国人把时间给打乱了，从三开始，一切都乱了套，一直到四五六七，到小说结尾，拉达克人都没翻过身来。

4

拉达克人是被表征服的。

刚开始英国人没有意识到这一点。他们的大炮轰了三天三夜，把土王吓住了，却对山民们无能为力。山民又瘦又矮，还没英国兵一半高，可他们能在喜马拉雅山上健步如飞，他们的叉子枪又准又狠，被射杀的英国兵全是脑门开花。英国兵戴上钢盔，山民就打他们的脖子，脖子是不能上套的。即使在黑夜，山民们凭一颗烟头或脚步声，就能把英国兵射下马背。

英国兵躲在帐篷里，不敢抽烟不敢说话，连气都不敢喘。有个出气很粗的上尉被叉子枪射中嘴巴，大叫一声上帝就没气了。

拉达克群山让人望而生畏。

官兵们期待着停战协定，他们宁肯自残，也不想挨土人的火枪。战地指挥官已经向上司写撤军报告了。那些好战的青年军官拔出指挥刀，唱军歌，朗诵吉卜林的诗和小说。喊叫声招来大批土人，叉子枪射程近，土人慢慢靠近军营。军官们动摇了，跳进堑壕；还有几个军官站在外边，支撑着帝国军人的尊严。轰！火枪大吼一声，齐茬茬锯掉一颗少尉的脑袋。剩下的两个中尉闭上嘴巴，军歌和吉卜林在喉咙里挣扎，扑通！掉进胃囊。

太阳慢慢落下去，落在土人背上，仿佛土人在驾太阳种地。

中尉毕竟是军人，在巨大的恐惧中尚能保持一丁点镇静。他们要在生命的最后关头显示英雄气概，他们掏出钟表，用刚学会的土话大喊：" 七点半七点半，太阳落出了，一切都结束了。"

太阳正好在那一瞬间落进山谷，天光暗了许多。山坡上的土人一下子乱了，他们丢下火枪，看看远去的太阳，又看看中尉手里的怪物。中尉马上意识到太阳与表之间的联系，他大声告诉土人："太阳在这里边，太阳听我们的。"

土人一哄而散。小小的钟表，恢复了英军的士气和女王的尊严。

晚上，土人趴在山坡上不敢动，过了很久，英国人大喊：太阳出来！太阳就屁颠屁颠奔到山上，像个打杂的差役，土人看清了英国人手里的怪物，那里边的指针跳一下，太阳就升高一点，指针往下落，太阳跟着落。英国人告诉他们：太阳走的路是圆的，跟表壳一样。

土人亮晶晶的眼睛就暗下去了。他们的眼睛几千年来都很亮，眼睛不大但很聚光。太阳被英国人关在铁盒子里，所有土人的眼睛都暗淡了。

英国人感到意外，他们弄不清土人的眼睛何以失神？印度人告诉他们：土人崇拜太阳，表不能拥有太阳的权力。"这是科学！"英国人大叫，"这是哥白尼伽利略证明了的。"

5

  英国人发现了表的妙处,就处处炫耀。

  他们用望远镜观察鹰的行踪,用表计算鹰的速度,很快掌握了鹰的活动规律。他们叫鹰出来,鹰就出来;他们叫鹰飞回去,鹰就得飞回去。

  土人实行天葬,尸体让鹰吃得干干净净是一种吉祥和福气;生命是永恒的,鹰在生死轮回中起着桥梁作用。

  英国人竟然控制了悬崖上的鹰,土人沮丧得无以复加,英国人还要踩上一只脚,宣布明天太阳不出来了。第二天果然是阴天,太阳被关起来,关一昼夜还不放出来;太阳在笼子里放光,放出的光阴森森的,跟没熟的果子一样。

  那天,女人做的饭都是夹生的,馍馍底下有青疤,咬在嘴里黏黏的,嚼不出粮食的原味。

  世界就这样让英国人颠倒了。

  印度人告诉拉达克人:全世界的太阳都让英国人关起来了。"那么时间呢?"土人希望全世界的时间不要落网。印度人毫不客气地告诉他们:全世界都用格林尼治时间,格林尼治是伦敦郊外的一个小镇。印度人口气强硬,好像他们去过那里,他们跟土人相处几千年,土人肚子里的蛔虫他们都知道,英国人的法术通过他们之手,就很容易为土人接受。

  拉达克人彻底崩溃了,男人们喝得醉醺醺,唱着忧伤的古歌在大街小巷摇晃。他们找不到自己的家门,老婆把他们拉进去,他们又从墙上爬出去。他们找不到那种刻骨铭心的家的感觉,老婆孩子的哀号变成了音乐,成了古歌的一部分。

  他们醉得很悲壮,走路跌跌撞撞,死劲地撞;石墙被撞倒了,撞得血流满面,又朝行人撞,一下把那人撞翻,昏厥过去,跟石头一样很难醒来。街道空了,他们到野外到山上,去撞世界最高最大的山,脑袋一下子碎裂了,殷红的血浓烈如酒,只有鹰才能分享如此精纯的血肉。

  这些难以化解的生命,生来是石头,死后还是石头;鹰便把他们带进群山,以山为家园。他们被鹰带走的时候,人们还能听到他们断断续续的歌,那歌子唱得很费力,只有短短几句:

不翻过这山是我的家乡，
翻过这山是他人的家乡；
不是我喜欢他人的家乡，
是命运安排我去了他乡。

6

英国人还要把表带进土人的生活，让他们文明起来。

文明也是从表壳子里跳出来的，印度人的脖子上挂着铁链。人怎么能被拴起来？印度人告诉山民：这不是拴人的，是拴表的。山民抓起表，大声告诉印度人："你就拴在这上头！你听它的，还是它听你的？"印度人上过学，只好承认他听表的，表是科学，连英国人都听表的。土人松开手，表壳子从手指缝里溜出去，像小偷似的。

英国人直接找土王，给土王一只金表，只有土王接受，山民才会承认。表跟太阳一样黄澄澄的，很高贵的样子，英国人说："这是贵族戴的，大英帝国有爵位的人才戴这个。"土王勉强收下，英国人非要土王立刻戴上，一点回旋余地都没有。印度人不容土王迟疑，冲上前来，把链子拴在土王脖子上。

山民们敬仰上千年的国王被他们拴起来了，山民们伏在地上泣不成声。

英国人每天都要进宫检查，土王不敢松懈，很快习惯了这洋玩意儿。万事开头难，有了良好的开端，一切就都好办了。英国人开始把有钱人召集到衙门里来，听英国音乐，喝英国茶，品尝英国美味甜点。

土王被奉为上宾，当地的财主分坐两旁。

英国人很慷慨，打开盒子一人一个，大家面面相觑，又不能冲淡喜庆气氛。英国人示意土王看表，土王不敢迟疑，很认真地看一下表，告诉大家：12点了。太阳正好悬在头顶，大家看看太阳又看看表，拿过来挂在脖子上；松松的，没有压迫感。脖子那么粗壮那么有劲，挂一只表算什么？你看那些英国人，脖子上系着布带子，系得很紧很结实，连印度人也系这玩意儿。印度人说：这是西装。土人哇地叫起来：人一定要像狗一样拴起来吗？英国人问他们嚷嚷什么？印度人用英语复述一遍，英国人竟然不生气，笑得很开心。印度人说：狗在英国是很高贵的动物，就像鹰在拉达克群山。土人明白了：世界日他妈变样了，狗成了贵族，成了鹰一样的神物。

大家不再感到委屈，对钟表有了些敬意。

土人彻底放弃抵抗，不打仗了，安宁了，这正是捞钱的好机会。印度商人运来各种新鲜玩意儿，其中包括各种钟表。

猎手戴上了表，不再理头顶的太阳。

种地的人不再靠太阳计算时间，鹰孤独地飞来飞去，跟风刮起的纸片一样。

牧人把羊群赶进寺庙，在里边拉屎拉尿，神灵气歪了鼻子，紧闭眼睛，不再理会人间众生。

土王的权威一落千丈，大家有事就找英国人。

英国人倒是尊重土王，凡事都给他打招呼。土王很生气，英国人爱怎么办就怎么办好了。英国人却不丢绅士风度，面子上的事儿一点不含糊，该进宫还进宫。弄得土王没办法。英国人还邀请土王到衙门做客，土王气再大，也得给人家面子吧？

在座的都是英国官员和他们的夫人。贵族味甚浓，土王的自尊心得到些满足。扬声器开始放音乐。英国人请土王跳舞，土王就跳拉达克舞，豪迈奔放不用伴奏，爱怎么跳就怎么跳。

英国人皱眉头：太原始了，需要加工升华。

英国人拉起土王的手：就这样，一二三，一二三，对对，转身，踏上曲子，踏上，对对。土王很聪明，一圈不到就踏上曲子了，可以跟贵妇跳圆舞曲了。

跟土王跳过舞的女人都赞美他，原来土著也很高雅。土王小声说：跟钟表一样，不能快也不能慢。贵妇人瞪大眼睛：哦！我从来没听过这样绝妙的比喻，他把跳舞比作钟表，我的上帝！音乐就是时间艺术呀，他真了不起，跳一次舞就抓住了音乐的本质。所有来宾起身鼓掌，向土王致敬！

7

土王从内心感激英国女人。他要送王子到英国去，探清钟表的秘密，再带一个英国女人回来。这两样东西可以拯救拉达克。

王子正是血气方刚的年龄，鹰一只一只落下去，跌得很惨，拉达克人眼中的神光比落鹰更惨。他是拉达克王子，他的祖先很早就拥有了世界最高最大的群山和高原，拯救这块土地的使命理所当然落在他身上。

他根本没有意识到自己是王朝最后一个王子，是拉达克人一个悲壮的句号。

8

  几年以后，王子佩戴英国皇家陆军上尉肩章，威风凛凛回到拉达克，身边带着一个高雅华贵的英国女人。

  山民们张大嘴巴，脸发白，手停在空中，他们在回忆拉达克昔日的辉煌，他们梦醒一般叫起来，向王子欢呼向夫人欢呼，然后伏在地上，向喜马拉雅山叩头，叩得血流满面。

  英国女人惊恐万状，王子说："他们在欢呼胜利，我赢得了你。"英国女人感动得流下泪。丈夫告诉她："拉达克失败太多，败得喘不过气来，我给拉达克赢了一回，为山民，也为这里的天空和大地。"

  英国女人受到了公主般的待遇。在伦敦，她只是一个小家碧玉，人们看重她的容貌和才华，但并不尊重她。她的芳心很容易献给了异国王子，越洋过海来到荒凉的世界屋脊。

  她把王宫叫城堡，喜欢骑马，喜欢叫丈夫佩带长剑和弓箭。那是格林童话里的装饰，王子聪明伶俐，打扮得很是到位，夫妇结伴而行。给群山增添了许多景致。

  鹰不再跌落，它们沿着险峻的山坡直冲上去，迅如疾风，直奔冰山女神的生命之门。好多鹰会死在半道，这是它跟人不同的地方；男人可以反复不断进入女人，鹰只能进去一次，它们那种纯粹的精神是男人无法企及的。

  "难道就没有一种挽救男人的办法？"

  "那就是战争，生命被浓缩在最短的时间里，一瞬胜于百年。"

  "你去英国就学这个？"

  "英国之所以强大，因为它有科学，拉达克没有。"

  "科学的结果是战争。你要给拉达克带来战争？"

  "拉达克败落了，连印度人都敢骑他头上拉屎拉尿，他的眼睛里全是绝望的石头。"

  "可我看到他们的眼睛跟万能的神一样，欧洲人眼中绝没有这种光。"

  "那是他们看到了你，把你当作唯一的一次胜利。"

  "这还不够吗？女人和战争，你赢了其中的一半，你可以站起来了。"

  "要站起来的是整个拉达克，让太阳和鹰恢复从前的样子。"

9

  王子一下子忧郁起来，他自己不承认这种情绪；越是否认越显得真实。
  英国女人在伦敦就发现了王子的这种情绪。那时，世纪末的颓废弥漫整个欧洲，巴黎和伦敦成为地球上最伤感的地方，时髦青年的脸蛋上都挂着忧伤，用以打动女人的芳心。女人们趋之若鹜。王子未来的夫人，毫不例外也在猛追这种时髦，正好与王子碰个满怀。
  王子的忧伤和他的国家一样，都是间接的含蓄的，这更合乎女人的口味。女人有点不顾一切，差点喊他为哈姆莱特。真要喊出来，王子会感到绝望和痛苦。尽管王子从头到脚一个活脱的哈姆莱特形象，可王子拒绝这种忧伤。
  王子刚强的外壳下，埋着极其脆弱的忧伤，英国女人像蜜蜂一样叮在上边，把那块伤疤弄得甜蜜无比。王子所到之处，备受欢迎，成为社交界的宠儿。人们把这一切归功于她，是她发现并培养了王子的气质和风度。
  人们应邀来到王子的公寓，客厅的墙上悬挂着一只喜马拉雅山雄鹰，客人们张大嘴巴，像幼儿园里的娃娃；王子说："这是标本，是真正的鹰。"
  人群中有不少艺术家，他们一下被鹰击中，灵感汩汩奔流，弄得他们欲火中烧，来不及回工作室，随便抓起支笔，铅笔或钢笔，刷！刷！删！很快画出他们的扛鼎之作。
  大家都是绅士，不好掠人之美，可每个人脸上全是贪婪相。王子决不会把鹰送给他们，王子送他们带长角的山羊脑袋，客人们满意而归，视羊头为艺术珍品，悬于客厅。小民百姓纷纷效仿，牧场主大发横财，高价倒卖羊头，还要标明：此羊头来自世界屋脊喜马拉雅山。
  王子却一心一意钻研科学。屋内全是钟表，他的技术已达到工程师水平。皇家工程师协会接纳他为正式会员。
  在英国女人鼓动下，王子赴钟表王国瑞士考察，眼界大开。回到旅馆，王子沉默发呆；全世界的表都是一样的，区别只在技艺上。
  他寻找秘密，秘密就这么简单，跟一张纸似的，一捅就破。眼前夹上长筒放大镜，那些小零件一个也逃不掉，像网里的鱼，确切地说是缸里的鱼，绝无逃脱的可能。这么多零件挤在一起，拼凑出一片天地，居然把太阳给弄下去了，全世界都听它摆布，连鹰都被它拴住了。它那浮躁的嘀嗒声取代了苍鹰迅猛的飞翔。

英国人就这样向世界推销他们的雾都形象，伦敦没太阳，他们就让全世界都没太阳；莎士比亚创造了哈姆莱特，他们就让全世界都处在压抑和忧郁之中。

10

王子拒绝这种压抑和忧郁，带着女人的爱和一只绝望的表回到拉达克。

王子一点也没发现自己的忧伤。

他带妻子去高山之巅观赏雄鹰飞翔，在冰山女神迎接飞鹰的地方，王子一下子感到自己的脆弱，王子小声说："鹰回到了它要去的地方。"妻子说："我们回去吧。"

他们回到王宫，一声不吭地脱衣服。那是他们夫妻生活中最长的一次，妻子的脑海里不断出现冰山女神的形象；妻子放得很开，从修长的腿到光滑的腹沟到无边无际的阴道，一直到神秘莫测的子宫和卵巢；她用绝望的抽搐和痉挛作无声的呼唤，呼唤王子飞翔。王子果然飞起来了。女人用身体代替语言，给他一个巨大的暗示：鹰可以脱离群山，盘桓于女人的娇躯。

王子瞪大眼睛，倾听那美妙的铮铮声；他的筋跳如红针，女人随他而转动，他在调拨她的生命。

"我的时间全归你了。"女人用机械时代的工业术语表达了她的感情。

鹰慢慢地消失了，王子的筋也软下来，缩进肉里，跟没事人一样。

11

王子的夫妻生活很和谐很惬意，每一次，妻子都能使他感受到大地的魅力；妻子身上应有尽有，群山旷野河谷沼泽，直到冥冥的苍穹；那是女人最美妙最神秘的地方。

有了这些，王子就不用去野外溜达了，待在王宫里可以用望远镜看远山和河谷。更多的时候是欣赏欧洲大师们的风景画。王子天分很高，生在歌舞之乡，很容易领悟艺术的真谛，他跃跃欲试，挥笔临摹。妻子劝他去野外写生，他不屑一顾，妻子说："那是欧洲的山，跟喜马拉雅山相比还不如个小板凳呢！"

王子没有反应，他对旷野失去了兴趣。

王子全部的热情倾注在妻子身上，她的肌肤细腻光洁，她的心脏发出美妙的叮咚声；钟表也有这么光滑的壳子，也有这么优美的跳动声。支配钟表的是一系列机械运动，支撑妻子的是王子的意志。更重要的是她是个英国女人，英国人征服了印度缅甸阿富汗，王子却征服了他们的女人。全世界男人都懂得跟女人睡觉其乐无穷这个粗野的真理，连英国人自己也在拉达克人面前显出窘态：站在王子身边的是个楚楚动人的伦敦娘儿们，一般英国人是消受不起的。

在拉达克人的故事里，王子把英国人的表征服了；表就在英国女人的肚皮上，王子上到她身上，表就按王子的意志来跳动。

拉达克相信这一切是真的，甚至到了走火入魔的程度；他们跟醉汉一样，神魂颠倒，语无伦次，拉达克群山进入梦幻世界。

英国人惊慌不安束手无策。

这是古时候就存在着神秘的梦幻世界，印度人滔滔不绝，向英国人讲述这块神奇的土地。话语很快有了灵性，不听主人控制，叙述者成了梦幻本身。英国人魂飞魄散，大叫：疯人院，这是疯人院！朝天开枪，总算稳住了情绪。

拉达克人相信他们的王朝复活了，不在河谷在群山深处。他们丢下河滩的庄稼地，赶着羊群向阴森森的深山迁移。英国人拦都拦不住，土人看他们就像看地上的石头，土人一板一眼告诉他们：这是我们的土地，你们的表被打败了，时间又回到我们拉达克。土人遁入深山。日出而作日落而息，彻底摆脱了时间的控制，一切听从太阳支配。

英国人心里清楚：太阳的运动规律是科学，科学在牛津剑桥；太阳听谁的？太阳听钟表的。

但这并不影响王子的梦幻，王子的世界跟山里的土人紧密相连，他可以从望远镜里看到他的属民和畜群，英国人到王宫来总要带着手杖，手杖可以提醒自己，不至于陷入梦幻。王宫的梦幻色彩太浓了。王子去英国衙门，那里也会变样，到处闪射幽幽的蓝光。

"这太不科学了！"英国人心有余悸，挑选精壮的官兵出入王宫，往来联络。官兵要不停地更换，最多去三次，就变得神思恍惚，分不清东南西北今夕何夕？

12

那些换防的官兵中，有一个年轻的少尉，他看见王子的妻子时发出一声惊叫，女人比他更惊讶，原来他们是同乡，是苏格兰人，一个村子长大的青梅竹马，一起放羊，一起唱彭斯的歌谣《我的新娘在高原》。

沉闷的王宫快要把女人憋疯了，上帝给她一道亮光，而且来自故乡来自彭斯的诗。少尉刚读两句，她就缴械了，崩溃了。少尉还是童男，又棒又笨，憨态十足，当生命进入辉煌时，那种感觉竟然是破天荒的，女人惊慌不安："不是说男人都是一样的吗？""我与众不同是不是？""跟王子时是往下沉，跟你是往上升。""噢，东方人真不可思议，怎么能让女人往下沉呢？地底下是埋死人的呀！"女人告诉少尉：他们夫妻最快乐的时候，她确实感到了死亡，那是一种觅死觅活的疯狂。

少尉呼地站起来，骑士精神油然而生。他最喜欢读的一本书是《鲁滨孙漂流记》，从小就崇拜英雄渴望冒险，他要救出他的情人。

刚逃出王宫，王子就追来了。王子单人单骑，紧追不放，快到疏其拉山口时，这对情人累趴下了，王子没有乘人之危，他让情敌喘过气来，王子用弯刀，少尉用剑，只一个回合，少尉的胳膊就飞起来，又快又猛就像天上的鹰。

女人紧紧抱住少尉。

王子骑上大马，朝山顶奔去，一直到悬崖上，凝固在那里。那是拉达克人天葬的地方，王子和他的马停在那里，鹰一只接一只，盘旋俯冲，土王和马很快变成一堆白骨。那些鹰一只接一只进入太阳，一对翅膀一颗脑袋，把太阳撑起来，撑出一个很大的：

0

在拉达克人的故事里，没有开始也没有结尾；英国女人搀扶着受伤的少尉，找不到逃生的路。少尉掏出所有的军用品，表的指针停在零点，指南针窜如飞蝗，根本辨不清方向。他只好听女人的，朝最高的神女峰走去。

他们离大平原越来越远，就像回到苏格兰高原。这里的高原是苏格兰的几十倍，彭斯会不会给它也写一首《我的新娘在高原》？少尉倒下了，女人也倒下去。

"我崇拜鲁滨孙，却不能救你出去。"

"我已经很幸福了，幸福的女人不是很多，王子把我沉下去，你又把我升上来。"

一切都跟刚开始一样，从0始到0结束，他们的瞳孔里果然飞出一轮太阳；那是万物中最大最美的图形：

0

……时间还在继续……

谁也说不清这是英国人的时间还是拉达克人的时间？

扯　面

1

　　整个工程队就王利峰吃扯面。大家都吃拉条子。你千万不要以为王利峰是什么了不起的大人物，有什么特殊照顾。工程队的头儿和技术人员是公家人，干力气活的全是临时工，叫他们盲流也行。还得说明一下，做饭的大师傅也是临时招的，是从县城一家挺不错的饭馆挖过来的。工程队的头儿精着呢，越往大漠深处工程量越大，方圆几百里见不到人烟，能维系军心能保持战斗力的就是伙食了，得吃好啊。

　　大师傅确实不错，主食就两样：拉条子、米饭；菜也简单，只要有羊肉，就能炒出好菜。大师傅拉面就像玩魔术，醒好的面块到了他手里就像老鹰到了天上，猛一下张开翅膀，在锅里翻滚，在凉水里过一下，盛在盘子里饭盒里小盆子里，各人有各人吃饭的家伙，拉条子盛进去的时候还保持着雄鹰翱翔蓝天的那股子劲儿。大师傅笑眯眯地及时给拉条子浇上菜，都是皮芽子西红柿大辣子加羊肉片的好菜。大家稀哩轰隆就吃开了，不时有拉条子从嘴角蹦出来，你就得晃着脑袋拼命地嚼啊，拉条子很筋道，在牙床上呼啸，咽到肚子里还是那么迅猛。不断地有拉条子从嘴角蹦出来，带着菜汁就跟鲜血一样那么生机勃勃……吃饱了，喝足了，力气又回到身体里，大家雄赳赳气昂昂地离开餐厅，其实是栋不起眼的土坯房子。

　　应该谈谈王利峰的扯面了，那可太简单了，他给人家大师傅比画一下，大师傅就明白了，醒好的面块直接拉开，一块就拉一根，大师傅依然保持着他的水平，有经验的师傅都知道这个道理，貌似简单的活都有玄机，大师傅是兰州人，狠狠看了一眼王利峰："腰带面么。"谁都看见大师傅拉得小心翼翼，双手一扬，轻轻晃两下，薄厚宽窄就匀称了，真跟解下的腰带一样，丢在锅里，翻滚的水也沉了下去，水花被沉沉地压着，这哪是面条？明明一艘军舰，连续下去五条大兵舰，得加水了，加了两瓢水。五根，每根200克，整整一公斤。王利峰端了一个盆，捣好的大蒜就里边，热面条一冲，香味就出来了，加上菜，简直就是原子弹升空。王利峰的头顶有一朵蘑菇云罩着，王利峰背对着大家，大家还是强烈地感觉到这个狗东西所散发出的冲击波。有人上去看，王利峰头都不抬，呜儿呜儿跟狼一样跟豹子一样跟熊一样，看的人就叫起来了："这是吃哩吗？这是日哩。"王利峰吃得酣畅淋漓，这会儿不像是跟猛兽搏斗，还真像抱了一个女人。大家都往后退，让王利峰这狗日的好好享受。鸦雀无声，连出气声都没有，这帮家伙都是荤话连篇偷听新房的高手，这个时候全都乖觉起来啦，斯斯文文在看一场戏。

晚饭，不少人要了扯面，美其名曰"王利峰扯面"，连"陕西"两个字都省了，好像王利峰成了注册商标。大师傅一愣："都想吃扯面？""扯面好吃么。""好吃？好吃难克化。"大师傅给大家拉了腰带面，双手抱肩，满脸怪笑。没人理大师傅，大家吃得很认真，据那些没有吃腰带面的人讲，吃腰带面的人吃相太吓人了，就像在咬，咬得很舒服，咬完了，直起腰，郑重其事地问旁观者："看啥呢？有啥好看的？""观战呢。""胡说。""看足球赛呢。""胡说。""胡说就胡说。"观战的人没词儿了。吃腰带面的人就更得意了："这叫咥，不叫吃。"王利峰把吃扯面不叫吃，叫"咥"。王利峰的原话是这么说的："啊！——咥美啦！——美日踏啦！"王利峰双臂举得高高的伸展着腰，跟飞机上天一样，满脸的幸福，给大家的印象太深了。狗日的边走边握着拳头"咥！"拳头在空中砸一下，嘴里头就咕噜一声"咥！"，狗日的跟马一样尥蹄子哩。大家听着好像在叫爹，陕西方言也是新疆方言，爹咥同音。狗日的就像吃了老虎尿，把饭叫爹呢。"胡说呢。"在场的本地人纠正这些盲流民工："咥是吃饭，不是你爹。""吃就吃么，还来个咥。"王利峰进了屋，又吼了一声咥，跟醉汉一样倒在铺上，民工的铺么，又是夏天，地上铺的草，王利峰往地上一倒，地面连着外边的大戈壁就忽悠了一下，跟摇扇子一样，王利峰在呼噜声中又吼了一声："咥；再咥上一回。"狗日的在梦中嘿嘿笑哩，狗日的太舒服了，狗日的都成神仙了。这个咥就印在大家脑子里，都想过一下瘾，都要吃扯面，大师傅就满足大家愿望。大师傅还不忘记叮咛大家：准备些消食片。没人理大师傅："没那么娇气，又不是幼儿园的娃娃。""吃的是面，又不是牛皮。"大家也不客气。当天晚上，就听见大家乱踢腾，第二天就窝了工，工程队长乱跳乱骂。大师傅使出绝活，拉银丝面，细若发丝、煮了又煮，给大家盛饭的时候，也忘不了连讽带刺："这么软和这么细发，我侍候月婆子哩，我侍候怀娃婆娘哩。"把大家臊的。只有狗日的王利峰一个人吃扯面。吃扯面成了王利峰的专利。

最近一段时间王利峰常常出去，离工地200多里有个镇子，镇上有一家饭馆，主食肯定是拉条子。千千万万的人在吃拉条子，每个师傅或家庭主妇做出来的拉条子各不相同，各有各的味道。关键是这家的老板娘亲自动手。据说王利峰给人家老板娘比画腰带面，老板娘舀了一铁勺面汤泼过来，王利峰赶紧跳开，跟马一样跑了。最近几天好像有了眉目，王利峰回来就嚷嚷："咥美啦，美日踏咧。"那些偏远的村庄和小镇还是有人吃陕西扯面，据说在哈萨克斯坦，在吉尔吉斯，在乌兹别克都有陕西人的村庄，理所当然有这种结结实实的食物。用当地人的说法，那么皮实的饭能把人吃成马。王利峰告诉大家，怪他把话没说清楚，女人么，说腰带面不合适，说扯面人家就明白了，拉得好得很，又宽又厚又匀称又筋道，一碗一根，不是五根。王利峰的意思，镇上老板娘的手艺远远超出工地上的大师傅，至少是这个数，王利峰的一只手正面反面让大家看，就是1个顶5个。这话只有私下说说不能说到大师傅跟前去，也没人去传这个话，伤自尊惹是非哩。

王利峰就为吃这一根面，来回几百公里。去时搭顺车，回来的时候就不好说了。有苦就有乐，大家想象王利峰的快乐，王利峰所谓的碗其实是盆子。一根面那才叫腰带面，腰带就一条么，大师傅给人家王利峰拉五根就不对么，王利峰不怕千山万水去吃真正的腰带面是有道理的。有人就说话了："我明白啦，陕西人都是一根筋，都是腰带面吃的。"九九归一，这一根面里头有玄机呢。大家再次见到王利峰的时候，就觉得这狗日的王利峰不简单。

2

王利峰回来的时候大家刚刚吃完饭，还没散，懒洋洋地抽烟呢。纸烟、莫合烟啥烟都有，谁的嘴也没闲着，烟卷全都成了大炮，浓烟滚滚。饭后一根烟赛过活神仙，大家全都裹在烟雾里，房子跟烤烟楼一样啦。外边是戈壁滩，一泻千里，一条破公路，贴着戈壁边，另一边是塔尔巴哈台山，基本上是光秃秃的石头山体，只有在房子裹在烟雾里，才有人间的烟火味。这些常年在野外劳作的汉子喜欢这种烟火味。

王利峰外出好几天了，远远看见简陋的工房，烟雾缭绕，遭了火灾一样，王利峰就来了精神，进门不吃不喝，从人家嘴上拔下半截烟一口就咂没了，差点烧了嘴皮，一连抢了三个烟头，总算有人给他塞上完整的烟卷，他才平静下来。给他塞烟的人当然是他的好朋友了，好朋友给他塞上烟，点上火，差一点叫起来："狗日的跟火碳一样。"有人就说："戈壁滩上浪一圈没晒成肉干就不错啦。"王利峰身上的燥热一时半会儿散不了，确切地说，他整个人就是一张刚烤熟的油馕。他已经好几天没吃东西了，他应该大吃大喝。大家把水端上来，大师傅告诉他：饭马上就好。他抽了烟，有了力气，水还没喝呢，他问人家师傅：" 啥饭嘛？ " " 拉条子。" " 我就吃扯面，你知道扯面么。" " 不知道你今天回来，全是拉条子。" " 拉条子太细，跟女人手指头一样，我要壮的、宽的、厚的。我饿日踏咧，才要吃扯面哩，你咋就不明白？你还是个大师傅？" 大师傅赶紧和面。

也没人劝狗日的王利峰。喝上些水，吃上些拉条子垫垫底，就不会发生后来的事情。大家都以为狗日的王利峰不饿。大家对王利峰的了解仅仅限于这个陕西人爱吃扯面。大家还记得清清楚楚，大师傅和好面，端一碗热面汤让王利峰喝，王利峰就不高兴了：" 打发叫花子哩？嗯？"

" 面要醒好起码得两三个小时。"

" 五六个小时都成，我又不要苔子，我知道面要醒一晚上，饭馆都是晚上和好面，抹上清油，用笼布苫上。"

" 咱灶上就是这弄法，你知道么？"

" 我还知道小家小户咋弄呢，早晨上班前和好面，中午下班回家急吼吼地扯开下锅，那是穷对付，糟踏面哩，日弄自己呢。你千万可不能日弄我，我是千万不能日弄的，尤其是扯面。"

大师傅也认了真：" 话到这份上，我也撂一句话，我这行当，跟人过不去，跟粮食绝对过得去，面醒不好我不叫你。"

" 好！"

" 好！"

两个大男人郑重其事地击一下掌，把大家给镇住了，谁见过这么严肃的场面？王利峰已经走开了，大师傅嗨一声叫住王利峰，大师傅说：" 我也能拉出一根子扯面。" 王利峰的眼睛跟通上电一样哗一下就亮了，脖子上的鸡喔喔，正经说法叫喉结的那个东西跟猴上杆一样上下蹿呢。王利峰朝大师傅炸了一下大拇指头，这也是王利峰的说法，王利峰把举手叫把手炸起来，王利峰就跟大师傅炸一下大拇指。大家全都看见王利峰脸上无比幸福的表情，狗日的王利峰把吃饭当成入党宣誓了。说这话的人是个甘肃农民，当过村干部，是个正儿八经的党员，举过拳头宣过誓，甘肃人把举拳头也叫炸拳头。不对。甘肃农民纠正我们：叫炸锤头不叫拳头，拳头是城里人的叫法，农民嘛就叫锤头。我们就认同这个锤头，方言是很有魅力的，一般性的常识，锤子是工具，是铁器。农民把自己的双手直接当成工具，还是个铁家伙，大概从铁器出现的那个时代西北农民就开始这么叫了。王利峰从他炸起的锤头里又炸起一根大拇指。大家都看见站在门外阳光里的王利峰炸起的大拇指跟新鲜的红萝卜一样，血气旺盛，王利峰整个人就是一团又红又亮的血气，就是一团火。后来大家回忆那天中午的情景，可以用火焰来形容王利峰手里的大拇指了，火焰中的火焰，从锤头里喷出的一团火焰。

那一天是王利峰的休息日，他把好几个月的休息日攒在一起，就是为了去几百里外的镇上吃老板娘那绝活——腰带面，一根一大碗的扯面。大师傅说了嘛，他也练出了这门绝活。这也是大师傅叫人钦佩的地方。手艺人有职业敏感性，方圆几百里有高手，他就不能等闲视之，他不但觉察到小镇饭馆老板娘的手艺，也理所当然地发现了王利峰与老板娘之间的故事。也不知道大师傅如何知道这一切的。他整天待在工地上，采购也是别人的事，他一门心思做饭呢。大家的嘴很紧，没听过谁透露王利峰与老板娘的事情。王利峰咥扯面，难道顺手牵羊连老板娘也咥。大师傅是个有心人，神不知鬼不觉练出了老板娘的绝活。大家就等着王利峰在工地食堂咥扯面，真正的扯面据说是一根一大碗。大家期待着，王利峰也期待着。

王利峰的休息日不等于大家的休息日，大家去干活，王利峰没回宿舍，王利峰处于亢奋状态，王利峰到工地西边的山上去了。

工地就夹在准噶尔盆地与塔尔巴哈台山之间，具体地讲就在山脚下，一会儿就到山坡上了。有个带技校学生实习的老师一个月来一次看他的学生，这个老师斯斯文文的，爱做的一件事就是到山坡上去看风景，有时候带一本书，也不按时下来吃饭，竟然在山坡上睡大觉，直到大漠落日染红了天地，他才慢腾腾地跟放羊人一起下山。大群大群的羊，脏兮兮的，老师跟在羊群后边，后来就跟羊群分开了，身上的羊膻味还是有的。王利峰也到山上去了。除过老师没人去山上。那些技校学生跟我们一样，忙一天，累得要命，碰到休息日，想办法到镇上去热闹热闹，谁愿意看山上的石头啊，那些裂了缝的石头，光秃秃的，裂缝里长些青苔或浅草。中亚腹地的山脉草木都在山里边，外围的浅山都是乱石滚滚，跟戈壁差不多，就像戈壁瀚海涌起的岩石的波涛凝固在那儿了。

后来也有人上去过。从山上往下看，工地就像戈壁滩上的一个节疤，人跟蚂蚁一样，很小但很清晰，空气透明度好，工作区生活区清清楚楚，连那个破烂的厕所也尽收眼底。长短不齐的废木板围一圈就是厕所，其实也是多此一举，工地全是男人，别说解手，精尻子乱跑也不碍事。还是围了这么一个破破烂烂的厕所。空荡荡的大戈壁上的厕所，凭你怎么拉，拉出什么样的屎尿，臭味也不出五步之遥，干燥的大漠风猛一忽倏，一切都化为乌有，粪便立马风干，就跟地上结的痂一样。有时候解手的人边系裤子边抽烟，动作迟缓，磨蹭了那么一会儿，不经意地瞅一眼自己的杰作，连他自己都吓一跳，粪便眨眼就蒸发掉了，他所看到的仅仅是一个黑乎乎的类似木片的黑痂，跟好多黑痂堆在一起，好像已经风化了千年万年，压根跟他没关系。他抹一下眼睛，走出厕所，厕所与工地之间有二三百米，坑坑洼洼，他走得小心翼翼，那样子好像担心自己也会被蒸发掉。他真的这么想。他碰到工友的第一句话就是："小心啊别走远了。""有狼吗？""狼算个鸟，狼跟我们一个样，跑太远会蒸发掉的。"大家早都这么感觉了，他是新来的，觉得新鲜，以为是什么大发现，发觉人家没反应，知道是他少见多怪。除过那个不定期来检查学生实习的技校老师，工地上的人压根就不走远，最远走到厕所。大家绝不越雷池一步。这个缺少见识的年轻工友后来跟技校老师聊天，旧话重提。技校老师是教语文的，语文教师善于总结，就把整个工区比作瀚海里的岛屿，随时都有被波涛淹没的可能。"这就叫地老天荒，在瀚海里我们人类很渺小。"语文教师往远方扔一块石头，连响声都没有。工友就笑："怪不得要弄这么一个厕所，大风一起就把人刮跑了。"大家把厕所当成前沿阵地，小心翼翼是应该的。

　　厕所还有大家想不到的作用。那些上年纪的老工人让大家注意废弃的工地。工程结束了，人去房空，简易土坯房很快就垮掉了，变成土堆跟沙丘融在一起，唯一留下痕迹的反而是厕所。远方的风吹来草木的种子，也只有那些参差不齐的破木板能挡住一些随风远逝的种子。厕所总归是厕所，不管大漠风和大漠烈日有多么暴烈，厕所总归是荒原上最肥沃的地方，可以让种子发芽，不管是树的草的还是庄稼的，都给它们以生命，那些庄稼也是野性十足，回到原始草根时代了；总之，有生机了，记录着人类曾经生活过的气息。看到破木板围起来的草丛或灌木，这些盲流会伸长脖子满脸喜悦地看一阵子，就像见到老朋友一样。

　　技校老师在山上看到了另一道风景。目光所及还是厕所，对着塔尔巴哈台山的那一面，木板被风吹日晒塌掉了一块，露出一个豁口，厕所里的人就完全暴露了他们白晃晃的大屁股。居高临下嘛，以前是死角，现在尽收眼底。让人吃惊的是，由于距离的关系，人的其他部位都消失了，只凸现那么一个白晃晃的大屁股，无论胖瘦肤色，在阳光下都他妈那么白，一闪一闪。技校老师马上想到了波涛里的鱼。技校老师这些年带学生实习，走遍了伊犁塔城阿尔泰，见识过伊犁河额尔齐斯河这些中亚的大河，也见识过汪洋一片的乌伦古湖，理所当然地见识过不少波涛中的大鱼，现在他所看到的瀚海里的白晃晃的大屁股跟矫健的白鱼融合在一起，技校老师就有些激动。他本人也是厕所的常客，他的大屁股也是瀚海里的一道亮丽的风景。技校老师就坐不住了，高举双臂，好像在乞求上苍，嘴里叽叽咕咕，声音低沉沙哑，跟跳大神的一样。后来我们知道他在吟诵普希金的《致大海》。

他从山上下来的时候王利峰正好从厕所里出来，也就是说王利峰的大屁股刺激了他的灵感，把普希金从山那边带过来了。塔尔巴哈台山曾经是苏联与中国的界山。王利峰是个粗人，但王利峰也能看出技校老师很激动，他本人就这么激动过，知道这是幸福降临的一个标志。他跟技校老师没什么交往，也仅仅是见面点个头，这回他好像久别逢知己。他看见技校老师从山上下来，他以为人家跟情人幽会去了，他就嗨喊一声。两个激动的人走在一起，都以为对方是天底下最幸福的人。技校老师当然不能直截了当赞美王利峰伟大而神圣的屁股了，有普希金嘛，普希金赞美的是黑海里海还是波罗的海？反正是名副其实的大海，技校老师的大海就是大戈壁，就是所谓的瀚海，经过高度变形后的一个形象的比喻。技校老师不可能把普希金说出来，更不可能重复他在山上吟诵过的《致大海》的诗句："再见吧，自由的元素。"他在山上吟诗的时候把元素读成了元瘦，西北方言太重，不是标准的普通话，反而不如方言那么熨帖。王利峰凭着方言优势很快占了上风。

"山上浪去来？"

"散散步。"

"浪就浪么，还散散步。"

老师笑笑没词儿了。王利峰又逼近一步："浪山其实就是暖石头哩。"老师是教语文的，语文老师眼睛亮晶晶的："暖石头，这话说得好，王师傅你很会说话么。"

"一个人暖不热，石头冰凉冰凉，渗骨头呢。"

"石头也有热的时候哩，最好是下午，太阳晒了大半天，石头是热的。"

"太阳不如人么，太阳晒一遍又一遍，石头还是石头，石头碎了还是石头，人就不一样了，人不晒石头，人暖石头哩。"

"哎呀，这话说得好。"

"当然好嘛，不好也不成，一个人暖不热，两个人暖那才叫暖。"

语文老师又没词了，但语文老师脸上有含蓄的笑。王利峰继续发挥："再硬的石头也经不起两个人折腾，在怀里搂着呢，石头就化成灰了。"语文老师叫起来：

"化成灰？你说是石头化成灰了。""石头化成灰就是石灰么，太阳本事再大，也不能把石头晒成白酥酥的石灰，人就有这本事，能把石头弄成白酥酥的石灰。"语文老师频频点头，说不出话。王利峰眼睛眯得细细的，偏着头，意味深长地说："你再这么弄下去，这座山都就化成石灰啦。"

"太夸张啦！太夸张啦，我哪有那么大本事？"

"读书人就是厉害，把床暖热不叫本事，把石头暖热把石头烧成白酥酥的石灰才叫真本事。"

语文老师已经受用不起了，又是摇头又是摆手，连连后退，两个人已经互相钦佩到极点了。相对而言，王利峰钦佩老师的程度要强烈得多。老师已经走远了，他还有滋有味地瞧着塔尔巴哈台山缓缓隆起的山脉，自言自语："世上还是有高人啊，咥女人就要在山上咥，在大石头上咥，那才能咥美！"王利峰都抖起来了。

3

王利峰开始攒休息日，替人上夜班，替人干最苦最累的活。这样才能把休息日攒在一起。王利峰即使不为女人，干活也是一把好手，用当地人的话说，能吃就能干，衡量劳动力的标准之一就是饭量。在王利峰的词典里，那些最有挑战性的工作也要用一个咥，咥活，咥了一个大活。事后大家算了一下，王利峰两个半月没休息，全咥的是大活。狗日的跟马一样。

那一天，大家看见王利峰换上新衣服，洗得干干净净，跟个新女婿一样大清早就到镇上"咥扯面"去了。搭的是拉货的顺车，在戈壁滩上跑整整一天，到镇上基本上就成一个土猴了，还得洗个澡，理个发，收拾干净再到饭馆去。这可不是瞎说，有人见识过王利峰的工作程序。有点累，有点烦琐，这都是站着说话不嫌腰疼，对身处其中的王利峰来说那是一种巨大的享受。从后来发生的事情来看，这回王利峰不但咥了一大碗扯面，把老板娘也咥了。千万不要以为粗人什么都粗，在这方面他们还是相当细腻的，一点也不亚于知识分子，他们用一个含蓄的说法："把老板娘的床板暖热啦。"我们都还记得那天早晨王利峰翻身上车的情景，那是一辆拉货的东风大卡车，他翻身跃上车厢的样子就像蒙古人哈萨克人翻身上马，他穿着红夹克，戴一顶牧民常戴的很结实的呢子礼帽，牛仔裤紧绷绷的，可以看出他结实的长腿和圆浑浑的屁股。工程队长当过炮兵，工程队长说："狗日的那腿那尻子，跟加农炮一样。"西北人把屁股叫尻子。王利峰好像意识到大家对他的赞美，狗日的真会锦上添花，车子拐弯扬头上坡离开工地的那一刻，王利峰不失时机地从兜里掏出一副茶色眼镜戴上了，好家伙，头顶的太阳猛然大了一圈，有人就叫起来了："太阳把眼睛裆扯破啦！太阳把眼睛裆扯破啦！""狗日的王利峰，要好好咥哩！咥上两碗！"王利峰给大家招手，狗日的只招手不吭声，沉稳得就像姜太公。

　　王利峰是三天以后回来的，谁也想不到他徒步穿越大戈壁。那种事情本身就很冒险，可以搭单位的顺车，回来就没任何保证了。他徒步穿越大戈壁又不是一回两回，何况这回他成功地咥了两大碗扯面。这是民间双关语，一碗是面，另一碗就是故事了。据那些去过镇上的人讲，镇子不大就在山底下。塔尔巴哈台山呈南北走向横在准噶尔盆地的西边，小镇就像从山上滚下来的一块石头，静静地匍匐在山脚，从小镇人家的任何一间房子里都能看到群山的顶峰、平缓的斜坡和幽深的峡谷，跟工地上看的群山一模一样。王利峰在老板娘的卧室里看到了山坡以及山坡上的巨石，肯定让他联想到他跟技校老师的那场有趣的对话。我们可以猜到王利峰趁热打铁，不再满足于卧室和床，王利峰要把爱情的火焰燃烧到野外，把炉火变成篝火。这种浪漫的想法肯定会让女人吃惊，惊讶中带着喜悦，王利峰大手一挥，指着窗外的群山："到山上去咥！咥美！"女人肯定认真了，开始谋划在山上的哪一个部位，小镇对面的山上肯定不行。"我们工地对面的山好哇，山高，还有泉水，又没有人认识你。"王利峰当然不会告诉情人那是技校老师幽会的地方，王利峰知道女人的忌讳。如果你认为王利峰拾人牙慧你就错了，王利峰心气高着呢。

　　王利峰三天三夜徒步穿越大戈壁，回到工地，不吃不喝，就等着大师傅的扯面。大师傅的技艺日新月异，快要赶上老板娘的绝活了。对王利峰来说，就不仅仅是一顿饭的问题了。

　　王利峰没有回宿舍，王利峰到山上去了。技校老师待的地方在半山腰，王利峰去的地方快到山顶了。那地方是接近山顶的一个缓坡，长了些浅草，很密，像动物身上的鬃毛一样。王利峰看中的是草地上的一块大石头，不高，很自然地从山坡上缓缓隆起，有一栋房子那么大，平整、金黄的苔衣跟地毯一样，王利峰要把这块石头烧成白酥酥的石灰，直到整个塔尔巴哈台山变成白灰。王利峰坐在大石头上抽了一根烟。从回到工地他一直抽烟，抽到山上总算抽到最后一支了。处于爱情状态中的男人对烟有一种超常的喜爱，爱是一种燃烧。

王利峰燃烧完最后一根烟,就躺在石头上,仰望着中亚腹地无比辽阔的蓝天,他突然听到了火车的呼啸和汽笛声……其实是他自己的呼噜声。一只来自阿尔泰草原的雄鹰正沿着塔尔巴哈山脉向遥远的东西走向的天山疾飞,空气被拉开一道口子,天空和大地不断地往后退缩,雄鹰翅膀所发出的呼啸声一下子被酣睡中的男人的呼噜声给打断了,雄鹰停在空中,那双锐利的眼睛一下子把目光投射到山坡的巨石上。那块巨石已经结束了火车的行程,变成大卡车在戈壁公路上奔驰。雄鹰垂直下降,再次投射犀利的目光,巨石已经变成手扶拖拉机了,在绿洲的乡间土路上灰头灰脑地怒吼着,吐着浓浓黑烟。雄鹰继续下降。雄鹰再也不需要犀利的目光了,闭上眼睛都能看见这个辛劳的人在大地上到处奔波。这个人太累了,仰躺在大山的怀抱里,呼噜声惊天动地。雄鹰悬在半空一动不动。鹰就有这本领,可以疾飞如风,也可以凝然不动,长久地不动,直到落下一根羽毛。那是一根什么样的羽毛啊,旋转着,翻飞着,妙若天仙,落在睡眠人的身上,跟毯子一样:睡眠的人就侧身蜷缩起来,鼾声一下子就消失了,脸上露出微微的笑容。我们猜想生命就是在那一刻离开王利峰的。

4

大师傅到处找王利峰找不见。快吃晚饭了,面也醒好了,都做出来了,就等王利峰来咥呢。大家都开始找王利峰。技校老师突然想起王利峰对山的向往,就带大家上山,上到他吟诗的地方,幸好有一个烟头。王利峰在这里抽了一根烟。继续往前走,差不多一个多小时才赶到那个大石头跟前,我们看到的王利峰跟婴儿在母亲的子宫里一样,首尾相接缩成一团,怕冷似的双手搂在一起,脸上那么安详,仿佛在梦中……他已经变得冰凉冰凉,他身下的石头反而是热乎乎的,我们搬王利峰就像搬一块铁,他那么沉,他身下的石头反而要软和一些。

不断有石头碎裂,带着苔衣脱落,哗哗地落。与天山相比,塔尔巴哈台山要苍老得多。这些古老的山峦被风化侵蚀一点一点矮下去,圆浑浑的,山上的岩石介于泥土与沙石之间,很容易腐烂。天山就年轻多了,山势险峻,峡谷宽阔深远,那是岩石坚硬如铁的缘故。王利峰成了铁块,塔尔巴哈山却酥软了。难道整个山脉顷刻间化成石灰了吗?我们抬着王利峰下山。山体不断地起伏,越来越低,天色已经暗下去了,戈壁和群山已经有了凉气。

我们很快到了山下，到了工地，把王利峰安顿在一个空房子里。原来是一个仓库空下来了，就用两个板凳一个床板让王利峰躺下。王利峰最好的一个朋友骑上工程队长新崭崭的五十铃摩托车，多带一个头盔，连夜去镇上给老板娘报信。王利峰没有亲人，情人大概是唯一亲近的人了。

我们用白酒给他擦身子。也没有什么新衣服，还是他去幽会时的那身穿戴，挺好的，用刷子细细刷一遍，除掉灰土还是那么新。眼镜也不错，擦干净，戴上，好像他还活着。死人戴眼镜挺神气的。

那一夜，我们没有离开那个旧仓库。大戈壁的夜晚相当冷。有人搬来炉子，大家围着炉子抽烟聊天，聊的就是王利峰。王利峰安安静静地听着。他的风流韵事在闲谈中更生动更吸引人。当然有夸张的成分，有想象的成分。甚至把别人的事情加在王利峰身上，大家抬头看一眼墙角的王利峰，王利峰不吭声等于默认了。反正都是发生在工程队的事情，听起来挺像的，完全符合王利峰的性格。

据说有一年在乌苏施工，乌苏是一个很繁华的地方，很容易碰到街痞。街痞没有惹王利峰，街痞惹那些卖菜的农民，王利峰劝街痞省点事，街痞说行么，那边省下来，你这边刚好接上，街痞手伸长长的，要钱呢。王利峰装糊涂，想瞅机会溜，溜不脱就给人家说好话，人家不听好话，要听软话，王利峰就不说话了，也不想溜了，直起腰板不吭声。街痞扬手就是一拳，连击三拳跟打鼓一样咚咚咚三声，王利峰没反应。街痞揉揉手腕子，不再打王利峰的肚子和腰眼，要往太阳穴上打，还要跳起来用上吃奶的劲。王利峰把击过来的拳头抓住，抓紧紧的，王利峰说："我不惹事可也不怕事。"街上人都围上来了。王利峰说："欺人不欺头，欺头人发躁。"人群里有人喊："揍狗日的。"王利峰说："他又不是娃娃，娃娃不听话拧耳朵哩。"有人喊："打，往死里打。""打架是两个人打，我又没跟他打，是他要打我。"王利峰把街痞手上的黑皮护套扒下来，里边戴着铁手盔，王利峰扒下铁手盔，王利峰说："你甭害怕，我不会打架，我也没打过架。""要打你就打，少啰唆。"街痞嘴很硬。王利峰说："我不打你，我咥你呀，咋相？"人群里的农民声音特别大："咥！咥狗日的！咥美！"那些边远乡村的老住户，还保留着古老的方言咥。王利峰也不再征求街痞的意愿了，王利峰很客气地告诉街痞："兄弟对不起，我咥你呀。"王利峰就开始运劲，也就是攥住街痞的手腕子往紧里上。街痞脸上额头上立马起一层汗珠子，街痞立马就呻唤开了，出气很粗。有人笑：日尻子哩，日破啦。街痞啊——啊——大声叫唤，跟挨刀子一样，跟三流演员演床上戏一样。王利峰不松手。街痞扛不住了，全身软了，软酥酥地往地上溜呢。王利峰稍微往上提了一下，街痞确实软了，跟醒开的面一样，街痞声音颤巍巍的："我再也不敢了，妈呀！爹呀！甭咥我啦！"王利峰就松开手。街痞瘫在地上呜呜地哭，哭得歪歪的，好像受到了极大的委屈。王利峰蹲在街痞跟前，安慰人家："你是流氓你怪谁？你可不能怪我？"街痞一个劲地哭，谁也不理，一个劲地哭。王利峰让大家刮目相看，朋友们就劝他去学点功夫，当保安甚至当保镖。王利峰还真干过保安，干不了，那身好力气，不适合打斗更不适合拼杀，就会干活，手也很巧。常年漂流在大漠深处的盲流都有无法排解的难言之隐，大家恪守的原则就是不问别人的过去。据说这是从远古传下来的规矩。好力气好手艺，隐于大漠。这就是王利峰给大家的印象。

据说王利峰在博乐的时候谈过一个对象，在饭馆端盘子，没谈成。那姑娘带新男朋友来看过王利峰一回，大家客客气气，不成夫妻友情在。王利峰招待人家喝了酒，让大师傅专门做了几个菜，朋友们都来助兴。可能是酒的原因吧，伊犁特曲很诱人的，没看出来王利峰喝高嘛，谈吐文雅，甚至有点拘谨，心爱的女人跟了别人，心思还是有的。送别的时候，王利峰在宿舍里半天不出来，姑娘就进去喊他，招呼要打的嘛，男朋友就在门口站着跟大家点烟对火，背对着房子。房子里边，王利峰猛一下子捧住姑娘的脑袋咬住姑娘的嘴，大概有五六秒钟吧，就放开了，姑娘整个人就像通了电，这个其貌不扬的姑娘一下子漂亮起来了。由此断定，王利峰跟人家姑娘交往期间没动过真格的。事后他对朋友说："该咥的时候咱不咥，就成人家的了。"不该咥的时候王利峰胆大包天，五秒钟咥了一家伙，连他自己都吓一跳，这么一咥乎，丑小鸭变白天鹅。男朋友点上烟，出现在他跟前的姑娘光彩照人，他不由一愣，原来是自己的女朋友。姑娘反应多快呀，挎上男友的胳膊，摆摆手告别了。王利峰躺在床上，躺了一整天，不吃不喝，朋友们劝不动，也就不劝了，当他的面把放凉的饭菜全都吃了，故意弄出很大的响声，想激起王利峰的食欲。根本不起作用。朋友们就挖苦他："就亲了一下嘴么，你当是咥了一碗扯面。"王利峰一下子就来了精神，跳下床趿上鞋往外跑，边跑边喊叫："咥扯面！咥上两碗！咥美！"

后半夜起风了，有人给王利峰盖上被子，当然是他本人的被子。有人端来王利峰的餐具，就是那个蓝色搪瓷盆，满满一盆扯面已经凉了，还是端到王利峰的跟前，念叨了两句："好兄弟扯面来了，你咥不成啦，我的几个咥呀！我的几个咥了，跟你咥一样。"还剩下两瓶酒，各人分上半缸子，扯面当下酒菜，一会儿就咥光了。有酒就好消化。

老板娘是天亮时赶来的，女人刚强，没乱喊叫，给王利峰加了一件毛衣，原来打算送给王利峰的。套毛衣时老板娘从王利峰的夹克兜兜里掏出一根羽毛，是老鹰的毛，女人将了将装自己兜兜里了。工程队的意思，要么火化，要么埋在博乐郊外，那里有公共墓地。女人的意思，埋在工地对面的山上。"孤零零一座坟，不好嘛。"工程队长的话也有道理。女人说："他是我的野男人，就埋在野地里。"这话把大家吓一跳，谁都看见女人脖子上脸上有青伤，丈夫打的，快要打成残废了，婆婆劝儿子住手，打坏了不划算。老板娘比丈夫活泛，撑着这个小饭馆，婆婆告诉儿子："野男人死了嘛，活人还怕死人嘛？让她这一回，她会跟你死心塌地过日子的。"老板娘红杏出墙好几回了，丈夫是个生意人，琢磨半天，绿帽子再大也是最后一个了，还是挺划算的，就勉强答应了。老板娘就来了。老板娘说："我就这么一个野男人，野男人也是男人。"技校老师很及时地支持了女人："王师傅跟我交谈过，他喜欢山上。"大家还在犹豫，技校老师又来了一句："人家说了嘛，活人还怕死人嘛，王利峰是咱兄弟，咱兄弟死了吗？咱兄弟死了吗？"一下子就把大家激起来了，就乒乒乓乓操起家伙往山上走。

中亚腹地的任何一个地方，都是那么辽阔空旷，人群那么小，跟蚂蚁一样向前蠕动，技校老师好像在自言自语，后来我们听清楚了，他在吟一首诗。不要以为我们是老粗，小学中学还是读过的。老师声大一点，龙须面不行，拉条子也不行，你应该跟着王利峰咥扯面。老师的头就仰起来了，跟马一样，跟咥了扯面一样，声音不大，低沉沙哑，好像不是发自身体而是从大地的胸腔里传出来的。

"世界空虚了……哦，海洋，

现在你还能把我带到哪里？

到处，人们的命运都是一样……"

我们去挖墓坑。石头多，挖得很艰难。不用女人提醒，我们知道怎么埋葬我们的兄弟。挖开石头，挖出沙子，一直挖出土。已经不是墓坑了，典型的地洞啊！我们一个一个挨着钻进去。放羊的蒙古牧民在另一面山坡上看呢，蒙古人说我们的样子嘛就像旱獭。我们就扔一包香烟过去。我们干了这么多年苦力，还没有人如此生动如此形象地比喻过我们，我们不就是胆怯而勤劳的旱獭吗？不用蒙古人提醒我们也知道塔尔巴哈台是蒙古语，在汉语里就是旱獭的意思，蒙古人叫哈拉。技校老

104

师从地洞里钻出来的时候，告诉大家，王利峰喜欢这里不是因为普希金的《致大海》，就是因为塔尔巴哈台这个名称，就是因为这个旱獭。女人问技校老师："这里不是你幽会的地方吗？"技校老师摇头否认，女人是这样告诉他的："不要在城里找嘛，在大地上找，大地上有女人呢。"他越否认，女人越相信，到最后连他自己都相信了。他一直不顺，总是让他带学生实习，任何好处总轮不到他，谈过好多女朋友总是谈不成，常年奔波在野外，也不能都怨姑娘们，他很沮丧。

几年后，老师沿着这条路真的去见自己的心上人。那是个寒冷的冬季，新疆人在这个季节很少出门。即使出去也要带上些食物。老师的食物就是油馕。车子沿塔尔巴哈台山奔驰。废弃的工地快要消失了，木板围起来的厕所果然长出灌木，冬天干枯了，春天会长得更旺盛。老师让司机停车，老师往山上跑，车上的人以为老师去解手。老师在王利峰的坟头上放了一个油馕，老师说："王利峰你咥！咥美！"那是老师最后一个馕。车子过果子沟的时候遇到大雪，长长的车队堵在那里，饭馆都空了，全靠自己的储备。有冻死的人。其实是热量不足失去了生命。三天以后老师脱离险境，见到心上人，什么也不顾，先吃饱再说。女人悄悄地给他夹菜。吃饱喝足了，他就给女人讲王利峰，三天没吃没喝，回到工地也不急着吃东西，一门心思等着吃扯面。"扯面就那么好吃？""不是吃，是咥！"老师呼地站起来，"那是男人的食物，叫咥不叫吃。"

早　　餐

礼拜一早晨，锯木厂的院子里停了几辆大卡车，是晚上林区开来的，车上全是大森林里的云杉和红松。这些圆木还在冒树液，芳香沁人心脾。他跟蜜蜂一样绕着卡车转好几圈，才去河边刷牙。

锯木厂坐落在西天山的山口，公路从这里开始盘旋，与黑色柏油公路平行的是一条白浪飞溅的河。山口一带，地势宽敞平坦，河水静下来，白浪像潜入水底，河流不紧不慢，公路也平展展摊开，像躺在地上。山口两边是缓缓隆起的山脉，山脊上生长着黄绒绒的牧草，两山之间凹下去的地方生长着黑乎乎的云杉和红松。有些树长在峭壁上，跟鹰翅一样，可以看见草地上的马群和羊群。羊群不动，白晃晃像一摊水，淤在草地上很恬静。褐色马群缓缓移动，像流动的岛屿。

他每天都在河边刷牙。河水很清。用完牙膏，他还要用清水冲几下，嘴巴凉飕飕的，凉气一直冲到肚子里，身上紧绷绷的。

他走进大门时，车已经空了，圆木高高堆起来。他又不是没见过木头，林区的各种木头他都见过。圆木粗壮新鲜，上边还留着墨绿的叶子，锯开的茬口黄灿灿渗出汁液。一群鸟儿落下来，鸟儿把圆木当成树了。鸟儿旋起旋落，在闻树的气息，鸟儿恨不得钻到树的肉里头。鸟儿撕不开树皮，它们只能在圆木堆上旋起旋落。

他把牙刷缸子放窗台上，他没进屋子。他坐小板凳上看那堆圆木。他媳妇叫他吃饭，他瓷勾勾看那堆圆木，鸟儿喳喳闹得很欢。媳妇问他吃不吃？他说吃哩吃哩。媳妇说，坐外边吃西北风吗。说归说，媳妇还是把饭端出来。一碗奶茶一个馕，他的早餐就这。

他吃得三心二意。媳妇说："又看上谁啦？眼睛裆扯了。"他的眼睛确实有点疼。他还没这么看过谁。连媳妇也没这么看过，能把眼睛看疼。媳妇从他手里夺下空碗，媳妇骂他没良心的东西，吃好喝好就起花花肠子。媳妇跑到前院去看，那里只有一堆圆木和一群鸟，鸟儿被这个凶女人吓跑了。他就叫："你把鸟儿吓跑了。"媳妇边走边回头，那群鸟儿又回到圆木堆上，媳妇就笑了："你娘个腿，你跟娃娃一样玩鸟鸟哩。"

他没吭声。他想抽烟。他没抽,他手上有一把馕渣渣。他把馕渣渣撮起来,带到前院,撒到圆木上。馕渣渣黄灿灿跟锯末一样,鸟儿吃得很香。鸟儿吃锯末哩。鸟儿确实吃锯末哩,鸟儿挤到圆木茬口上啄吃锯末。锯末是湿的,很脆,鸟儿啄出一片嘣嘣声。馕渣子跟鱼饵一样,给鸟儿带来一顿呱呱叫的早餐。

他拍拍手点上烟。鸟儿吃得那么欢,他就把烟灭了。

他回去对媳妇说:"再给我弄点饭。"媳妇说:"奶茶没了,给你弄奶粉吧。"他说:"弄啥都成。"媳妇就给他弄奶粉,放炉子上烧开,反正馕是现成的。他在奶粉里泡了一个馕,出去时又带了一个馕。

上班的人三三两两走过来。大家差不多都噙着一根烟,就他一个人拿着一块黄灿灿的馕,就像提了一面铜锣,边走边吃,吃得很响亮。大家就说:"上班还加料。"他说:"今早吃了两回。"大家就说:"这么能吃。"他说:"我也奇怪咋这么能吃,吃了两回。"大家就羡慕他,说他有个好身体。说着说着有人就不羡慕了,就说他肯吃。他说:"肯吃就肯吃,就怕吃不成。"人家就把话挑明了:"肯吃的是牲口。"他就说:"牲口就牲口,牲口命大。"他这么说,就没人吭声了。

他的工作是把圆木送到电锯跟前。另两个人把圆木推下来,用铁钩卡在车上,他一个人推过去。一次只送一根。

送第二根时,电锯吱哇叫起来。整个山口都是电锯的叫声。鸟群惊慌失措,在锯木厂上空盘旋,鸟儿失去了方向感,旋了很久才离开锯木厂,向林区飞翔。

从山口到林区的上空,是大片的瓦蓝色,跟一个大海子一样,鸟群就像浮在海水里,胸前的细毛卷起来。鸟群的滑行很慢,鸟群黑乎乎的,天显得很深邃。天是从群山腹地伸展出来的,连山也染上了天的味道。谁都知道那山叫天山。鸟儿闹不清是往山里飞还是往天上飞。鸟群突然消失了。他知道那是鸟儿飞进了森林。鸟群吃了锯末,鸟儿就能顺着木料的气味找到它喜欢的树。

他误工了,他不知道,他没听见电锯呜呜空转。人家喊他,他不紧不慢,他说:"鸟儿飞到树上了。"人家问他啥意思?他说就这意思,你还要啥意思,你不想叫鸟儿上树吗。人家吸口气,想想也对,人家就不生气了。

电锯吱哇又叫起来,锯末飞射成一道弧线,刷刷刷落到人身上,锯末潮轰轰跟湿土一样。地上全是锯末。

他跟着电锯叫了一声,就吱哇这一声。人家都看他,人家把电锯都关了。这么一叫，他感到很舒服。他把圆木推到电锯跟前，开电锯的人奇怪地看着他，他问人家为啥不开电锯？人家说："你比电锯响声大，咱听你的。"他毫不含糊："听我的就听我的，你走开。"人家就走开。他把车子塞给人家："你拉圆木去。"人家就拉圆木去。弄电锯的还有两个人，他对他们说："咱一块弄。"那俩人说："你爱弄这个。"

"我爱弄这个。"

"电锯又脏又吵不如拉木头，拉木头干净轻省。"

"我干净惯了轻省惯了，我不想再干净再轻省了。"

"你想弄一身脏。"

"脏就脏，咱不怕脏。"

"你就不怕你老婆。"

"我脏又不是她脏。"

"男人一脏老婆就不喜欢了。"

"女人喜欢鸟儿。"

"女人确实喜欢鸟儿。"

"这就是一只大鸟，"他拍一下电锯的圆轮子，"这是一只大鸟。"那俩人迷迷瞪瞪，听不懂他的话。他说："鸟儿都想上树，上树还不算，还要往树里头钻，钻一辈子也钻不进去，把窝筑在树上也不顶用。这只鸟就能钻进去，钻得那么深，把树都钻开了，钻出这多碎末末。"

那俩人说："电锯是个毛驴子，不是什么他娘的鸟，你是想鸟想疯了。"

"你俩长了驴耳朵，听不见鸟叫。"

"我俩是驴耳朵，我俩听不得电锯吱哇哇叫。"他们拍拍手，又拍拍电锯，"这是你的鸟，你好好听。"他们钻进木棚里睡觉。

他很高兴一个人守着这么一只大鸟。他推上电闸，电锯呜儿转起来。一根圆浑浑的云杉慢慢靠过去，吱哇一声就把电锯碰响了。电锯咬住云杉，嘶叫着往里钻，锯末子扬起来，刷刷刷又落下来，像下白雨，把他下湿了。锯末是湿的。电锯切开的窄缝里冒出稠稠的白沫子，有股木腥味。刚伐倒的树跟甘蔗一样，汁液丰沛，电锯嚼得有滋有味。切开的方木有一尺厚，跟石条一样轰轰落地。

方木块要顶上电锯了，那两个家伙从棚子里钻出来，忙活一阵，扭屁股又走。

他干他的，他不管人家。

那两个家伙把一顶草帽扣在他头上，他把草帽扔了，草帽轻飘飘飞出去，跟小孩玩的飘飘板一样，飞得很远。那两个家伙就骂他，骂什么谁也听不见，他们自己肯定也听不见，电锯在吱哇哇叫唤，他只能看见他们嘴上的白沫子。他们骂得很凶，人气急败坏就会唾沫四溅、嘴上起白沫子。

电锯咬开的木缝里也起一团白沫子。电锯兴奋得直跳。锯末冲天而起。他见过伊犁河上边防军的巡逻艇，滑过河面时屁股后边就冲起高高的水浪。电锯对着他的不是屁股，是嘴，那张铁嘴狠狠咬住圆木，吱哇一声，锯末就冲天而起。锯末是热的，潮轰轰的热。电锯开始冒热气，越冒越多，跟蒸笼一样。那两个家伙从木棚里钻出来，把电锯关了。那两个家伙教训他：没看见电锯发烧？他说发烧好么。人家就说好个屁，再烧一会儿就起火啦。人家往电锯上浇水，电锯吱喽吱喽冒白烟。他问人家后悔不后悔，人家莫名其妙，他就笑："给你说了么，这是一只大鸟，往树里头钻哩，一钻就进去了。"人家也不莫名其妙了，人家挖苦他："我还以为往你媳妇的肉里头钻哩。"他很生气，他推上电闸，电锯吱哇一叫，他们就逃了，跟老鼠一样钻进木棚里。

电锯一叫，他气也消了。他再也给谁不说这个秘密了。他看着电锯往圆木里钻他就高兴。圆木齐个铮铮被车开了。车出来的方木跟石条一样轰隆滚到地上，又轰隆滚到木头上。

下班回家媳妇吓一跳："你看你，像个狗熊。"媳妇拍打他身上，一直打到他头上，还不停打他脸。打过的地方弹起一层锯末子，地上落了一圈。媳妇说："到河里洗去，洗干净再回来。"媳妇给他一条毛巾一盒香皂一袋换洗衣服。

他到河边，先把手塞进水里，水面漂一层黄沫子，跟面粉一样。他把手臂往深里伸，水一浸，沾在毛眼里的细锯末全都出来了。毛眼里刚刚钻过细锯末，毛眼很清晰，他用毛巾一擦，毛眼就不见了。毛眼合上了眼皮，眼瞳却是亮的。他没想到他身上有这么多毛眼眼，每个毛眼里都有一个亮亮的瞳子，跟黄金的矿苗一样，那都是他身上的珍宝。

他脱掉衣服，他身上全是毛扎扎的细锯末，他下到水里，河面漂起一层黄沫子。他身上的毛眼全张开了，他身上亮起数不清的瞳子，跟星星一样，他踏进的是一条金光灿烂的星河。

他赤条条爬上岸，山谷的大风全都涌进他的身体，他身上的毛眼全都开着，风吹得他全身发抖。他用毛巾一擦,毛眼全都闭上了,吹进去的风也被身体暖热了,皮肤开始发红。他穿上干净衣服,把脏衣服塞进塑料袋。他浑身上下紧绷绷的,像加了几道钢圈,双脚擦着地面,跟风一样发出好听的唰唰声。

媳妇蹲在地上捡菜,媳妇说:"没用香皂?"媳妇就知道他没用香皂,他上澡堂才用香皂,他去河边从不用香皂。媳妇说:"你这猪,臭烘烘跑回来吃饭呀。"他冲到媳妇跟前:"你闻你闻,我是臭的还是香的。"他差点骑媳妇头上,他的裤裆都挨上媳妇的头了。媳妇是贴着他的身子站起来的,媳妇咦叫起来,媳妇闻到一股子松香,媳妇跟蜜蜂一样叮在他脸上脖子上,媳妇松开手,媳妇说:"你娘个腿,你比我还香。"他就嘿嘿笑。

媳妇做饭,他躺在床上抽烟。媳妇喊他,他就坐到饭桌边。媳妇说:"我侍候老爷哩。"媳妇把拌面搅好,推到他跟前。他吃两口就不吃了,他说不好吃。媳妇说:"是你毛病多,不是饭不好。"

他提上手锯出去了。

刚车开的方木很新鲜,像切开的瓜。他绾起袖子,脚往方木上一踏,咕瞿咕瞿锯下一块。他锯了三四块,都是肥皂那么大。他掂在手里,他说:"这东西比锯末好,锯末太碎。"他在手里掂一掂,他说:"这东西跟金砖一样,黄澄澄的。"他用手指弹,用牙齿咬,他说:"金砖比不上它,金砖不香。"他胳膊伸长,眯着眼瞄了又瞄,像瞄手枪。其实他是在看木块上的毛眼,他发现木块的毛眼还开着,它们还不是木头,还是树。他偏着头又瞄了瞄,他就从毛眼里看进去了,他看见里边的瞳子金光闪闪,跟黄金的矿苗一样,那都是大森林里的珍宝。

他走到家门口,媳妇准备骂他,他手里掂那么多木块,媳妇又不敢了,媳妇悄悄地给他热饭。

他把木块放在饭桌上,媳妇要动,他说手别贱,媳妇赶紧把手缩了,好像木头上有电。

他扒两口饭就不吃了。这回他没说饭不好吃,他说我吃饱了。媳妇说:"你是给眼睛吃不是给嘴吃。"媳妇把木头块块全扔了。他说吃饱为止,这么凶干啥?媳妇一脚一个,把木头块块全踢出门外。媳妇气得发抖,吧嗒吧嗒掉眼泪。他不说媳妇哭,他说媳妇湿了。媳妇眼泪越流越多。他说:"锯开的圆木是湿的,我把你锯开了。"媳妇哇一声哭了,嘴张得那么大,真的像锯开的木头。简直就像斧头劈开的。

他就出去劈木头，劈的就是媳妇扔掉的木头块块。他只劈了一块，拿给媳妇看。媳妇一看就不哭了，就把嘴闭上了。"我的嘴真的是这样吗？""就像挨了一斧头。""我再也不哭了，"媳妇踢他一脚，"我从小到大就没哭过，你娘个腿，竟然给你哭了。"

媳妇使劲搓木块上的斧痕。他用斧头砸一下就平整了。

"我做的饭到底好吃不好吃？"

"好吃。"

"好吃还吃那么一点点。"

媳妇到外边去把木头块块捡回来，擦干净，整整齐齐放碟子里。媳妇和面炒菜重新做拌面。他说："炒面还没吃完哩。"媳妇说："晚上我吃。"眨眼工夫媳妇端两盘拌面上桌，青椒炒羊肉。媳妇特意把木头块块放中间，好像那是主菜。媳妇看着他吃，他看着木头块块吃。媳妇说："你是个牲口，牲口喜欢靠着树吃草，树林边的草地都是放牛放马的。"他就说："牲口就牲口，牲口命大。"他这么说，媳妇就闭上嘴。

媳妇闭上嘴就是乖，在屋里晃来晃去像树林里的鸟。其实媳妇在忙家务，他怎么看都像个鸟。他把眼眶都看疼了。他就闭上眼睛。他耳朵里有媳妇轻手轻脚的声音，鼻子里有媳妇的香味；那香味跟松香混在一起，又尖又细。媳妇竟然细活起来了。他赶紧睁开眼睛。眼睛有些花，他揉揉，还是花的，媳妇身上就起一层虚光，好像不是他的媳妇，是另一个人的媳妇。媳妇吱吱呜呜唱开了。媳妇在喉咙里哼着唱。他的眼睛就自动闭上了。他的身上有了一层被子，他知道他在睡觉。人一睡着，身上的毛眼就开了。媳妇在看他的毛眼。他的毛眼是河水冲开的，里边淀了树的香气。女人受不了这么芳香的气息，女人也受不了这么潮润的亮光，女人由不得钻进去。钻进男人毛眼里的女人就会飞起来。他媳妇在他身上飞哩，他媳妇成了他的鸟儿。他兴奋得发抖。他胳膊上腿上肩膀上，甚至头发里全都落上了鸟儿，还一晃一晃地。他快喘不过气了。他就醒来了。媳妇偎在他身上绵绒绒的。被子跟树皮一样把他们裹得紧紧的，裹成了一棵树。媳妇从树上飞下来，媳妇有点不好意思。

他上班时还不停地看媳妇，媳妇说："小心把眼睛裆扯了。"

他都走到电锯跟前了，他还朝家属区那边看。他只能看见媳妇的花头巾。媳妇跟许多女工走在一起，她们头上都有一块花头巾，都是从伊犁的巴扎上买来的。他看不见他媳妇了，他还是看了一阵。

111

电锯呜儿转起来。一根粗大的红松木移到他手上,他摸一把,还在渗树液,往前一推,圆木就吼起来,就像树在暴风中。暴风中的树跟大炮一样,不停地往天空延伸,伸一下就吼一下,森林之歌在苍穹里回响。风暴中的树就像山的翅膀,整座森林飞起来。树总要长大,长大的树总要离开深山飞出去。

锯木厂就坐落在山口,所有的树都要经过这里。他就是干这活的,他亲手把森林之歌从圆木里放出来;他给圆木一个嘴,那么大的嘴就能在他手上咧开,在他手上高歌。

高歌后的圆木就散开了,散成一条条方木。方木轰隆隆滚到地上,滚到地上的方木就再也唱不起来了。就像一个绝境里的好汉,引颈倒地,发出一声轰响。高歌后的木料慢慢变干,离开锯木厂。它们就不是树,就是木头。木头没汁。人没汁就不是人,就是死人,死人是干的。

他受不了木头的干。他就离开电锯,蹲在方木跟前。刚车开的木料湿润新鲜,有点喷人,喷得他打喷嚏。电锯呜呜空转,他不管,他只管打喷嚏。眼泪都打出来了。眼泪一出来就止不住,吧嗒吧嗒落在方木上。树液是黄的,眼泪也是黄的,黄澄澄的泪珠在松香里显得又细又尖。眼泪竟然细活起来了,圆润饱满,就像松木里长出来的,黄澄澄跟金子一样。那都是他身上的好东西。那么好的东西,落在方木上,鸟儿要在,鸟儿肯定饱餐一顿。

电锯呜呜空转他不管,他只管想心事。那两个人从棚子里钻出来,问他干啥哩?他说吃哩。

"就吃这?"

"就吃这。"

人家就逗他,让他现在吃,他就说这么好的东西要在早上吃,"早餐是金,午餐是银,吃了金餐的鸟儿都找到它们喜欢的树"。

人家权当说笑话,他可没当笑话,他一进门就嚷嚷明儿早吃这个。

媳妇说:"锯木厂堆得跟山一样,不缺这个。"

"堆得跟山一样也不能浪费,要爱惜。"他把小时候学过的唐诗都背出来了,"谁知盘中餐,粒粒皆辛苦。"他说:"这是劳动人民本色,咱是地地道道的劳动人民,咱要爱惜粮食。"

媳妇说知道了知道了,媳妇把木头块块放进冰箱,媳妇说:"明儿早给你清炖。"

"就吃清炖的,"他很高兴,"大清早吃清炖的好。"

第二天大清早,他去河边刷牙。几辆大卡车停在锯木厂院子里,是昨晚到的。他绕着车看一遍,都是森林里的好树。大清早出门见喜,他很高兴。他慢慢地刷牙。他看见连绵起伏的群山,群山中间的大峡谷,公路和河并列着伸进去,又伸出来。他还看见坡上的云杉、红松和草地。畜群没出来,草地上只有早晨的太阳;太阳像匹大红马,独独一个,慢慢腾腾走在黄绒绒的草地上,草地有一层金黄的虚光。牧草之火在煨烤太阳,太阳散发出油馍那样的芳香。

他很高兴。他身上紧绷绷的,像加了几道钢圈,双脚擦着地发出好听的喇喇声。饭桌上摆着奶茶和馕。他问媳妇:"饭呢?"媳妇装糊涂,他就有点不高兴。他心里有河边以及整个群山的巨大喜悦,他就不在意这一丁点痛苦。媳妇从冰箱里取出木块块,媳妇说:"不是我不做,再灵巧的媳妇也做不了这个。"他不在乎这个,他心情愉快,他很大度。"不会就学,好好学。"他抓起一个木块块,"生吃也不错。"他咔嚓咬下一口,又咬一口,他吃了一整块木头,吃得满嘴流血。

媳妇先是愣着,媳妇看见血,就吱哇一声跑出去了。

他说:"我又没锯你,你叫唤啥?"

媳妇带来一群人,里边还有医生。医生给他上了药,医生说:"你这人咋能吃木头。"他就说木头好吃。大家就笑:"好吃难克化,吃了屙不下。"他说:"克化太快就成屎了。"大家就不笑了,嘴张得大大的,像挨了一斧头。

中 午 两 点

  肯定是新疆时间，只有在新疆才有这种时间，因为那是个日入中天的时刻。

  在天山北麓，我们首先看到的是这样一座城市：所有的房屋全在林带里，连商场宾馆市政大楼也圈在林带里，跟拴在树上的狗一样很温顺。只有广场和大街暴露在蓝天之下。天空也让林带给分割了。太阳在蓝色大道上疾驰，像一辆豪华小轿车，在长街上显得很矮小。太阳还偏偏喜欢这座城市，城市的居民老感到太阳就在他们跟前，就跟小轿车一样奔来奔去，从西一路奔到西二路西三路西四路，再拐上北一路北二路北三路北四路北五路，然后沿环一路环二路环三路环四路，最后进入市政广场。那是城市的心脏，也是城市最宽敞的地方。其实是个林间空地。太阳跟所有司机一样，喜欢把车开到这里。尤其是豪华小车，呼一下，从街口冲上来，沿市政大楼呼啸而过，划一个半圆，停在喷水池的左侧。那里是停车场。正对着喷水池花坛和花坛中间的雕像。雕像是用红褐色巨石刻出的军垦战士，拖一把铁犁。无论是太阳还是小车，都喜欢停在这里。那正好是两点，是中亚腹地日入中天的时候。太阳与大地垂直，喷出喇叭形的金瀑布。那种迅猛而壮观的激情让人惊讶万分。中亚腹地的两点钟。整两点。

  现在，墙上的石英钟指向九点。她已经看好几遍了，把眼睛都看困了。她手腕上有表，她还要看墙上的表。她不坐沙发坐椅子。沙发太软和，坐一会儿就犯困。她就坐椅子。她不停地看墙上的表。

  她站起来，到卧室里去，在床上翻几次身，就把头发弄乱了。她在衣柜的大镜子里看见自己乱蓬蓬的头发。她伸手扒几下，扒得更乱。她发现裙子也不对劲。她坐起来，背对窗户。窗户很大，太阳和树林全装在窗户里，阳光黄绿相间，直射大半个房间。她的后颈很白，有一层湿润的光泽，腿从裙子里露出来，细长结实，紧绷绷跟树一样。

  她身上有一种东西开始苏醒。

  她的长腿伸到床外，伸到地板上。她站起来，用手抖几下头发。她的身体彻底醒了。

她兴冲冲奔向卫生间，插上电源。没到预定时间她就把水打开了。她几乎在洗凉水澡。她喜欢热水。她头一次在这么凉的水里洗澡。她是怕冷的人，凉水却让她兴奋。她的身体在凉水里一下子挺拔起来。她的双乳跟她的下巴一样，确实像小巧和结实的下巴。她摸一下下巴。她没摸乳。她搓身上时也不摸。乳会让她想到某种事情。她就不摸那里。当然，水可以朝那里使劲地喷。又是喷又是冲。她在凉水里。她在凉水里不停地张嘴。但她始终没喊出来。她听见许多动情的啊啊声。她知道那不是嘴巴，是她身体里某个敏感的器官在欢叫。就让它叫吧。她的嘴巴绝不叫。

她清晰地感觉到有某种东西在身体里涌动。她的身体在扩大，成倍成倍地大起来，身体胀鼓鼓的。其实她的外形是细长的。她的外形在凉水里挺拔而修长。跟一条鱼似的。她在白瓷砖上叭拍一下，又拍一下。她突然把水关了，水淋淋站在地上，就像跃到岸上的一条白鱼。那些矫健的鱼移有时也能站起来。她就是这种鱼，细长结实，可以用尾巴走路。

她一晃一晃走出卫生间。

她出来时披上了浴巾。她不在乎窗户。她没必要拉窗帘。她头发太湿，有水花飘落下来。地板砖是铁锈红那种，光滑干净，水花落在上边根本看不见。

她身上已经干了。身上又光又凉。

她从柜子里取衣服。有几件特别华贵的衣服放在里边的柜子里。取这些衣服时她兴奋又羞涩。她是个已婚女人，已婚女人的羞涩是很少见的。她手发颤，像树在风中，像风中的小桦树或小白杨。卧房很亮，窗户上有一个很大的绿太阳，还有衣柜上的大镜子，亮光罩着她。窗玻璃被亮光融为一片空明。

华贵的衣服穿起来很顺手。这种事情只要开个头，就没完没了，就跟身上长出来的一样。她衣服穿在身上就跟树长树皮那么自然、光滑流畅，就像她的皮肤。好衣服就是女人的皮肤。她的衣服确实有皮肤的细腻与滑润。

她走向梳妆台，取出一件一件小东西。她不像在化妆，像在打磨一件工艺品，她的活儿很精细，她一样一样打磨。梳妆台上叮叮当当。她把指甲磨得很光，把手指手心手背揉得红润润的，有玉的感觉。她给手上油给指甲上油。手成了玉手。指甲红起来，跟春天的花蕾一样，指甲有一种明媚的光芒。她对着镜子搓磨脖颈，把半个胸脯都搓红润了。从胸到颈到脸盘是个大玉石。她让整块玉完全润朗起来。她的手艺很不错。她盯着手看一会儿，信心大增，红潮涌动。

漂亮活儿就是这样做出来的。

她知道她在做漂亮活儿。

一生也许只有这么一回。

她怔一下。她确实感觉到：一个人的美好时光迅如闪电，在那么短暂的一瞬间跃入生命的顶峰然后跌落。这个发现太重要了。她既兴奋又害怕。可她的手是很果断的。她的手把她做的活儿推向极致。她听到遥远而渺茫的歌声。她停下来。她看她的手，她看镜子里那张容光焕发生机勃勃的脸。遥远而渺茫的歌声一遍又一遍。她的瞳光已经湿了。湿漉漉的瞳光比远方更远，比歌声更渺茫。

她必须把活儿做完。

她必须把她创造出来。

手显然做不来这种活儿。梳妆台和化妆品已经成了落伍的装备。可活儿没有做完。她朝墙上看一眼。表在客厅里。她到客厅里看墙上的石英钟。

指针接近十二点。不是两点。肯定不是两点。两点是他们约定的时间。

他们一直困守这个时间。是两点不是十二点。

中亚腹地的两点钟才是日入中天的时候。比那时间更早，早在她出生的时候，她就是个漂亮婴儿，后来就是漂亮女孩、漂亮少女，再后来就是漂亮少妇。直到有一天，她和那个人拥有了中午两点钟，她就一下子突破了漂亮的范畴。在两点钟之后，她有了一种韵味。人家说她变了，变得美不胜收有一种说不出来的韵味。她的惊讶是难以言状的。尽管她已经感觉到了。感觉是没有形状的。人家一说，就有了真实感。她就把自己固定在两点，仿佛那是让人百看不厌的经典。

这回是十二点，指针一下一下迈向十二点。

这回她坐的位置也不对，不是窗户那边的椅子，是在沙发上。沙发对着窗户。椅子紧挨着窗户。可总是习惯坐椅子而且反着坐，下巴支在椅子背上，眼睛瞅着墙上的石英钟。指钟迈向十二点。

不是两点。

不是两点。

绝对不是两点。

简直让人难以相信。

她呼地站起来，奔向卧房，在席梦思床上弹起落下，起伏好几次。她的长腿很容易使她站起来。她站在卧室里，她尽量不看身后的窗户。窗户上的日光很亮，是那种平静而汹涌的明亮,几乎看不见玻璃,好像窗柜上镶的是一片亮光。她背对着这片亮光。她的背很直,中间有些凹,到腰那儿就深下去,到臀上又一跃而起,直奔那双长腿,最后停在细长而结实的脖颈,那儿乌发细密,缩成一个圆髻套在黑纱网里,像一个菌类植物。

她背对着窗户。

窗户就像一双大眼睛,窗户有些吃惊。她转过身,她眼睛很快,跟鸟儿一样一掠而过。窗外大片大片的绿色树影跟云一样往她脑子里涌。她站着不动。她的头仰得很高。她脖子本来就细,又长又细,呼吸慢下来,匀匀地。

她在梳妆台的小柜子里找东西,化妆品全乱了,她不在乎。她从柜子深处找到一个缎面日记本,装在盒子里的那种。

她开始写字,写得很顺手。不停地用另一只手抛头发。其实头发不碍事。头发不经意间会从耳朵边溜下去,溜到桌面上,一部分头发在纸上索索,跟笔尖一样索索。她喜欢头发索索笔也索索,她不抛笔老抛头发,头发乌中带蓝,乌蓝细腻的头发跟燕子一样落在纸上,燕子是善于筑巢的鸟,乌发和笔窸窸窣窣筑起细密黑亮的字。

她终于弄明白她写的是什么。身上的血发出嘹亮的啸音。她有了感觉。她合上本子。她对着镜子发呆。她看见镜子里有个呆人。

她把他们的经历记在本子上。那日子很好记,都是某年某月某日约两点钟。她记得清清楚楚。她不再是个呆人了。镜子里那个呆人红润起来,红润丰满苗条。

她可以大胆地去看墙上的石英钟了。

时针指向一点。时针的下一站就是两点。

她把自己摔到沙发上,她的腿一下子翘起来。她赶紧抓住裙子。客厅里有电视有VCD。平常她很热衷于这些玩意儿,把自己搞得很累。人家说她生活充实,就因为她热爱电视热爱VCD。在这个特定的日子里,她从来不碰它们。她起床很早,她只做一件事情,就是中午两点钟。一点五十分出门,十分钟到达预定地点。然后就是那激动人心的时刻。

她总是回味她走出家门的情景。

秋天的壮丽和美景从一点五十分开始。她的脚踏出家门,无声的音乐就开始了。十分钟的序曲。绝对是序曲。大街、林带、行人和车辆全都充满绘画色彩,在她身边浮动。她知道她很美。她还知道她的美是迅猛而激烈的。是在那十分钟里开始酝酿，在准两点达到高潮。高潮持续不断。太阳跃上天顶。苍穹清纯，清到极限。那一刻，草原无马，天空无鸟，无论奔驰还是飞翔者，全都是生命之光。在那一刻，她知道她的美有多么重要。某年某月某日的两点钟。无论她置身何处，她的心灵深处都要响起嘹亮的钟声。报道这一神圣的时刻。

有时他们几个月才相会一次。最长的间隙是一年。那一年，她常常抓胸口，她的脖子都变长了。那一年她懵懵懂懂什么都没做，她只抓住了一天中的两小时，两点到四点。她度过了幸福的一年。她很满足。

一年的憔悴在短短几分钟里土崩瓦解，一个红润而美丽的女人横空出世，出现在天山北麓的小城广场上。红褐色巨石上一个军垦战士拖着铁犁，铁犁所开垦的是大地上最辽阔的中亚细亚万里荒原。红润而美丽的女人仅仅接到情人的电报，就感觉到强烈的造山运动，如同昆仑出世。

两点到四点。

她站在那里。

有人拍下这一镜头。大概是个摄影家。那人摇头否认，说他是个业余爱好者，他小声说："你是在等情人，可我告诉你，你的美恰好在这里。"

"他是个优秀的男人？"

"情人肯定比丈夫优秀，可我告诉你，他没有来，你才这么美。"

那人匆匆离去。

爱中的女人是最美的，而美是不能言说的。只有一个人例外。那人说她美，丈夫也说她美，亲朋好友都说她美，她只相信一个人的。那人给她和她的美注入一种生命的感觉。她就把他说的话记下了。记在心里。

从两点到四点，她在自己的生命世界崛起一座高山。

她穿过林带往回走。

在这座城市生活这么多年，她只知道这里树多，都不知道林带有多大。她在林带里走了一个多小时，走进房间，仿佛还在树林里。她连拖鞋都没换，穿过客厅，到阳台上。那些树从楼的四周绕过去，蔓延到郊外，一直到天山谷地，跟山里的野生林连在一起。她家靠近郊区。这座城市正好处在天山北麓准噶尔盆地的冲积扇上，人工林带从市区伸向山里，树长大以后，给人的感觉却是从山里蔓延下来的，像庞大的兵阵，铺天盖地声势浩大。

她家住五楼，仿佛岛屿的岬角。丈夫在她的眼神里看到某种东西。她本来在丈夫眼里很神秘，弄得丈夫疑神疑鬼。丈夫悄悄走过来，顺她的眼神往下看。树在妻子的眼瞳里晃动。树很有风度。丈夫也喜欢树。在这里生活的人没有不喜欢树的。丈夫说："老婆你太美了。"她看丈夫一眼，丈夫是不配说这个字眼的。丈夫还是说了："你看树时比看人时美。"

"你管我看什么？"

"你看树时确实很美。"

"我告诉你，我不看树，也不想看树。"

在家里，至少在丈夫跟前，她不再看窗外。

她依然那么美。

秋天是新疆的黄金季节，也是她的黄金季节。秋天他们频频幽会。漫长的冬季机会就很少了。秋天有一种危机和悲壮，相会的时刻就特别动情。

令人啼笑皆非的是丈夫在秋天也特别温和，好像回到了婚前。结婚前后他们美满幸福。以后也幸福，但丈夫却被另一个强大的男人给覆盖了，好长时间她都感觉不到丈夫的存在。丈夫跟一个小石子一样，偶尔会被大浪抛起来，碰到她手上。这种机会很少，丈夫愈加珍惜。要命的也是在秋天。丈夫兴冲冲跑上楼，声音很小："你看过的那些树有一股果香。"她没吭声，她修指甲，描眉画眼。丈夫知道她要出去。她告诉过丈夫她要加班。每次两小时。丈夫把这个时间记住了。丈夫壮着胆说："你加班要过林带，那里的树是香的。"

她看丈夫一眼，她好久没这么看丈夫了。

她走出大楼，用手挡住猛烈的阳光。有两条便道穿过林带，加班时她选择侧面那条路。那里林带宽阔稠密僻静，她走过的地方留不下任何痕迹。年复一年，落叶一层又一层，还有天山雪水，它们生长凋落干涸。即使冬天，她也选择这条路。冬天的林梢上，鸟群忽起忽落，像树叶的梦，树叶飞翔着，太阳跟带霜的果子一样。

有一次她差点走进山里。人工林跟野生林连在一起。走着走着就会走到天山谷地。直到白皑皑的雪峰出现在眼前。迷惑她的不是失误，而是林中美景。等她返回市区，两点钟早过了，已经超过四点。相会的时间不得不压缩在短短几分钟里。

"亲爱的，我不想给你解释，我只能告诉你，我让树给迷住了。"

"你肯定让树给迷住了，这是你可爱的地方。"

"见鬼，你怎么跟我丈夫说同样的话。"

"他也是男人么，男人总有共同的地方。"

"你不吃醋吗？"

"跟你丈夫！"

"跟树，你这傻瓜！你怎么笨起来了？"

"我又不是植物，跟树比高低。"

"树可是鸟待的地方，你就不怕我变成鸟。你哑巴了吧。我一变鸟你就没词儿了。鸟儿属于树不属于任何人。嘀嘀，小脸蛋发白了，我逗你玩哩。我不是小丫头了，我飞不起来了。"

"从树林里出来你就不一样了。"

"那我就不到树林里去。"

"树让你更美。"

"去掉那个更，还剩下美，有美就够了，就值得你去爱。"

她还走那条路，但再也走不到密林深处。顶多走五分钟，斜插到环城路，招一辆出租车，五分钟赶到幽会地点。她脑子里只剩下路。树在身边喧响。有时树很静，树从雾中走过来，她愣一会儿，伸手去摸，但她感觉到的绝对是植物意义上的树，不会更多，也不会更少。

她只在林带里走五分钟。

某年某月某日的一点五十分至五十五分，环城路上的桑塔纳或夏利就会把她接走，二小时后又把她送回来。

她在林带里看见她家的阳台和阳台上的花盆。林带里的楼房比桑塔纳和夏利大不了多少。她还是进去了。她还是敲了敲门。门就开了，丈夫说："加班太累了。"

"我不累，谁说我累！"

"你不知道你从林带里咋走出来的。"

她瞪大眼睛。

丈夫说："像中弹的鸟儿，歪歪扭扭飘出来。"

"你说什么？"

"你的脚确实有点飘。"

"我怎么不知道？"

"你累过头了，当然感觉不到。掏钱打出租，就往楼下开嘛，还要走那么一段。"

"我愿意。"

"林带很美，可把你搞得这么累。"

"我不是在林带里走累的。"

"加班搞的，往后不要加班了。"

"我愿意，加班我愿意。"

她冲进卧室，门一声轰响，她又冲出来："我加班就不高兴啦，你想把我关在笼子里啊。"她冲到阳台上，又冲进来，阳台门轰响一下，玻璃差点掉下来。她比大炮还响："你明明看见我回来了，还关着门，为什么关门？为什么关门？不想让我进门啊。"地毯式轰炸早把丈夫炸懵了。她冲上去抓住丈夫领子，咬牙切齿："为什么关门？你说，为什么关门？"丈夫嘴巴张开，合上，就是没有声音。

以后无论她加班多晚，门总是虚掩着。

她又跟司机吵，嫌人家不开门。跑这一路的司机很快就习惯了她的脾气，都主动打开车门。举手之劳他们不在乎，他们在乎票子。

生活又变得美好起来。这种情况下，进入秋天再好不过了。天一下子蓝起来，树变得高大粗壮、仪态万方，小城以及整个绿洲显得郁郁葱葱。

连她自己都不知道，她是怎么离开沙发走到窗前。椅子响一下，她没坐椅子，她走到窗户跟前，又轻轻走到侧面，靠在墙上。她的头探出一点点，这就够了。这样窥探窗外的景色，要比正面看好得多。

大片大片的桦树、杨树、榆树从天山谷地，从准噶尔边缘铺天盖地呼啸而来。在二十米的地方，树林闪开一道缝，她就从那道绿色缝隙里走进去。如果一直走下去，就会走到野生林，进入天山谷地。那是森林的世界，林中又围着草场。只有很少几次，她迷路走到山脚，又赶快返回。用情人的话是迷途知返。从那以后，她再也没有走进密林。她只在人工林带里走五分钟，在绿色海洋的浅滩上浅尝辄止，就拐向环城路，钻进黑桑塔纳或者红夏利。树在路边闪动、闪动，很快就消失了。

这回是侧面，从侧面眯着眼看，树一下子清晰起来，桦树杨树榆树，连树皮上的节疤都是清晰的。

她是个大眼睛美人，又黑又亮的大眼睛从来没有眯过。无论是丈夫还是情人，他们都喜欢她的大眼睛，赞美她的大眼睛，她就用大眼睛看他们，高兴时这么看，生气时也这么看。她从来没想过她的眼睛会变小，会眯起来。只有在看太阳的时候才会眯眼睛。辽阔天空上的唯一王者,那么壮美,万物都不能正视,只能在渺小而微弱的状态下睁开眼睛。那狭小的一道缝对人来说就已经是极限了。树的绿光很平和,让她由衷地从内心深处眯上了眼睛。眼睛变窄,瞳光才有爆发力。一下子进入密林深处,大树喧响犹如洪钟。她听到钟声。她朝墙上看一眼,时针指向了三点半。她提醒自己:赶快,时间不多了,赶快。

她感到她已经出去了,已经穿过林带,来到环城路上,他会抱怨她的。他常常抱怨她。她不能让他再抱怨了。那种抱怨不是不满,而是不足。她最最受不了的就是这个。一定要桑塔纳,夏利太慢。她招手,一辆车靠过来,靠过来,是一辆绿色奔驰。她只在电视上见过这种高贵华美的车子。这座城市也有奔驰了。司机很傲慢,他开的是奔驰不是桑塔纳不是夏利,他对这个女人的怪脾气不感兴趣,他完全是个王子气派。这种华贵的车子任何女人都会动心的。动了芳心的女人跟猫一样,自己钻进去。她伸手一拉,她听见车门嘭地一下,是由衷的喷薄而出。

窗户开了。

树和树林里的风呼啦啦全进来了。她的嘴张开合上,她只剩下一丁点感觉,她的喉咙有点噎。树林里清新的空气会使所有的人都噎住的。她听见她的哭声。她感觉到她的手抱着桦树抱着杨树抱着榆树抱着沙枣抱着胡杨抱着红柳,连干硬的索索柴她都想抱一抱。她的嘴巴和脸蛋亲这些树,吻这些树。树液从节疤里溢出来,浸润她的嘴唇和脸蛋。树根在大地深处扭动,扭动着进入她的身体,很雄壮地漫延开,漫延到她的每一根神经上。她听到音乐,音乐伴歌。"白桦,我的小白桦/白杨,我的小白杨/榆树,我的小榆树/红柳,我的小红柳/胡杨,我的小胡杨/你要我怎样歌唱你啊,我的家乡。"

那绝不是秋天,在中亚细亚辽阔壮美的大地上,在神奇的故乡绝不会是秋天;从冰雪消融到冰雪降临,中亚细亚故乡只有一个季节,人们把它叫作黄金季节。

她记得那是在春天,窗户一下子被风吹开了,吹得她直打哆嗦。她正要关窗户,楼下林带里有个少年在高声朗诵,那些诗句被风吹过来,依然那么清晰。那是一首写风的诗。

带着雨来吧,喧闹的风/带来筑巢的鸟,带来鸟鸣!/给地下的花带来梦想/让冻得僵硬的雪岸流淌:/翻开雪白,露出棕黄/不管今夜你有多忙/你得冲洗我的窗子／让窗化开，让冰消失／让玻璃也化了／……把诗人赶到门外。①

　　她也读过诗，好多年前她是个少女，少女与诗是很有意思的。这座城市有一本叫《绿风》的杂志，上边全是诗。上中学时她经常读这本杂志。后来她在书摊上见过这本杂志，再后来她连书摊也很少去，这本叫《绿风》的杂志就不见了。诗肯定还存在。诗跟树一样绿起来，树叶喧响。风真是好东西。

　　她感到她身上刮起一股大风，向外猛刮，刮起暴雨般的喧响。

　　她看一眼石英钟，表盘空荡荡，时针摆脱了时间，飞走了，表盘空荡荡，那些数字显不出任何意义。

　　她依然眯着眼，从窗户的一角向外窥探。

　　林带里走出一个人。那人朝楼上看一会儿，才放心地往楼里边走。走到门口，发现门虚掩着，就推开进去了。

　　女人背对着他，他没在意。他到卧室去看看，到厨房去看看，连卫生间也看了。屋里就女人一个。他胸挺起来，腰直起来，手脚也好像大了一截。他走到女人跟前，嘴里咕噜一句什么，从背后抱住女人，在女人耳朵后边亲一下，又一下，亲到脸上。他想把女人抱在怀里。女人的手扒着窗台。女人一直扒着窗台。女人看那些树。那人拉她，她就把窗台抓紧了。

　　那人有些生气，抽一根烟，嘴里咕噜了几句，把烟摁在烟灰缸里，走到她对面。还不行，那个斜角很科学，从哪边都挡不住，女人的视线毫不受影响。她深情地看着树林和树林里的树。那人脑袋几乎贴到她脸上，那人说："你有新朋友啦？"女人梦幻般的眼神很神秘很遥远，那种深情炙了他一下。他摁了下鼻子。他知道他的鼻子有多气愤，他一摸就知道这种愤怒会把人气成什么样子。他吼了一声。这回听清楚了，他嘴里喷出的是："婊子，臭婊子。"那人呸！唾一口痰："婊子，你聋了吗婊子。"那人捶一下茶几，杯子哗啦啦跳到地上。

　　女人依然那么深情，那么寂静，像在密密的森林里。

　　那人说："我走，我走。"

　　他走到门口又回来了。他奔到女人跟前，偏着头仔细看："妈的，眼睛都变眯了。"他噗噗吹几下，他没看到什么。但他知道女人的眼睛里藏有秘密。这个秘密让

---

　　① 美国诗人弗洛斯特的诗。

123

他发狂。他顺着女人的眼神看到外边的林带。林带里有个人走过来,这才是他感兴趣的。

他看着那个人走过来。他听见那人上楼的声音。他奔向门后,他手里攥着一个家伙。他也不知道手怎么这么快,把腰里的刀拔出来了。脚步声上来,又上去了。

他把刀插进鞘里。

他看女人一眼。

他手里有刀子的感觉。

他觉得他很凶。

他走过去的样子确实很凶。女人对他的凶样子无动于衷。也就伤害了他。他一下子卡住女人的脖子,他一使劲,女人嘴里就有了啊啊声,女人嘴里吐出断断续续的:"白杨——我的小白杨。""白桦——我的——小白桦。"他再用劲,女人就喊不出白杨或者白桦了。女人的眼睛凸出来,湿漉漉含着泪,无论是白杨还是白桦,跟映在湖水里一样那么挺拔那么苍翠。那种挺拔和苍翠把他彻底摧垮了,他松开手,女人滑落下去。那种滑落就像鸟儿的飞翔。树,所有的树都在喧叫。鸟儿回巢鸟儿回巢。

那人奔出大楼,奔进林带又跑出来。楼下刚好有辆出租,空着,他钻进去。司机问他去哪。

"没树的地方。"

"要逛戈壁呀。"

"没树就行,快,要快。"

红夏利抄小路奔到郊外,向大戈壁奔去。

苏鲁萨依

他们说好在朋友家待几天。头一天妻子就受不了，嘀咕着要回苏鲁萨依①，他说："这怎么可以，这话我说不出口。"

朋友一家那么热情，妻子也热情起来。两家的女人叽叽喳喳，笑语不断。朋友的两个孩子跑到林带里去了。朋友的妻子大声喊孩子，孩子的名字跟歌子一样很好听。他对朋友说："你很有福气呀。"朋友说："你比我年轻，你也会有巴郎子的，有了巴郎子就像树林里有了鸟。"

他看见妻子捂着嘴笑。妻子的眼神穿过小院和林带，投射到天山白色的峰顶上。远方的冰峰闪闪发亮。朋友说了句什么，他没听清，他一下子不好意思起来。朋友说："不要操心你的马，既然来了，就玩个痛快。"

他的马好像听见朋友的话，他的马在圈里闹腾开了，跟朋友的马打在一起。两个大男人费好大劲才把它们分开。他的马被牵到院子里，失去攻击目标马就刨地，跟打鼓一样吵得左邻右舍不得安宁。大家大声咳嗽。人家的孩子攀到墙头朝这边看，边看边嚷嚷："是一匹野马，把野马带回家真有意思。"朋友的孩子去赶邻居的孩子。孩子们要打起来了。

这样下去不是个办法。

朋友不好意思再拦他们，他们是坐车来的。该死的马套上车就老实了。朋友的妻子都哭了："天要黑了，我怎么能放你们走。"马就扬起蹄子直立起来，车上的东西全滚下来，那都是送他们的奶酪瓜果香肠。他狠狠一鞭子，把马打下来，马大声地喘气。他们赶紧上路，到野外，马越跑越快。"该死的马！"妻子兴奋地抽了马一鞭子，马跟游龙一样腾空而起，穿过大地和黑夜。天亮时他们进入山口。

宽阔的山谷大道接住他们。车子缓缓而行，苏鲁萨依静悄悄的。

他们的房子在晨光里沉睡着。灰白的墙壁和屋顶，蓝色的门窗，云杉矗立在屋

---

① 苏鲁萨依：即美丽的山谷，哈萨克语。

后。他们出神地看着房子,马也仰起脑袋,好像里边睡着人。整个苏鲁萨依沉睡着,森林、草地、房屋,还有大路。大路通往天山腹地。马车就像行在大路的梦乡里。

他们出神地看着缓坡上的房子。

那是他们的家。他们回到了苏鲁萨依。

马打出潮湿的响鼻。

妻子像在说梦话:"我们的房子。"

"我们的房子。"

妻子靠在他身上。他的胸膛热腾腾跟馕坑一样。

妻子说:"我都不敢相信这是真的。"

"这不是梦,这是苏鲁萨依。"

车轮闪闪发亮。车子没声音。马也没有声音,马蹄一起一落像行在水上。他们到了房子的另一侧,他们紧紧靠在一起。马鞭盘在车辕上,就像美丽的蛇盘在草原的石头上一样。锋利的鞭梢吐着蛇芯子。晨光红润起来。森林和草地的露珠大梦初醒一般睁开眼睛。

"我们到了哪里?"

"已经到了苏鲁萨依。"

"让我好好看看。"

妻子离开他热烘烘的馕坑一样的胸膛,趴在车板上,痴呆呆看苏鲁萨依。路两边全都是苏鲁萨依,妻子的脚翘起来,像两颗小动物的脑袋。小动物是认识苏鲁萨依的。小动物就卧在地底下,它们从洞里钻出来先要瞧瞧四周,好像第一次来到苏鲁萨依。这种新鲜和惊奇一直保留在妻子的记忆里。

妻子是他从遥远的伊犁娶来的。妻子登上他的马车,车上装满嫁妆。车轮滚起来的时候,长满高大白杨的巷子里响起悲怆高亢的歌声:

月亮被牵走了,

乌云伸出强壮的臂膀;

玫瑰花被拔走了,

大地喷出赤热的血浆。

长满高大白杨的巷子里走出一个凶巴巴的汉子。新郎跟那人同时出手,那人扑通栽倒在地上。要走出这座花园般的小城,有十几条巷子,每条巷子都长着高大的白杨，巷口都有一条流着伊犁河水的渠道。要带走美丽的伊犁姑娘，先尝尝小伙子们的力量。新郎愈战愈勇，鼻子都被打歪了，嘴里发出一声声号叫。已经没有对手了，新郎目光灼灼，铁拳霍霍，一块巨石被新郎拦腰一抱，嘿一下举到头顶，弹射出去，跟中弹的飞机一样爆裂在路下边的石滩上。新郎烈火熊熊，跳上车，车子飞起来。穿过大漠和峡谷，跑了500多公里，新郎的火越烧越旺。苏鲁萨依出现在她面前。天山显得雄壮而狂暴。她有点害怕。新郎安慰她："这是天山最美丽的山谷，你会喜欢这里的。"

"一点也不像我们伊犁。"

"伊犁的大草原在尼勒克在唐布拉，苏鲁萨依的草原在院子里在床上在你身子底下。"

新郎大手一挥，她看见绿色山坡上的白房子。蓝色门窗就像镶在辽阔的天空上那么遥远。

"我们住那里吗？"

"不住那里住哪里？"

"像在天上。"

"那是山坡，不能再高啦，再高就是雪线，那是雪豹生活的地方。"

房子在等待他们。必须下到谷底，穿过辽阔的草地。房子被遮住了。

"不要担心，房子飞不了。"

"我老觉得它像只大鸟。"

"那是我手艺好。"

"你盖的？"

"朋友帮忙，我一个干不了。"

"那也是你的功劳啊。"

"有树有石头有泥巴就有房子。"

此刻他们就走在有树有石头有泥巴的地方。车轮和马蹄在泥水里呱唧呱唧响。地势变高，泥巴不响了，泥巴厚墩墩的被车轮和马蹄带起来，就像揭掉大地的皮肉。一栋大房子出现在草地上……新娘目瞪口呆……是一棵高大的桦树，跟一座小山似的朝她走来。事后她才知道是新郎把她抱过去的。新郎也看见了那棵高大的桦树。新郎天天看这棵树。新郎没想到这是一栋漂亮的绿房子，比他盖的房子强100倍。新郎不顾一切抱新娘下车，新娘像在梦中。

"那是谁家的房子？"

"咱们家的。"

"你怎么又盖一栋房子？"

"老天爷给的，不住白不住。"

新郎已经顾不了那么多了，太阳跟打鼓一样在他背上咚咚敲起来，他把新娘放在绵茸茸的绿毯上，桦树像一柄大伞撑在空中。飞泉喷得更高，鹰静止在群山上空，大山的龙杠挺起来，牧草闪闪发亮。新郎意犹未尽，目光灼灼，铁拳霍霍，扬手就给桦树一下，拳头就红了。打开的树干里喷出浓烈的芳香。新郎啊一声就像痛饮一大杯美酒。他不忍心再捶打这棵树，他轻轻拍一下树。他也不忍心再劳累他的新娘，新娘软在草丛里星眼朦胧。熊熊烈火越烧越旺，他快奔几步，那把快刀就从靴子里窜出来，嚓！削掉了根手指，嚓！又一根，削到第三根，大火把他烧透了，那把刀被火焰封住去路，成了钝刀，钝刀是不能干这事的。刀子落到地上，大地的嘴巴把它噙住了。可大地的嘴巴噙不住削掉的手指头，手指头从大地的嘴里伸出来，变成红艳艳的草莓。草莓一颗接一颗。血的芳香冲天而起。太阳垂下脑袋。他那一脸灿烂的喜悦把太阳吓呆了。新娘抱住丈夫就像抱一团大火。

"你跟太阳一样。"

太阳已经低下头了。

太阳低头那一刻，新娘看见地上的草莓，新娘俯下身吞一颗。那么鲜美的草莓是泥土长不出来的。

丈夫还在狂奔。血草莓紧随其后。

那是苏鲁萨依最辉煌的一天。这一天，新娘从遥远的伊犁嫁到苏鲁萨伊。

新郎撞到山崖上，熊熊烈火慢慢熄灭了。他成了血人。疼痛开始蔓延。新娘扶他上车。新娘抓起缰绳。车子动起来。新娘回头看一眼那片草地。她的处女之血流在那里。这是她很久以后才知道的。相当长一段时间，她以为那是丈夫的血。丈夫流那么多血，她把自己美妙的女性之血归功于丈夫。这种错觉使她对丈夫对整个苏鲁萨依产生一种神秘的感觉。

新娘赶着车过来了。亲友们大吃一惊，新郎掉了三根手指头。新娘红着脸说："真对不起，他是为了我。"

"啊，太了不起了。"

大家都以为新郎力挫群雄夺来了美人。这么美的伊犁丫头不动刀子是说不过去的。那些年老的女人豪迈地说："这才是我们苏鲁萨依男人。"她们把新娘搂在怀里："多美的玫瑰花，带着血光嫁过来的女人是真正的玫瑰花。"婚筵上歌手们反复唱着：

苏鲁萨依

苏鲁萨依

你是一朵玫瑰

你就开在苏鲁萨依……

苏鲁萨依是没有尽头的。此刻，他们行进在山谷最狭窄的地段，云杉迎面扑来就像群山的翅膀。妻子赶紧低下头，过了很久，她才坐起来。她喜欢丈夫热烘烘的馕坑一样的胸膛。太阳把山谷烤得比馕坑还要热。

妻子说："我喜欢这里。"

车子离开大道，向山谷的分岔驰去。苏鲁萨依两边有多少分叉啊，就像大河支流，从群山的各个角落蜿蜒而来。

"你从来也不带我到这里来。"

妻子没有责备他的意思。妻子满心欢喜张开双臂拥抱滚滚而来的阳光。阳光的巨浪冲到她怀里，她啊啊叫着倒在车板上。车子转个弯，他们避开阳光正面的冲击，袒露在眼前的是纯净而柔和的草浪。草浪在圆浑浑的山冈上缓缓地起伏着。马太了解它的女主人了，马车从斜面上到草浪最汹涌的地方，停在那里，女主人稍挪一下，就容身于大地跟草浪起伏在一起。她喜欢这种辽阔汹涌的起伏。

"这里一点也不像我们伊犁。"

"伊犁的草原在尼勒克在唐布拉，苏鲁萨依的草原就在你身子底下。"

这样的话不知说了多少遍。回到娘家，她把这话说给爸爸妈妈，妈妈说："那是你嫁到了苏鲁萨依，你要是嫁到大戈壁你就会拿大戈壁跟伊犁相比，这就是女人的命。"妈妈从遥远的喀什噶尔嫁到伊犁："美丽的喀什噶尔我都记不起来了。"妈妈流下泪："你爸爸从冰大坂上把我背过来，冻掉了三个脚趾头，我就发誓跟他过一辈子。"年老的父亲端着酒杯唱起来：

你成了瘸子，

你得到了妻子。

你掉了脚趾，

天堂的门槛你枕啊又枕。

瘸子父亲成了伊犁最幸福最受尊敬的老人。

"爸爸，祝福我吧。"

父亲摸她的长发，她的长发跟琴弦一样叮咚叮咚响起来……父亲没有唱歌，父亲说："你已经成为苏鲁萨依的土地，你就不要再想着伊犁，想娘家的女儿是没有出息的。"

"我是你的好女儿吗？"

"按我们古老的习惯，女儿必须嫁到七条大河之外，苏鲁萨依离我们伊犁至少有70条大河。你成了苏鲁萨依的玫瑰，你让我感到多么自豪！"

她再也没有回过伊犁，也没有得到过亲人们的消息。这种无声无息让人感到生活的安逸。有时她会问丈夫："为什么没有伊犁的消息？"丈夫就说："他们生活得很好，用不着告诉别人。"

"我是别人吗？"

"你是他们的亲骨肉。"

"亲骨肉就该分享他们的快乐。"

"让太阳满足你吧。"

丈夫把她拉到户外，拉到阳光底下，太阳就像一个金色的大帐篷，灿烂的金顶就在高高的山上。她穿过草地。太阳越来越近，太阳把她罩住了。她站在那里不知所措，她的腰都猫起来了，裙子都拖到地上了。

"我怎么就不知道躺下呢？"

"现在还来得及。"

"可我少了一次机会。"

"苏鲁萨依是永恒的，什么时候都可以。"

她往后一仰就躺下了。她不知躺过多少回，可她总是忘不了那次疏忽。丈夫说："头一回不要那么在意。"

"那到底为什么？"

"你刚做了新娘，还不习惯把草地当床。"

"我早就把草地当床了。"

"房子里有床呀。"

"我还是喜欢那张床的。"

"我知道我知道"。

"你怎么是这种腔调呀。"

他们高枕着山冈忍不住大笑起来。

那是他们新婚不久。丈夫赶着马群一大早就出去了。妻子从屋里扫到院外一直扫到大路口，杂乱的马蹄印被扫得干干净净，洒上清水，就像落了一场雨一样清新爽快。女人开始用新鲜牛粪擦门窗擦地板擦墙壁，房子的角角落落都被擦了一遍。新鲜牛粪揉上泥巴，就是女人的好抹布，软乎乎跟女人手臂上的肉一样，女人用她们软和芳香的肉擦房子。女人心里热乎乎的。太阳出来之前，女人就把房子擦亮了。

这个红润美丽的女人总是让太阳黯然失色。即使在阴天、太阳闭上眼睛的时候，太阳也能想象出那房子里的景象。太阳从来没有拥有过早晨，雄奇的天山之晨，正是太阳向往已久而又无法企及的。太阳伤心地沉下脸。而女人依然那么红润那么美丽那么晴朗地看着丈夫，她会不会给丈夫沉下脸呢？她沉下脸也是美丽的。太阳一点办法都没有。太阳有很多光，它的光是不能跟女人相比的，女人随便洒点水，地就亮了；女人的手往房子上一摸，房子就珠圆玉润起来。

太阳升上山谷。太阳干巴巴地看着美丽的苏鲁萨依。炊烟升起来了。女人看一眼太阳，那眼神分明是说：我还没做饭呢，饭熟了，你再热吧。太阳半天热不起来。

女人吃过饭去串门。热汤饭把人的肠胃暖热了，太阳的火苗开始蔓延。没人注意这个。女人穿过草地和树林到了另一家。好几个女人聚在那个清静的院子里。坐在葡萄架下喝奶茶吃干馕。女主人煮了一壶又一壶，每个人差不多能喝两大壶。太阳在葡萄架上跳舞，葡萄架下却很清凉。女人们散伙的时候太阳已经不跳了。

太阳往下跌落。女人走在回家的路上，太阳在她后边歪歪扭扭。女人心里发笑，太阳怎么瘸起来啦。女人想起远方的父亲，父亲就是个瘸子，可父亲多么威风多么尊贵！女人问太阳："你怎么瘸了呢？"落向黄昏的太阳一下子窘迫起来。女人不再为难太阳。女人拐上小路。那是她家专用的路。女人拐上这条路总要停一下。她看着她的院子和房子，她的眼瞳里就涌出神奇的光芒。有一种东西在生命里飞翔。

群山沐浴着金光。

大门哗一下开了。

盆子里的面也开了。

馕坑就在院子里。她架上柴火，馕坑很快就热了。她喜欢丈夫馕坑一样热烘烘的胸膛，就把馕坑烧得很热。面团贴在坑墙上吱喽喽痉挛着，冒出皮芽子①和麦粉的芳香。太阳落到山顶上了。金灿灿的馕堆满了盆子。馕慢慢变凉。她的手可没凉。

她忙着铺床。床单枕巾都是刚洗过的，能闻到泉水的清爽气息。毡上的花跟草原花一样娇艳无比，她摸了一遍又一遍。她把毡翻过来，还是那种图案。那些花卉让人迷醉。她差点躺上去。她不是那种随随便便的女人，在丈夫回家之前她不会躺上去的。她跳到地上。她呆呆站一会儿。她听见马群吃草的声音。不是一匹马，是一大群马很豪迈地扫荡辽阔的草原。

她奔上大路，她奔上山冈。她居高眺望。她看见丈夫的马群。那是很远的一条山谷。她奔向那里。她身上渗出汗。她简直就是在飞。她有一双好使的腿。她走下一面面山坡，草浪在她身后高高涌起。她下到一条条沟里，草浪就把她吞了，她又从另一个地方钻出来。她没想到苏鲁萨依有这么多草，那都是优质嫩草；她要是一匹马她就不回家，从天亮吃到天黑，把这些草全吃到肚子里。

她赶到那条山谷时，马群吃得正欢，大半个谷地被吃完了；大地长长松一口气，显得雍容华贵，甚至不屑于整理那些零乱的草枝。大地这种高贵的疲惫让她感动。她再也走不动了。她拎着裙子，慢慢倒下去。草茬子湿漉漉的，草汁渗到她屁股上，她身上很烫，她很快就把草地暖热了。那种热烘烘的气息引来更多的汁液。草根是连在一起的，整个苏鲁萨依向她涌来了，她喜欢这巨大的冰凉，从屁股蔓延到腿上背上脖子上，长长的乌发高高扬起来，就像大地长出来的一丛青草……苏鲁萨依，这就是你所要的玫瑰，冰凉而火热的玫瑰。

丈夫朝她走过来，她甚至不敢朝丈夫看一眼，她的脸好烫啊，这种冰凉而火热的感觉难以诉说。丈夫把她轻轻揽进怀里，她喜欢丈夫馕坑一样热烘烘的胸膛，丈夫就用大火仔仔细细地烘烤她。

"我把床铺好了。"

"我来了。"

"你知道我铺床。"

"单子和枕巾是刚洗过的。"

"你知道啊。"

---

①皮芽子即洋葱。

"毡上的花你摸了一遍又一遍。"

"你知道啊。"

"那是草原花，你摸一下它们就活了。"

"你什么都知道。"

马群扫荡草原，大地空旷，马群向两边冲击，牧草的绿色火焰跳跃着，马群就像一种幻影，牧草在幻影里跳跃。

"我把床铺好了。"

"我来了。"

"毡上的花儿开了。"

"我来了。"

"我身上长满了草。"

"我吃草。"

"草真多啊。"

"草是吃不完的。"

"已经吃完了。"

"坡上还有。"

"真的吗？"

"山梁上还有。"

"真的吗？"

"崖顶上还有。"

"真的吗？"

"雪线上边还有。"

"雪线上边你说是雪绒。"

"那是天山最好的草场，神骏才能到那里吃草。"

"啊雪线上边。"

"是雪线上边。"

"你吃……吃啊……"

生命戛然而止，生命还在，生命拉了一个破折号——他们惊讶地看着对方。马群终于吃到草地的边缘。马屁股完全露出来了，那肉烘烘的圆在空旷的草地上晃动着闪耀着辐射着纯净的生命之光。他从妻子身上取出他的生命，他一点点取，他们

133

就像第一次过这种生活，他小心翼翼，他不会弄疼妻子，可他还是那么小心翼翼，慢慢地取出来，妻子轻轻啊了一声："你把我的筋抽了。"他知道怎样让妻子安静，他的手落到妻子屁股上，跟圆月一样白亮的屁股上映照出马群俊美的影子，跟壁画一样。他的手轻轻掠过那圆月，向上上到光滑的背，上到细润的脖子上到茂密的头发上，就像一只鹰，在轻轻抚摸天空，天空跟妻子一起，晴朗起来。当他的手再次掠过妻子的身体时，妻子哽咽说："你给我插上了骨头。"

妻子一下子坐起来，妻子的手跟白蝴蝶一样在他的生命上翩翩飞舞，他的生命显得那么颓唐，草地也是一片颓相，马群很满足地散荡着，他的生命水把妻子的手弄湿了，妻子打喷嚏。他给妻子披上衣服。"我不要。"妻子把衣服抖掉，妻子喜欢这么裸着，妻子坐在空旷的草地中央，丰满明亮安谧，与四周散荡的马群形成一种默契。马绝不到中间来，那平坦柔软的地方是妻子的领地。妻子要起床了，她一件一件穿衣服，她捋一下头发，风就心领神会，从树上奔过来，梳理她的头发；风怎么梳理云杉的针叶风就怎么梳理她的头发，那波浪的形状是树长不出来的，风发出惊叹……风让衣裳响起来，那是一种不同于草的窸窣声；风让她的皮肤响起来，那是一种不同于鸟儿的音乐。

神灵不会止于风。

丈夫身手敏捷，妻子好像是风吹起来的，轻轻落到丈夫手里，丈夫抱起她，穿过辽阔的草地。那匹种公马知道自己是马群里的佼佼者，它离开马群，越过山梁，向主人奔去。他们面对面坐在马背上。马轻轻跑起来。真正的夫妻就这样乘一匹马。妻子说："我们的床。"

"是我们的床。"

"到处是我们的床。"

"到处是我们的床。"

妻子枕在马脑袋上，长发跟马鬃飘在一起，飘出一片琴声。

"马头琴。"

"是马头琴。"

她的脑袋跟马脑袋枕在一起，简直就是一个脑袋；她的胸脯插在马背上，结实饱满，如同生命的圣典；她如双长腿裹着马腹，跟马腹带一样一下子勒出汹涌的钢铁气势……房子出现在斜坡上，马顺坡而下朝房子奔去。

黑夜无边无际，让人神志不清。

"我摸到毡了。"

"你不用摸，毡就在你身子底下。"

睡裙无声无息地消失了，衬衣也消失了，它们就像一群向远方迁徙的候鸟。光身子睡觉就像睡在地上，床一下子大了许多。被褥毡毯散发出大地的温热。肉体的芳香弥漫整个房间，开始向外蔓延。院子里有马嚼草的香气。草料和马的呼吸搅在一起，吸引着主人的芳香。妻子忽地坐起来，丈夫以为她做噩梦。

"不是，是我身上流东西。"

妻子身上滑腻腻的跟珍珠粉一样，有一种乳白色的雾气。

"你的皮肤在呼吸。"

"我有鼻子有嘴。"

"鼻子和嘴不够用。"

妻子躺下，被子揭到一边，她全身都在呼吸。

"电影里的女人喜欢露胸露背。"

"她们给谁都露，你只给丈夫露。"

"我给草露了给树露了给马露了给风露了给太阳也露了，它们是我丈夫吗？"

"它们是你丈夫。"

"我跟它们上床你也愿意？"

"你已经跟它们上床了。"

妻子就像被蝎子蜇了一下叫起来。

那一天妻子走得很远。她没告诉丈夫。这是女人的秘密，女人总有一些秘密谁也不告诉，连自己也不告诉。

那个大胆的计划是蓦然出现的。她在院子晾衣服时随便一瞥，就看见对面的山谷。苏鲁萨依两边全是优美的小山谷，闯入她眼帘的无疑是最美的一个。因为离房子太近，正对着大门，反而让她忽略了。她正晾自己的内裤，女人的内裤不能在太显眼的地方，那些大件衣服晾在前边；这条小裤头搭在最后一根铁丝上，抻平后又看了一会儿。她喜欢上边的蝴蝶，在贴近肚脐的地方绣着一只金红色的蝴蝶。蝴蝶翩然而起，她就看见了对面的山谷。那不是女人优美的长腿吗？山谷缓缓升起，从脚到腿到温暖的腹地，牧草金波潋滟。她走了很久，她是个孩子的时候就往这里走，好像这是女人的圣地——苏鲁萨依，你盛开在苏鲁萨依。这是她盛开的日子。她很高兴在这一天，牧草的波浪滚在她身上，就像一个巨大的吻，草浪扑上来，她躺下去。她的背正好与山谷的底部重合，她仰面朝天，从她身上裂开的一条新的山谷。不是丈夫，是风；旷野雄壮的风涌入她的生命，女人的辽阔是风吹出来的。她跪在地上，她逮住了一股子风；她不停地问风："告诉我你的灵魂，告诉我你的灵魂。"她的耳朵贴上去，她刚听见一声轻轻的沙，风就骑上草跑了。草跑得多快，草蹄子全扎土里去了，草挣着死命让风跑，比马快，比电快，比所有的东西都快，甚至超过了生命。已经超过生命了。全是草叶的沙沙声。她身上也全是这种声音。

她是一个很辽阔的女人。

她在她自己的山谷里辽阔着。她成为苏鲁萨依最美的山谷。

所有的山谷都被比下去了，那里的马群奔涌而出，江汇成汹涌的洪流，越过山梁，顺坡而下向这里冲来……女人正在感受大地的辽阔，马群轰然而过，把她最后的念头和身体带向四面八方。

他还记得出事前妻子的一些异常举动。妻子盯着马蹄子，然后蹲下去擦马蹄子。他说："你擦它白壳儿（新疆方言：没有用）。"妻子说："它会把草踩伤。"

"它还吃草呢。"

"草吃不伤，却能踩伤。"

他提上马灯跟妻子一起擦，马蹄全被擦亮了。马多聪明，它们已经知道明天要干一件大事情，它们吃得很饱，主人准备的饲料全被吃光了，马还要吃，主人给它们加料。它们吃饱喝足，早早歇了。平常它们要打闹，那夜它们很安静，它们养精蓄锐，临战状态特别好。当它们进入草原时，它们就成了骇人的风暴，牧草望风而倒。谁也没注意这些，马群就冲上去了。

妻子一直想要个孩子。他说秋天吧。

秋天还没到草就黄了，山谷显得宽阔遥远。站在高坡就能看见冰大坂，冰大坂那边的戈壁也能看见。那么大的戈壁让山给挡住了。

风很猛，风没有声音，风能把人扳倒。不小心就会滚下去，金黄的草浪把你淹没。

草浪到大路边就消失了。灰白的大路上走着一个孩子。看不清面孔，但绝不模糊，脑袋、胳膊和腿都很清楚。这么清晰的一个孩子很开心地甩着胳膊，四周的山包也跟孩子一样露出娇憨之态。

妻子说："我就生这样的孩子。""看清楚噢。"那口气就像在巴扎上选衣服，女人总是在巴扎上犯迷糊。这里不是巴扎，这里是苏鲁萨依大道。一切都那么清晰那么单纯。山谷和孩子都是纯净祥和的。妻子有一千个一万个理由生这样的孩子。他满口答应。这太容易了，对他们这样的年轻夫妻，生孩子就跟喝凉水一样。

他们就看那孩子，好像就是他们的孩子。黄昏的苏鲁萨依辉煌壮丽，太阳是纯金的，晚霞是纯金的，一大块一大块镶满天空，把群山也镶满了，只有雪峰不变色，冷峻坚硬挺在苍穹顶上。孩子不管这些，他走他的。妻子喊起来："前边没路他还走啊。"

"苏鲁萨依没有尽头。"

"他走出去怎么办？"

"他从他妈肚子里都出来了，他还怕走出大山吗。"

孩子抡着胳膊抡着腿，孩子走得那么开心，孩子渐渐走近山谷的窄处了，那浑圆丰润的地方就像女人美妙如歌的地方，孩子走向那地方。妻子和他都张大嘴巴。那狭窄的山谷也张开了，如此壮美的开口让他万分惊讶。孩子不管这些，孩子只管往进走，孩子走进去了。妻子轻轻呀了一声，把头埋进丈夫馕坑一样热烘烘的胸膛里。"他进去了。"妻子泪流满面。

秋天就这样到了。

廖 天 地

吃完饭，他点一根烟，老婆收拾碗筷抹桌子扫地。他坐凳子上抽他的烟，老婆说："你真像个佛爷，没尿事睡觉去。"他拨开板凳，倒在床上，头枕着被子，脚搁在床沿上。老婆扒他脚上的靴子，他坐起来问老婆你干啥？老婆说："要睡就好好睡。""我不睡。"他站地上："日他先人哩，没个人待的地方。"老婆说："廖天地宽敞，你到廖天地待去。"他噢了一声，他就出去了。

他走到大门口又踅回来，在院子里转一圈。他也不知道为啥要进马厩。里边太暗，马眼睛却是亮的，马眼睛又细又长，眼睫毛毛茸茸的，他摸一下马眼睛，马眼睛突突跳像小动物。后来他摸到马鬃，马鬃涩涩的，有点粗糙。他看见墙上的撒把。他把撒把取下来，扛在肩上，锋刀一闪一闪，寒光舔他的脖子，他哆嗦一下又挺直了。

他把这么锋利的家伙扛到太阳底下，太阳很高，但离他很远，村庄一点一点变小，好像在下沉，从地平线上一点一点沉下去。

他一点一点大起来，像在长个子，又快又猛。人不可能长这么快，在娘肚子里也长不了这么快。往廖天地里一站，人就大起来。他不敢走快，就像走在月球上。据说人在那里稍微一动弹就往天上蹿，跟跳高运动员一样。他不想把自己弄成那种样子。他走得很稳当。

荒天大野，无边无际，村庄不见了，树也不见了，连路也在渐渐消失。路贴着地，路沉不下去。路从村庄里伸出来，要高出地面一点点，到了大野地，路显不出一点高度，路跟地面扯平了，只能凭颜色辨认大路。大路灰白坚硬宽广。大路消失的地方跟河流的入海口一样，是喇叭形的，很嘹亮地跃过极限进入无边无际的空旷。

他走得很慢，他几乎感觉不到腿是怎样迈出去的，反正腿在动，膝盖稍微弯曲一下，马靴就发出粗重的刷刷声。四野寂静，太阳遥远而缄默，云一动不动像冬天的积雪。

他走走停停，停下来时就往远处看。原野偶尔出现几棵树，眼睛有了落脚点，眼睛就湿了。其实眼睛只能看见树影子，看不清是什么树，视野开阔而辽远，眼睛反而就小了，眼睛又细又长。瞳光从窄缝里射出去才有力量，老鹰和马就是这种眯缝眼，马背上的牧人就是这种眯缝眼，他也是这种眯缝眼。像刀子砍下的，刀子在脑袋上划一道口子，里边就射出逼人的亮光。

旷野之树清晰起来。树越来越高。树向他走过来。他瞪大眼睛心里呀叫了一下，树就不见了。眼睛瞪得太大，心里有了惊讶，树就不见。无论他眯眼睛还是睁眼睛，树再也清晰不起来了。他走了好久，不是眼睛，是他的脚看见了树。脚趾感觉到地底下的树根，脚趾就亮起来，跟宝石一样，脚趾一亮，树就出来了。不是一棵，是好几棵，是柳树，粗矮、弯曲、茂密。树丛里有一眼泉。他蹲在泉边，大撒把丢在地上，弯弯的锋刀一闪一闪跟水一样，像泉眼里流出来的。泉水从另一头流出去，静悄悄地在密草里潜行，很远的地方便是一条河。那是好多泉水汇聚的地方。他把手伸进去，可以感觉到泉水的跳动，跟小动物一样。他趴到地上，嘴贴上去，舌头伸进泉里，舌头就大了，跟鱼一样往深水里扎。他听见泉水啊了一下，他的舌头搅得更欢。泉水翻腾起来，他紧紧压着泉水，越压它翻腾得越厉害。他曾这样亲过一个女人，那个女人就成了他老婆。他手撑着地，舌头和嘴已经回到脑袋里，脑袋里有一团火焰。他身下是秋天无边无际的草原和草原上的一眼泉。他笨手笨脚起来，走好远，还能听见肚子里哐啷哐啷的泉水声，像个孕妇。他怀了大地的孩子，他很高兴。

喝足了水，看什么都是潮湿的，瞳光缓慢而有力，像只大鸟，一下飞到天地的尽头。

视野里出现大片大片的葵花地。他朝那里走过去。黄草越来越高，可以感觉到大地在倾斜。斜坡下边有一块几百亩大的葵花地。肯定是十三连的。他们十一连左侧是十三连，相距近百里。

在旷野深处有水的地方开一片地，就是你自己的地了。收成全是你的。他在连队南边的洼地里开了一块，种西瓜。他很喜欢那块地，把它收拾得整整齐齐，跟连队地一模一样。

这个种葵花的伙计是个懒家伙。这块地又大又肥，比他那块地还要肥。你瞧瞧，草跟葵花一样高。这位老兄只收大的，小一点的葵花全丢下了，连杆也不砍。他吭哧半天扒开杂草，让地透透气。

撒把在这里展不开，只能用手扒。手被勒破了，他搓一下，手成了红的，像起了锈。手疼得厉害，他把手夹在膈窝里，夹一会儿就不那么厉害了。他摸出火柴，点那堆干草。开始火很小，跟老鼠那么大一团火，晃晃半天晃不起来。草的茎秆是湿的，跟牛筋一样。他摘一片葵花叶子放火上，火不再是小老鼠了，轰一下冲上他的头顶。他不停地往火上加葵花叶子。火焰越来越猛，冲天而起，像个顶天立地的壮汉，冲向葵花杆，哗啦啦压倒一大片。大群的火焰向四面八方蔓延。

　　他拖上撒把跑到远处，葵花地上空升起浓烟。

　　火焰挥着大撒把，就是他拿的那种大撒把，寒光闪闪，要比他的凶猛得多。火焰大手一挥，发出的不是刷刷的刈草声，而是轰轰的大爆炸，好像几十门大炮在轰击这片土地。浓烟滚滚，烈火冲天，灰烬弥漫天地，像一群乌鸦。黑鸦飞上天又飞回来，落在地上。地松弛下来。这是一种彻底的大放松。

　　走出好远，他还在想那团大火。他回头看看，他明知道看不到什么，可他还是看了一会儿。他掏出火柴，划着一根，放鼻子跟前，他闻到一股硫黄味，像女人闻到了巴黎香水。他兴奋起来。他把火柴全倒手上，一根一根数，总共53根，像一堆手枪子弹。

　　他读过一篇叫《七根火柴》的小说，不知什么时候读的，反正他记住了。他看的书很少，零零星星看过几本，却记得很牢。《七根火柴》写的是长征的故事。那个红军战士只有七根火柴，凭着七根火柴走完了二万五千里，就是人们常说的"铁流滚滚二万五"。攥在他手里的是53根火柴，他不知道自己能走多远。反正他大步流星走开了。

　　有一回他喝醉酒，在野地里乱走。走到牛群里，牧人吼他，他听不见；牧人抽他一鞭子，他感觉不到疼；牧人只好把他搡到大路上，他顺着大路摸回家。

　　老婆在厨房做饭，老婆听见他回来了老婆没出来，老婆脱不开手。

　　他摸到卧室，摸到床上，他没睡觉。以往喝醉，倒床就睡。这回不知咋搞的，他没睡。他老惦记着他可爱的靴子。他记得他待在旷野上。他很喜欢那么辽阔空旷的地方。他就走开了。他的床是桦木做的，很厚实，很平整，踩着很舒服。床上铺着白毡和图案优美的花毯。当然很舒服。不论是躺着还是站着，床都很舒服。床是个美好的地方。他和他的靴子走得那么潇洒那么畅快。

　　老婆进来大叫一声，哇哇大哭。温顺的老婆变成了豹子，冲出去又回来了，老婆从马厩里拎一根鞭子。那是用牛筋浸油做成的鞭子。老婆袖子绾得高高的，露出一大截白胳膊，鞭子就从白胳膊上呼啸而来，叭一下抽在他脖子上，呜儿呜儿叫着把脖子缠裹住了，白胳膊嗨喊一声号子，就把他整个人摔到床下边。他趴在地上，他抬一下头，他还想抬一下，老婆一只脚踏在他脖子上，像棍像木杠子，把他压平了。小腿又挨了两下，左腿右腿一边一下。靴子也护不了他啦，靴子薄得跟纸一样，鞭梢穿过靴子和皮肉在他的麻筋上狠狠地咬，他就抖起来啦。

老婆抱着毡子毯子到院子里去刷洗。上边全是牛粪，全是他从牛群里带回来的新鲜牛粪，稀软金黄，像给毡毯上了新花色。老婆边刷边骂。

他早就醒来了。他坐在沙发里抓头发，听老婆破口大骂。老婆又冲进来，他差点跳起来，他不知道这娘儿们要干什么。这娘儿们一直是温顺的，温顺的娘儿们一发脾气就成了豹子，这可怎么得了？老婆毫不客气抓起他的脚，他就仰躺在沙发上。老婆抱起一条腿，刀子就在那只马靴里。这娘儿们要卸他的腿。他说："你要干啥？"老婆不吭声，也没动他的刀子，老婆把靴子一只一只扒下来，拎到院子里去刷洗。他松一口气，盘腿坐在沙发上。老婆刷完靴子，打上油，靴子又黑又亮。老婆拎着又黑又亮的靴子走进来，像牵了一匹黑马。她手里还有一根鞭子，就是让他丧魂落魄的那根鞭子，鞭梢跟蛇一样凶巴巴瞪着他。他嘴巴动动没说出话。女人说了，女人说："你把床弄脏了，我很生气，我打了你，现在你打我吧。"女人把鞭子塞到他手里，女人跪在沙发跟前给他穿靴子。女人动作麻利，很快就把靴子套在他的脚上，就像给汽车换了一对新轮胎。老婆很满意。老婆没坐沙发，老婆坐小板凳，侧对着他，等着挨揍。他站起来："你是对的，我错了。"

"你别后悔，过了今天你就没机会了。"

他把老婆抱起来，真像抱一头金豹子。他们翻腾得厉害。他感到女人身上有了一种新东西。女人从骨子里松开了。女人结婚这么多年，骨子里有一种莫名其妙的拘谨。现在没事了。他和他的宝贝可以到达女人任何地方，甚至超出女人的娇躯，向四野八荒蔓延，跟草原上的野火一样，吼叫着奔腾着。女人那么辽阔。他摸女人的胸脯摸女人的肚子摸女人的腿摸女人的脊背，女人的确很辽阔。要命的是那张床也在神奇地展开，平展展也伸向四野八荒，颠晃着仿佛神骏的背，把他们驮到很远很远的地方。老婆说："这是我们的家？"

"是我们的家。"

"好像睡在廖天地。"

"我是新疆男人你是新疆女人，小地方搁不下咱们新疆人。"

"新疆到底有多大？"

"地有多大，新疆就有多大。"

他们闻到一股味，不是他们的气味，是浓浓的牛粪味。他们不说话，也不动弹，他们一动不动听任牛粪味飘满屋子。

女人没生气，女人说起她做丫头时的事情。那时她是个挤奶女工，天天围着奶牛转。她们这些挤奶女工喜欢牛奶头不喜欢牛粪。牛粪味儿老缠着她们，躲都躲不开。

"没想到你这坏小子把牛粪弄到我床上，还搂着我睡觉，"女人亲他一下，"我有点喜欢牛粪了。"他不再说话，也不动弹。牛粪味越来越浓，夜幕里忽然出现金黄的亮光，女人说："那是牛粪长了翅膀，它在找我哩。"女人又亲他一下，"它找对地方了。"

他们又开始折腾，折腾得很厉害。他们有一个很大很辽阔的床，他们放开手脚折腾，连身上的筋都松开了。轰一下他们落到地上，那是更大的一张床，最大的床也就是地了。他们不在乎，他们闹得更欢，像一对尔玛在草地上撒欢，满天满地都是踢腾声。

月亮升起来，接着是太阳。太阳升起来的时候他们睡着了，睡得很死，像被子弹击中的两只鹿，他们彼此击中了对方，大大咧咧摊开在地上，睡得那么雄壮那么豪爽，一下子让他们坐起来，让他们睁开眼看对方，他们都很吃惊。他们从里到外成了新的。从头到脚，从脚到头，他们互相抚摸，从手到脚，从眼睛到背。

女人说："床太小了。"

他们做了一个大床，从后墙到窗户，他们还嫌不够，就在地上铺上毯子。毯子比床大一倍，踩上去很舒服。男人说："地毯是我们的平原，床是我们的高原，我们什么都不缺。"他们把沙发送人了。他们不要沙发。

他们的日子让人眼馋。连里的人问他过日子的秘密。他不说话只是笑。人家就请他喝酒。酒喝多了，就拿不住自己，就把秘密吐出来："让女人放松，从骨子里放松，好日子就来了。"

"怎么松，说啊，怎么个松法？"

"给女人鞭了。"

"给女人鞭子？啊啪！啪！"男人们唾他一脸，"给女人鞭子，让女人抽牲口一样抽咱们，咱们先抽抽你。"

男人们结结实实抽他一顿。没人相信他那一套。幸福是装在肚子里的东西，说出来就成了灾难。

他回家就把挨揍的事忘了。他看见他的大床和地毯。他坐在地毯上抽烟，老婆把烟灰缸放他跟前，悄悄退出去。青烟袅袅，飘到院子里，秋天的阳光有些潮，青烟飘上去，就像太阳长出了绿叶子。太阳坐在绿荫里面很舒服。那是太阳离人最近的地方，太阳不可能到屋子里到地毯上，太阳坐在院子里就很够意思了。

他一根接一根抽烟，烟团全长成太阳的绿叶子。老婆给他一盒好烟。老婆趴在他耳朵上像个蜜蜂："你想啥哩？"

"我等月亮哩。"

月亮升起来，月亮也长一簇绿叶，接着是太阳，老婆叫起来："它们吃草哩。"他告诉老婆："那是草原上的两匹马，一匹白马一匹黄马。"

他们起床，到地里去干活。

地那么大，有好几百亩。那是他们自己的地。他好像第一次拥有那么多地，他喊一声："我是地主。"女人跟着喊一声："我是地主老婆。"

苍穹笼盖四野，他们就像站在他们的大床上，看他们自己的屋子。太阳如同天空打开的窗户，蓝天的屋宇离他们很近，他们站在宽敞的大地上。坎土曼挂在肩上，坎土曼就像他们的翅膀。坎土曼确实是种田人的翅膀。坎土曼很快响起来，在黄土里吭吭响着。土块翻起来，土块乌亮潮润。大地扇动翅膀，大地飞起来了。

大地越来越平缓，牧草一点一点高起来，已经高到他的下巴壳了，草上只露着他的脑袋。天空是无边无际的瓦蓝，太阳像一匹黄骠马，把它金黄的长鬃垂到地上，骏马清静的时候，它的长鬃就会垂到地上。

秋天的太阳静悄悄的，天高云淡，草原映衬着蓝天，牧草由绿变黄，太阳很容易把牧草看成它自己的光芒，太阳也很容易把自己当成一匹马。这个季节的马是很肥壮的。马身上的劲很足。劲很足的马反而不狂奔疯跑。马显出真正的贵族气派，在马厩里嘶鸣，在原野上伫立。村庄里的人也站在地头，从庄稼地一直望到大地深处。

大地和天空在宁静中透着那么一股神秘。

秋末的日子里，到野地里去的人很少。像他这样扛着大撒把远离村庄，连他自己也搞不清他要去哪里？去干什么？拿大撒把绝不是为了干活。没活干。该干的都干完了。地种好了，草也割了，牲口拴在圈里。鸡吗？鸡是女人饲养的，男人跟鸡不打交道。剩下的就是天上的云和地上的风了。

他的大撒把又长又大。锋刃在风中鸣儿鸣儿，像要收割旷野的大风。

牧草起伏，波浪滚滚。

他吐唾沫搓手，双腿往下一沉，腰和肩向后，又向前，一下子把力发出来，顺着木柄直贯锋刃，锋刃发出长长的嘶叫，哗——倒下一大片高草。地从他背后露出来，黑乎乎的，原野露出黑乎乎的地，像爬过来的一只黑熊。他的手臂又快又猛，那只黑熊也越来越近，快要舔他的脚跟了，快要趴上他的肩膀了，他依然那么快那么猛。他背上好像有眼睛，趴在他肩上的黑熊只能趴着，却不能咬他。

黑熊越来越大，黑熊的背那么宽腰那么粗，黑熊那么壮实，那么壮实的黑熊跟着他，他连头都不回一下。

他背上有眼睛，什么也瞒不住他。他知道这双眼睛是很要命的。这双眼睛只睁开过一次，就是老婆被他看中的时刻，他的背闪开口子射出光芒，他知道这女人是他的了。他知道他的生命之光从背后亮起来，后来他问过许多人，人家都把他当傻子："傻瓜才把眼睛往后边长。"他承认他有点傻，但他不是人家说的那种傻。他只知道他背上有自己的一双眼睛。现在这双眼睛又睁开了，用那奇特而深邃的目光望着渐渐宽阔的远方。那一刻，太阳在它的原野上停下来，太阳的鬃毛垂到他身上，他感到温暖。

那年，他用他背上的眼睛击中了那个女人，那个女人就跟上来了。他们一前一后往树林里走。穿过桦树，穿过榆树，穿过白杨树，他听见那轻盈的脚步声，他没回头，他沉醉在他背上的眼睛里。只要转过身，他就能看到丫头的影子。他也知道脑袋上的眼睛睁开时，背上的眼睛就永远地闭上了。他想让背上的眼睛多亮一会儿，让他的女人沐浴真正的男人的太阳。他认定背上的眼睛就是男人的太阳。在他宽阔的背上，太阳跟骏马一样；骏马劲很足，劲足的马在生命最辉煌的时刻不会疯狂 那种优雅和静默完全被女人领会了 她保持着那可贵的距离，直到泪水流下来，嘴里发出呜咽。那抑制在狂喜中的哭泣，他一直在回忆着。女人一直对她的举动感到后悔，她很想在他的静默与幽雅中待一辈子。

"我们总得结婚呀。"

"可你背上的眼睛再也睁不开了。"

"人都得闭上眼睛。"

"为什么这样？"

"生命是有限的，有限的东西只能在瞬间里射出圣洁之光。"

女人一直渴望着永不消逝的圣洁之光。那是一个漫长的日子，就像一首古歌里唱的那样：

该不是让我停止呼吸吧,

当我从越来越平缓的高地上走下来,

当我身后的大地又一块一块高垒起来。

地黑乎乎毛茸茸,从原野里爬出来,跟着他,一直跟着他。他和他的大撒把在大地的中央割出一个大圆圈,大得望不到边。草茬子一片金黄,散发浓浓的药香。草全被割倒了,高草也不高了,草在很远的地方晃动,听不见声音,跟无声电影一样。他依然相信他亲爱的土地,他知道土地的耐心有多大,他没有转过身来,他站在那里,撒把脱手而去,躺在地上,弯弯的锋刃白晃晃跟水一样。他往前跌几步,他也倒下去。

他仰躺在草茬子上,草茬很硬,像新擀的毡。背上的眼睛亮起来,他听见遥远而深切的哭泣声,不是女人,是土地在哭,是刚从原野里爬出来的土地发出呜呜咽咽的哭泣声。狂喜中的哭泣不再压抑了。大地永无休止地辽阔着;天空刚出现一朵云,太阳就奔过去吞掉了,天空辽阔,永无休止地辽阔着。

月亮的白裙子

那人和他的马又渴又乏，满身尘土，远远看去，就像一个土人骑着一匹土马。

其实马很白很漂亮的，马变成这种样子委屈死了。马就尥蹄子，屁股一撅差点把那人颠下来。那人躁烘烘的，顺手就给马一鞭子，马屁股闪出一道血印。马还是尥蹄子。马不在乎他的鞭子，鞭子就垂下来，跟一根绳子一样软溜溜的。提着软溜溜的鞭子有啥意思？鞭子叭掉到地上。他连看都没看。鞭子就这么掉下去，像被抽了筋。不用看他就知道鞭子是啥样子。太阳在天上滚过来滚过去，太阳就像一头乌克兰大肥猪，把天空踏成了猪圈，把地也踏成了猪圈，到处都是脏兮兮的。

天快黑的时候，他和他的马到了草原。马一下子蹿起来。马在找高草。马又饥又渴，马不急着吃，马要在高草里猛跑一阵，把它刷成真正的白马。可惜这里没有高草，没有伊犁河谷那种一人多高的草；在高草里，马会变成一条矫健的鱼游起来。那人刚离开伊犁大草原，穿越神话般的巴音布鲁克来到天山北麓。那人过天山大坂时，马还很兴奋。马并不怕吃苦，过大坂是最苦的，马在大坂口子上恋恋不舍，逗留了好几个小时，久久地嘶叫着，像个豪迈的歌手。马显然把天山的最高峰当成自己的鞍子了。那都是常年不化的雪峰，银光闪闪，把苍天刺破一个洞，跟天窗似的透气儿。马不停地扬蹄嘶叫，回声恰似滚滚波涛，沿大峡谷呼啸而去。翻越大坂口子，是他和他的马最兴奋的时刻。他把那神圣的时间延长了两个半小时。他跟他的马一样不怕吃苦，就怕脏。脏兮兮的一身灰尘弄得人很沮丧。

这里不是伊犁河谷，这里没有高草。

他揪住长长的马鬃，他俯下身，贴着马耳朵他小声说："我们会找到高草的。"他不再拽缰绳，他拽长长的马鬃，他贴着马耳朵，他的声音低沉沙哑充满磁性："我们找到高草啦，你感觉到了吗？"他抖着马鬃，马鬃发出粗重的唰唰声，马眼睛一下子有了神光，把前方的路都照亮了，他不停地絮叨着，不停地抖着，他的声音和马鬃的响动使草原陷入奇妙的童话世界。马鬃在他手里响成美妙的音乐，他的手跟马头琴一样，他的手伸过去，他摸到骏马粗重的呼吸，他摸到热乎乎的马舌头和唾液，他的手就飘起来。那是我的手吗？他感到吃惊，他的手又黑又粗跟铁一样,他那双铁手被马的呼吸融化了,红红的透着亮光,就像马的舌头长出一大截,马舌头一下子伸到天上。马舔着太阳,不停地舔啊舔啊,太阳这头乌克兰大肥猪很快就面貌一新成了绅士。

一颗脏兮兮的太阳怎么能进入草原之夜呢?草原之夜是质地优良的天鹅绒装饰起来的,太阳应该干干净净斯斯文文爬上黑夜华美的床。

太阳沐浴着骏马壮美的气息。太阳圆浑浑的,身上脸上全是马的唾液,太阳就像刚生下来似的。

那人也被唾液沾满了,他在脸上摸一下,脸就湿了。

三三两两的柳树从远方的暮色里走出来,拦住他和他的马。柳树稀稀拉拉,算不上林子,又连成一片。这里的草高起来,有一尺多高,开着密密的花。马在花的草原上就不想走了。马也不吃草。马嘴巴贴在草花上,马在闻花的香气,花香跟饮料一样被马大口大口地咽下去。马知道自己灰尘仆仆,马绝不碰草,这么好的牧草不能将就着吃。

那人太累了,几乎从马背上滚下来的。他跟马一样,让茂密的草花迷住了,他知道他找到了歇息的好地方,他要美美地睡一觉。他把马拴在柳树上。柳树跟他一样高,可比他壮,又粗又壮,跟个土墩一样长出许多柔软的枝条。他就把马拴在一根碗口粗的枝权上,那枝权是弯的,缰绳就缠在拐弯的地方打个死结。四周暗下来,只能看见近处的树。花在黑暗里芳香四溢,溢得更大胆更猛烈。花在白天是羞涩的。

那人在想一件事,谁也不知道是件什么事?他气恨恨地倒在树根底下睡着了,牙齿咯铮咯铮,手还在黑暗中抓几下,翻个身就把呼噜声压住了,像在水里打呼噜。

马在黑暗中伫立着,一动不动。奇怪的是天上没有星星,在草原上空,天是暗蓝色的,星星应该从那里钻出来。不知为什么,星星没来。马也没抬头看天上,马显然对星星不感兴趣。草丛里繁花似锦,马可以看见花朵,甚至可以吃几口。可马不开口。花儿摇曳着,渴望着,马只是静静地看它们,马是喜欢它们的。哪有骏马不迷花的道理。那人突然从睡梦中坐起:"你吃呀,吃饱了睡!"那人又倒在睡梦中,这回他放心了,他给马留的缰绳很长,马可以躺下打滚儿。马没动。主人嚷嚷什么它清清楚楚,主人惦记着它,很让它感动。它走过去,弯下脑袋舔主人的脸,主人在梦中打它,它也不介意,它不停地舔主人的脸,终于把主人弄醒了。那人火冒三丈，跳起来，咚！一拳砸在马鼻子上，把马眼泪都打出来了。那人还嫌不解气，又踢马几脚，是拳术里的二踢脚，一脚起跳，一脚飞起来，踢在马脖子上，马打个趔趄，泪眼婆娑，还是把舌头吐出来舔他的手，他的手冰凉，而马舌头热乎乎的。他打个激灵他就明白过来了，他从马鞍子上取下皮大衣。怎么就忘了皮大衣呢，想把自己冻死吗？他把大衣丢在树根底下，他站在马跟前不知说什么好。马不理他，他揪一把牧草，是肥美的酥油草，往马嘴里塞，马一扬脖子挣脱了，马眼睛湿漉漉的，他扑到马肚子底下抱起马蹄子。

"老伙计你干吗不用蹄子踢我呢，你稍微踢我一下我就醒啦，你这就踢我吧。"

他拽着马蹄子碰自己的胸口碰自己的额头，马蹄子倏一下抽走了，马蹄子杵在地上，他再也扳不动了。他在地上趴半天，站起来。

"唉，热乎乎的马舌头，咋这么热呢？我还以为是女人呢，该死的女人。"

想起那个跟人跑掉的狠心的女人，他就恨得要命。他在马脖子上拍一下，他又摸到长长的马鬃，他的手只要摸到马鬃，他就安静了，就像吃了六神丸。他躺下裹紧大衣，寒气扑到脸上，他喜欢这种寒气，他身上热乎乎的，他裹着厚厚的羔皮大衣，就像一百头羊羔在暖他，他快要冒汗啦。寒气像一群白蛾子旋着他，蛾子喜欢往亮处飞。他相信他的脸是亮的，他的眼睛也是亮的；脸上的亮光肯定是从眼窝子里流出来的。他摸一下眼窝子，他摸到一疙瘩一疙瘩的亮光，湿乎乎跟石榴籽一样，有股酸甜味儿，他的嘴和鼻子尝到了眼睛里流出来的石榴籽。他见过石榴开裂，果园里的石榴像河冰一样顷刻间爆裂，整个原野充满喧嚣的果香，每个人的面孔都是红艳艳的，带着浓烈的酸甜味儿。

他就是在石榴开裂的日子碰到那个女人的。那是容易让人着迷的季节啊，美丽的库车女人跟着他翻越天山，来到伊犁。伊犁是苹果的故乡，库车女人是喜欢苹果的。

后来，库车女人跟一个皮货商走了。

他抄小路去雅玛渡截击。喀什河和巩乃斯河在这里汇入伊犁河。他的女人靠在河边的老柳树上，无限神往地看着河流奔向的远方，她在等待她的情人。

英雄喜爱自己生长的地方，

我要回到我的故乡。

她就这么唱着歌，她压根就没往丈夫这边看。丈夫已经冲到她身边的树林子里了，她的歌声一点一点高起来，她反反复复就这么两句，她竟然自编自唱。

我的歌只有两句，

我要过的河只有喀什河和巩乃斯河；

过了这条河，

我就是快乐的库车女人；

过不了这条河，

我就是伊犁酸酸的野果子。

他和他的马从树林里退出来，他没回伊犁，他沿喀什河进入天山。到乔尔玛，他心都碎了。当年，他就是从这里去库车的。他熟悉这条路，他太熟悉了，他的女人已经和情人会合，过了雅玛渡朝这里走来；他们要回库车，必须过乔尔玛。他还等什么呢？在雅玛渡，那女人就不是他的女人了。喀什河和巩乃斯河是草原上最好的河，那么好的河在雅玛渡汇合形成伊犁河，谁都知道伊犁河更好更美妙，那么美的一条大河就让它流吧！傻瓜才会跟美过不去，跟一条波涛滚滚的大河过不去。

他就这么伤心，他为他的伊犁河，他的雅玛渡，他的苹果树和无边无际的草原。那一切不属于他了。在乔尔玛，再也看不到伊犁美好的影子。连路也要在这儿消失。地上的路原本跟河一样。女人和她的情人，从乔尔玛踏上回故乡之路。

那是幸福之路。

他看着他女人的幸福之路。他从马背上滚下来，他的脸贴着路面，他把脸埋在干热的尘土里，就像塔兰其人种庄稼一样他把他的泪种在尘土里。露水不结籽，泪可是结籽的。他脸上眼窝子里全是尘土，他简直就是一个土人，他的眼睛彻底让尘土糊住了，群山草原还有俊美的太阳全都消失了。他的手像蜗牛的角，长长伸出去，引导着他走向他的马，他扑到马跟前爬上去。马轻轻跑起来，跑得很慢。他不可能回伊犁，他也不知道马要把他带到什么地方去。马一直往北走。乔尔玛以北他没去过，马也没去过。后来马叫起来，那是一种积愤难忍的嘶鸣，就像流传在大漠的古歌，有一种珍贵的东西被马唤醒了，那东西在发芽，生长，一下子顶破土层跃入阳光的海洋。他吃惊地看着天山大峡谷和奔腾在峡谷里的阳光之海，他的瞳光跟鹰一样在那里盘旋，沉静而勇猛。马又叫起来。这回是欢快的叫声，马在为他的眼睛而欢呼，马把他当成真正的鹰。真正的鹰是从男人的眼睛里飞出去的，它来自男人的心灵。

他和他的马就这样翻过了天山大坂。

他确实累了。他的马也累了。一个很累的人睡不着觉,在黑夜里大睁着眼睛。他知道夜会亮起来。夜就亮起来了。

月亮从天空深处走出来,天空一点一点在变大,大得无边无际。后来天有了颜色,就是那种从茫茫白光中慢慢深起来的蓝色……月亮完全出来了,月亮走在平坦辽阔的深蓝色原野上,月亮的头上飘着两朵白云,月亮红艳艳的,月亮的光却是白的,那两朵云就很白。牧草、柳树和马就是在月光里亮起来的。他也在月光里亮起来了。夜就变成了白的。

他就不信月亮不怕冷。他这么壮的汉子,在秋天的野地里冻得咻咻,裹上皮大衣就不咻咻了。月亮跟他一样,裹着洁白的羔皮大衣。肥马轻裘,正是月亮最美妙的时辰。秋天的草原之夜就该这样子。

他翻个身,脸贴在地上,地上全是月光,他就把脸埋在月光里。这回绝不是尘土,地上不光有尘土,还有草有花有月光;月光从草丛里渗出来,跟一条河似的,他和他的羔皮大衣全都泡在月光河里了。月光翻着波浪,羔皮也翻滚起来。月亮有一身好衣裳,他也有一身好衣裳;月亮暖洋洋的,他也暖洋洋的;月亮红扑扑的,他也红扑扑的。他就喜欢这么泡在月亮河里。泡了很久很久,像溺水的人,他又从河底漂上来。他肚皮朝天,仰卧在月光融融的大地上,他在梦中嘿嘿笑呢,这正是他所需要的。他很想死上一回就没事了。他还真给死了。他很高兴能死在月亮河里。跟所有溺水的人一样,他的手伸得老高,他一下抓住树,往树根里边抓,他的胳膊铆在老柳树上,他整个人就像一个粗大的树杈,贴着地面横过去。新疆有好多这样的树,风把树变成各种各样的形状。他抓树不是为了活命,他只是喜欢这个地方,靠着树根总有一种家的感觉,老柳树也最适合人长眠不醒。老柳树就像在他身上长了好多年。他有点吃惊,他不知道这棵树什么时候来到他的墓地。他还很年轻,像他这年龄的人很难想到墓地以及墓地上的柳树。当然,想到死亡的人还是有的,死亡跟墓地是一回事又不是一回事。谁也不会提前给自己栽一棵柳树,不会的。一个人百般怀恋另一个人,却很难进入她的内心,他就很容易进入死亡状态。这就是他在雅玛渡和乔尔玛所想到的,天山腹地最美丽的河和最险峻的路把一切都告诉他了。那棵柳树就长起来了。谁都知道这么粗壮的柳树不是一年半载,而是数十年甚至上百年长起来的,肯定比他年长,在他出生前的好多好多年,这棵柳树就开始生长了，长得这么好，这么顺当，这么顽强，而且这么富态！浑身上下笼罩着一团吉祥，让人怀疑是不是走错了地方？他可是绝望得要死的人呀。

老柳树哗——响起来。没有风，只有浓烈的寒气。

他的眼睛早就闭上了，也就是说眼睛已经死了，他在用他心灵的眼睛。多少年来他一直向往着这双眼睛。在他的亮光里他看见他的白马，他的白马还没有吃呢，他的白马满身尘土，这么高贵的牲灵不会肮里肮脏吃东西的。他知道马的脾性，他的老柳树也知道，老柳树上百年前就长在他身上了，他知道的老柳树全都知道，他不知道的老柳树也知道，老柳树怎么能不知道马呢？老柳树就哗哗响起来，开始翻卷碧绿的波浪，老柳树有多少柔嫩的枝条啊，所有的枝条都动起来，就是一条波浪滚滚清澈明净的大河。波浪白净的手攀上马鬃，马一点一点亮起来，浑身上下一片雪白，散发着马毛特有的苦涩味的清香。这时，白马才低下高傲的头颅，嘴巴伸进月光里，咻噜噜打出一串吐噜。马在漱口呢。马又打起响鼻，摇摆脑袋，马把鼻腔耳朵全都清理干净，马又扬起那颗漂亮的脑袋，对着深邃的夜空做深呼吸。寒气带着草原浓烈的芳香进入马腹进入马的肺叶，马很喜欢这种带负氧离子的空气，马打一个响亮的喷嚏，马开始吃东西。

牧草和牧草上的花发出幸福的呢喃和呻吟，马并不吃那些炽热异常的叶子和花卉，马的嘴巴贴着牧草娇嫩的耳根或脖颈咬一口，又咬一口，牧草和花就惊叫起来，胳膊和手不由自主地抱住马耳朵抱住马脖子。浓密的马鬃优雅地披散在牧草的头顶，草花流下泪。它们从来没有被牲畜这么吃过，吃得它们汁液横流鼻腔发酸。

那人在酣睡中呜哇——哭一声，长长的一声啊。

白马扬头看看主人。白马知道主人喜欢它吃草，主人常常蹲在草地上一蹲就是好半天，看它吃草。

白马吃草很好看。

白马无论在哪片草地吃草，从没有哪匹马跟它争。它一路吃过去，那些正在吃草的马、羊还有牛就会停下来，抬起头静静地看着它吃。它们喜欢它吃，它吃草的样子吃草的声音，它们都喜欢，它们看重它的吃。它知道它的那个吃是怎么回事。它从不敷衍了事，不管吃什么它都吃得很认真很投入，都能吃出一种奇特的意味。

它的吃深深地影响了它的主人。它可以听懂主人一些特定的语言，比方女人，主人与其他男人在一起总是谈女人，怎么日女人，把哪个哪个女人日了。后来到库车，主人碰到他所爱的女人，主人拥抱她占有她的时候就说："我把你吃了，我把你驴日下的吃了。"主人就在草地上吃那个女人。在马群游动的春天的草原上,白马吃得畅快,主人也吃得欢畅。主人就把这个词记下了,主人就改口了。跟朋友们在一起时就不再说日女人,而是如何吃女人。大家就骂他变绅士啦日他妈妈的,肯定是库车女人教的。主人笑笑不吭气。他们就以为是库车女人教的。

主人不会说出白马的秘密。主人把这个吃留给他自己。白马知道主人的心思。最大的赞美是唯一的说不出口的。白马也从未给谁说过,包括它喜爱的小母马。牲畜的交欢更激烈更坦诚,即使萍水相逢,露水夫妻,一次交欢双方就不会再有什么隐私可言,但白马从不告诉对方这个秘密。它的欢叫声高昂优雅而壮美,但它的欢叫声里没有这个隐秘的词。那些母马只能从身体语言里去领悟,那些悟性好的母马完全可以体会出白马与其他公马的不同,白马是在吃它而不是日它。被白马吃过的母马总是难以抑制,只要白马的影子稍微一闪,它们就情火如炽,奋不顾身疾风般奔过去。白马很自信。它就是弄不明白,那个库车女人被主人吃过后会反悔?它可是听见库车女人如何欢叫的,那动人的生命之歌至今还在白马的脑海里回荡,这也是它敬慕主人的地方。

爆发过生命之歌的女人还是跟皮货商走了。她还能这么畅快地欢叫吗?那绝妙的生命之歌是吃出来啊,不是日出来的。这一点白马很清楚。无论那个皮货商如何了得,他也只能是日,不是吃。吃是它和它的主人在美丽的伊犁草原上创造出来的。那个女人被创造了,后来又不想创造了,她就跟不会创造的人走了。人就这么回事。不像马,那些激情澎湃的母马总是渴望每一次交欢都是创造性的,含蓄猛烈从而达到极致。

白马唯一不满的是主人把这个秘密告诉了库车女人。主人常常当着它的面跟库车女人交欢。主人心直口快,激情一上来就管不住自己,就把那个要命的吃讲给他挚爱的女人。女人惊讶得说不出话,抬起头看俊美的大白马。白马感到女主人的眼神有点怪;女主人在男主人与白马之间瞟来瞟去,男主人粗糙黢黑短小精悍。后来,草原上来了一个库车皮货商,细高白净,像匹大白马。大家都这么叫。女主人就被这个大白马一样的男人带走了,带走了那个要命的吃。那真是个蠢女人啊,那个吃是不可复制的,那个大白马男人仅仅长了一个大个儿,一个空壳子啊。

白马开始蔑视人了。

白马不蔑视它的主人,驮着这么一个男人它心里高兴。有时主人会发脾气用鞭子抽它,它也不蔑视主人。一个人可能很倒霉很不走运,但你绝不能蔑视他。不管你怎么看他,你必须转过身来,从正面打量他。它的主人倒下了,一个很疲累的人是该倒下去,倒在旷野里好好睡一觉。它很高兴主人能到这个地方来。一棵柳树,一轮明月,还要什么呢?

月亮不知不觉过来了。月亮走了好几个时辰才走到树顶上。月亮降落的样子很好看,她蹲在树顶,她的白裙子就拖到草地上,把牧草和酣睡的主人全给盖上了。主人这么伤心,这么绝望,光有羔皮大衣是不够的,必须有月亮这样的白裙子。一个伤心绝望的男人,不要说女人的裙子,就是女人一根柔软的头发在他脸上扫一下,也能扫去他脸上的绝望和痛苦。它的主人好幸运呀,月亮把她的白裙子全都覆在主人身上了。女人的裙子是不会随便抛给哪个男人的,只有男人往女人的裙子底下钻,很少有女人给男人这么大安慰,特别是像月亮这样的女人。那是天上的女人呀,地上的女人做梦都想上天,变成不落的月亮。女人就是上不了天,鸡毛都上天了,女人就是上不了,女人干脆编一个嫦娥的神话来安慰自己。女人也不敢上天,女人上了天,水性杨花,跟人私奔,太阳就惨了,太阳就会跟它的主人一样整天阴着脸;阴一天半天还可以,整天阴着脸就麻烦了。

白马舔一下月亮光洁的小腿,白马用舌头跟月亮说话呢,白马告诉月亮:"你是世界上最好的女人,老天爷让你待在天上就是让你安慰男人的灵魂。"

月亮就笑了,月亮一笑,那些洒在地上的月光就跟水一样起浪花。月亮又笑一下。月亮用她柔软的波浪摸马脑袋,月亮说:"我不是下来了吗,我就是来安慰你的主人的。"

马舌头舔到月亮圆圆的膝盖上,马舌头告诉月亮:"你不能在地上待太久,天亮前赶快走。"

"我想过一个大白天呢。"

"过一个白天你会变成大婆娘。"

"大婆娘不好吗?"

"大婆娘脏兮兮的。"

月亮最怕脏,一听脏就紧张;但月亮还是镇静的,月亮用她的波浪拍打马耳朵:"谢谢你提醒我。"

"你很单纯,地上的人太复杂了,简单人跟复杂人过不到一搭。"

"你想让你的主人变复杂吗?"

"他本来就是个简单人。干吗要变复杂,复杂也不是说变就能变的。"

"人吃了苦头碰了钉子大梦初醒就会变。"

"那就让他长眠不醒。"

"他这么年轻,顶多睡一天一夜,不过他醒来很可怕。"

想到主人会变成一个可怕的人,白马就难受得要命,白马的泪刷刷流下来,白马喊起来:"难道他要变成他痛恨过的人吗?"

月亮说:"好多人都是这样,他们原本很善良,他们吃过苦头以后就不再善良了。"

"救救我的主人吧!"

"那他会吃更多的苦,你也一样,你愿意跟着你的主人倒霉一辈子吗?"

"只要我的主人愿意要我,我会驮着他永远待在戈壁沙漠。"

"你真是一匹罕见的马。"

"我是白马,我跟月光一样。"

"跟我一样,所以你打动了我。"

月亮的波浪涌到主人身上。

月亮的波浪告诉白马:"受过难的人要是带着灰尘醒来,他就变得比灰尘还可怕。"

"那我们就清除灰尘。"白马舔主人身上的灰尘,白马呛得泪流满面。月亮的波浪把白马掀到一边,它还要往上冲,月亮的波浪咆哮起来:"受难人的尘土会要你的命。"

"你不也一样吗?"

"我的命比人类长得多。"

"你的伴侣是太阳,你不能跟人比啊。"

"我本来就没有太阳命长,我不在乎活多久。"

"你太让我感动了。"

"我本来就是宇宙的心灵。"

"让我们一起感动吧。"白马不顾一切冲上去,月亮再也不拦它了,月亮叫起来。

"白马呀白马,你会变丑的,你会变得比驴子还要丑。"

"我的主人要倒霉一辈子,比起他的苦难我算什么。"

"白马呀白马,你会在那丑陋中死去,比吃砒霜还要难受。"

"我的主人将要善良一辈子,比起人类的善良我算什么。"

"月亮是宇宙的心灵,白马是草原的心灵。白马呀白马,让我们一起感动吧。"

白马和月亮终于舔净了主人身上的尘土。

那个人干干净净一尘不染,在大清早睁开眼睛。太阳沿着月亮的路来到天上。月亮已经回去了。那人找他的白马,他的白马不见踪影。他这么干净肯定是白马舔的,他知道白马是怎样一匹马,白马肯定在远方的河边或海子边洗澡呢。他踢踢腿展展腰,拎起背囊和皮大衣向草原深处走去。

树叶上的地图

他带地图回来时，儿子跟河狸交上了朋友。

那块大石头把他们分开了。儿子在石头下边的河岸上，帮河狸修堤坝。河狸胆小，见人就跑，布尔根的人很少招惹它们。河狸在岸上笨手笨脚，在水里却身手不凡，游泳潜水还能拦水修坝。儿子就是在河狸修拦水坝时混进去的。河狸干得正起劲，不断有同类加入。儿子从树上溜下来，轻手轻脚靠过去，学着河狸的样子扳树枝，挖泥巴。儿子是个聪明的孩子。儿子一学就会。河狸看见这个泥猴似的孩子，河狸愣一下，它们分不清这泥孩子是什么动物，泥孩子身手敏捷干得很漂亮，河狸很满意，河狸叫了一声，算是跟孩子打招呼。他们就这样成了朋友。一起修拦水坝。靠近河岸的地方是个牛轭湖，筑一道十几米长的水坝就能把河道跟牛轭湖连成一片。

他走到大石头的时候，儿子跟河狸干得正欢。他看见树林那片的河狸，一大群呢。儿子就在里边，儿子变成了泥孩子，他认不出儿子。他只是感到奇怪。河狸有一身好毛，滴水不沾，出水就干，泥巴也难上身，这是什么动物呢？大概是河狸的孩子。河狸笨手笨脚，养这么一个笨孩子是理所当然的。布尔根的汉人都把河狸当笨蛋，布尔根的哈萨克人蒙古人却把河狸当作有灵性的动物。哈萨克人和蒙古人的巴郎子喜欢跟河狸玩。这个泥孩子也可能是哈萨克人或蒙古人的巴郎子。他觉得好玩，他就穿过灌木丛，爬上那块大石头。那块石头有房子那么大。他要是早上去那么一会儿，他就会认出他儿子。泥巴跟铠甲一样裹在儿子身上，他再也认不出来了。他莫名其妙地兴奋。他从怀里掏出地图铺在石头上，他寻找布尔根，他很投入，打一枪也不会醒。

石头下边，儿子和河狸也很投入。堤坝修到湖口，两边的水都在涨。儿子搬石块，河狸伐树。河狸有一张铁嘴，咔嚓咔嚓跟吃果子一样从树根下边吃过去。高大的大叶杨和桦树慢慢倒下来，像个胖子，惊慌失措，枝杈跟手一样在空中乱抓，幸亏有个大胳膊，树倒得很慢，跟个王爷一样让人伺候着慢慢躺下去。它可不是河狸的王爷，也不是孩子的王爷。孩子扒树，树太大扒不动。河狸攀住树梢轻轻一托，树就起来了，树跟船一样在水里哗哗响起来，树慢慢横在堤坝上，差不多跟堤坝一样长。树冠贴着湖口，河狸跟理发师一样把树冠剃成光头，把树冠粗壮的发辫拧紧，拧在泥水里压上石块。那么大一棵树就这么一点一点消失在青泥和石块里，连石块也消失了，堤坝光光堂堂闪出一片亮光。

他有一双好眼睛，在地图上嗖嗖几下，就找到布尔根，好家伙，布尔根真是一条根啊，扎在祖国版图最遥远最偏远的地方。他收起地图。他知道他买了一样好东西。连长让他去城里办事，他把公事办了，私事也办了。他不认为这是私事，地图属于大家属于布尔根。他把地图揣进怀里，胸口下边的血液就哗哗响起来。

布尔根河在林子里一闪一闪，像有人举着镜子照他。树把他捂住了，把大石头也捂住了。杨树柳树桦树高大粗壮，儿子也被捂在里边。儿子在浓密的树荫里乱窜，儿子窜到水里，像个水獭，水獭在河里打滚，河就不停地眨眼睛。

河在他脸上照来照去，就像湿润润的舌头在舔他。他收住脚，让河好好地舔。老婆舔过他，老婆以外的女人也舔过他。那些秘密的女人他给谁都不说，在心里装着。男人的心跟大峡谷一样要装好多东西。他心里就装着好多东西。都是好东西，烂东西他不要，他这人挑嫌大，不入眼的东西他连毛都不沾。入眼的东西他全要，干净利索，人家稀里糊涂他就把主意拿了。他这人主意大。老婆就是他这么拿来的。老婆说："你这人太可怕了。"他淡淡一笑："我又不是狼。""狼是你哥。"他还是淡淡一笑。老婆再嚷嚷他连淡淡的笑都没了，老婆叫起来："你咋这样子啊？""我不知道你说谁哩？"老婆这么高声一叫，就乖了。他知道老婆是个乖老婆，主意大的人啥都知道。他就是这么个人。农闲时他爱走动，有时骑马出去，有时不骑马，空人一个。出去好几天，老婆提心吊胆，看着他远远走过来的影子，眼泪打转转。他进门对老婆笑一下，洗个脸，吃饱喝足躺下就不动了。老婆搬都搬不动。"你咋这样子，这么死人。""我歇一会儿就活了。"他一歇就是一晚上。醒来抽一根烟，望着外边的大山，他感慨万千："一身好力气全耗在山上了。""你不要往外跑嘛。""不跑还叫男人？""耗你的力气不要命啊。""不要命才叫男人。"他咧嘴笑，嘴里咧出的笑很好看，就像石头里渗水，把那么大个石头都渗湿了，老婆一下成了乖老婆，乖得浑身打战。

他就这样走到家门口，他咳嗽一声，老婆从屋里奔出来。老婆说回来啦。"回来啦。""我做饭去呀。"老婆跑进厨房，又从厨房跑出来，端了一盆热水。老婆看着他洗。他蹲在地上噗儿噗儿往脸上撩水,像在喝水。大半水洒地上。老婆说:"我给你添上。"他让一下,老婆手里的大铁壶就踏踏踏响起来。其实是地上的盆子响,听着就像铁壶响,铁壶贴着他的耳朵,像乳牛尿尿。老婆热烘烘的,老婆就像个乳牛。乳牛尿尿也是一股乳香味。

吃饱喝足他没进屋,他站在院子里往外看。老婆说:"你不歇?"他望着山和山根下的布尔根河,他的嘴巴咧了咧像要跟它们说话。老婆说:"它们把你的劲耗尽了,你还要耗眼睛吗?"

"我耗眼睛呀。"

他不慌不忙从怀里掏出地图,铺在石头上。那是块平平整整的低石头,蹲在山上像个桌子,他就把这个石桌子搬到院子里。热天他们围着石桌吃饭。老婆把石桌擦得跟石头一样。彩色地图哗啦啦铺在石桌上。地图下边压着一团亮光,像捂着一盏灯。他的眼睛在地图上嗖嗖嗖,地图就成了透明的。老婆呀叫起来:"亮了,地图亮了。"

"你才知道呀,没这东西,人就是个睁眼瞎子。"

老婆凑过来,老婆的头发扑到他脸上,他抬手拨开。他给老婆指点,老婆看见布尔根,老婆叫唤了一声。他说你轻点,你这么叫唤人家还以为咱干瞎事哩。老婆就不叫唤了,打死都不叫唤了。可老婆兴致那么高,老婆嗓门压低低的:"布尔根就这么一个绿窝窝?"

"那你要多大?"

"咱们的房子咱们的地。"

"都在这绿窝窝里。"

"都在这绿窝窝里?"

"牧场庄稼地大河小河全在这里边。"

"它就那么深。"

"这就是地图的好处,地有多深图就有多深。"

"这么好个东西!"

"耗眼睛哩,再耗下去眼睛就没电啦。"

他把地图收起来,折好,进屋里睡觉。

老婆还没看够,老婆就看那块石头。石头平平整整,在山上待好好的,跑到院子里给人当桌子。石头就不是当桌子的料,石头让人趴着吃饭喝茶下棋甩扑克切西瓜石头全都忍着。石头在等一样东西。这么多年,她天天擦石头,粗石头变成细石头,又细又光跟镜子一样。石头用很大的耐心等着。等着这么一样东西。丈夫肯定不知道石头的心思。丈夫再精明也不会知道这些。人不能精到这种地步,精到这地步人也就没意思了。

丈夫就这么自自然然地把石头想要的东西带回来。

石头好像睡了一觉睡醒了。

她顺着石头往外看,她看见对面的阿尔泰山。那些长满苔藓的石头想下来。许多石块下来了,下到山跟脚就碎成砾石滩。石头还不甘心,还往前爬,越爬越碎,爬到河边就不见了,身上长满草长满树。石头不见了。石头钻到地底下去了。有些石头在河边喝水,有些沉在河床不动弹,淤泥跟棉被一样把它们哄睡着。就像个娃娃,听不见打呼噜,只能听见微微的出气声。布尔根河没响声,布尔根河就是这种娃娃似的出气声。她听了这么多年,总算听出来了。

一觉醒来,太阳在眼睛乱抖抖,他不看太阳,他狠劲揉一下眼睛,太阳就不好意思了,悄悄走开。他坐床上看他儿子。他在梦中梦见儿子回来,儿子就真回来了。狗日的儿子。他趿上鞋又脱下,他坐床沿上看儿子。

儿子举着地图对着太阳。太阳是彩色的,天空是彩色的,地图是彩色的,儿子的脸盘、眼睛和手也是彩色的。那么蓝的天,跟蓝宝石一样,儿子把地图铺在蓝宝石天空上看得那么认真。

他不能干扰儿子。他娘的腿。他缩到暗处,点一根烟。人在暗处看亮处,清得跟水一样。他眼睛里的水憋儿憋儿响,水很旺。他爸看儿子不旺不行。再这么憋下去就没意思了。他趿上鞋跑到院子里。他喊儿子,儿子不吭声。儿子看得那么认真,他就不好意思了,悄悄走开。

老婆坐房门口搓羊毛。羊皮绳一股子一股子从手底下吐出来,跟蛇一样。蛇头对着儿子呼扇呼扇。老婆就这么看儿子。

他蹲老婆跟前,抓一把羊毛,死活搓不出一根绳子。老婆声音很小,老婆说:"这是女人活你不怕人家笑话。""我不怕。"他把羊毛塞老婆手里,老婆把它搓进去,他又塞一把,老婆看他一眼鼻子里哼哼笑。

"你拿屁眼笑。"

"我爱笑。"

"乳牛尿多女人笑多,你慢慢笑。"

他拍拍手。他不能老这么看儿子。他要跟儿子说一件事。他说:"儿子过来。"儿子没过来,他过来了。他说:"我儿你看啥哩?"

"看树叶。"

"地图上没树叶么。"

"你眼睛不行,"儿子看他眼睛,儿子拨开他眼皮细细看,"你眼睛是黄的,里边有沙子。"

他揉眼睛,把酸水都揉出来了。

儿子把地图塞给他,儿子跟猴子一样蹿到树上。那是一棵大叶杨。那么大一棵树,儿子只摘一片叶子。儿子举着树叶让他看。叶脉蜿蜒密布跟绿色河流一样,在阳光下晶莹透亮,儿子的手在叶脉里穿行,手漂游到叶脉最宽阔的地方,儿子说:"这是布尔根河,我喜欢在这里玩。"叶脉继续延伸,跟天空连在一起。儿子问他:"那是什么地方?"他说不清,他还是说了:"那是大地方。"

"那么大的地方。"

儿子惊乍乍地看着天上,手上的树叶让风吹走了。从院子到山上到处都是树。头顶就是树,大叶杨树,儿子刚爬过,儿子好像还在树上。

"你想不想去大地方?"

"我现在就想去。"

"爸送你去。"

"哈,我爸送我去呀。"

儿子伸长脖子跟雁一样,儿子的细脖子快要挣断了。

"我娃不急。"

"我就是急,我快不行了。"

儿子使劲往外伸脖子,小脑袋一挺一挺,跟金刚钻一样往天上钻,儿子把鸡鸡都掏出来了;鸡鸡没脖子长,可鸡鸡喷出来的东西明晃晃像一把长剑,往天上戳,哗一声把天戳破了,流一大堆水,流到脚底下,把鞋都泡湿了。

他摸一张又一张,都是新钱,跟刀刃一样刮手。他说走,儿子就跟他走。他们很快走到河边,树叶子刮脸刮眼睛。布尔根就是这么个地方,到处是水到处是树。树少的地方长草,草比人高。人老想走出一条路,照着一个地方使劲走,天天走月月走年年走,人的脚抵不上草,抵不上树;树林和草地留不下人的脚印。

他走过这条路，半月前走过，半月后他的脚印就不见了。儿子眼尖，儿子发现了马蹄子。三趾印，清清楚楚的三趾印，跟印章一样盖在地上，盖在草上。刚刚过去一群马。儿子哈一声乐了："你带我去大草原呀。"儿子看见大人脸红脖子粗儿子就不敢乐了。

　　"你不喜欢大草原？"

　　"爸爸要带你去大地方却走到这里。"

　　"有比草原更大的地方吗？"

　　"爸爸就是要带你去那种地方。"

　　儿子最远去过国境线。那是布尔根河的上游，布尔根河就是从国境线那边流过来的。

　　他抽一根烟静静神，静下来以后还是没有办法。儿子说："咱们到河边去。"他望儿子一眼，他在询问儿子怎么去。布尔根河静悄悄的，它总是猛然出现在你面前，你要找它却很困难。儿子爬到那棵大杨树上，一直爬到树尖，儿子跟树叶一起晃动，儿子那么小，他看着看着眼睛就热起来。儿子溜下来，儿子嘴里嚼一片树叶，儿子说："我看见河了。"

　　儿子前边走，他跟着。他很不习惯。儿子那么老练，不像个孩子，简直就是一个老猎手。老猎手儿子在林中空地停下来，举起树叶对着太阳看。叶脉扩展出数百条河流，儿子寻找其中的布尔根河。他在儿子身边转来转去把儿子弄烦了，儿子大声咳嗽，他赶紧收脚，像踩上了地雷。叶脉主干的右侧是布尔根河岸。儿子说："河狸喜欢在河的右岸玩。"布尔根人都是根据树皮的粗糙与光滑来判断方位。他拍一下儿子的肩膀，就像拍一个老熟人。儿子朝他笑一下，他们就成了真正的熟人。儿子前边走，他后边跟着。儿子身上散出一团一团白汽，飘到他脸上，跟奶子一样。树叶哗——响起来。没有风，树叶却响得这么厉害。儿子小声说："河过来啦。"一股绵乎乎的气息扑到脸上，像一张大嘴对着他们出气，他们轻手轻脚向前摸索，那张大嘴吐出一条舌头，舔到他们眼睛上，大舌头一卷一卷把他们卷进去又吐出来，吐到地上。那地方就是河岸。河水碧绿温暖，跟绸缎一样轻轻抖着，听不见声音。

　　森林上空一片火光。太阳被阿尔泰大峡谷吞下去了，太阳尾巴还伸在外边。

　　他们没有阿尔泰那么大的嘴，他们把馕掰碎，一小块一小块吃。儿子把馕丢到河里，馕跟金鱼一样在水里跳，从上游跳下来，跳到儿子手上，酥噜噜跟奶豆腐一样，儿子吸溜溜一口气吸下去。儿子给他也泡了一个。他们跪到河边喝水，有好多河在他们身上响起来，蜿蜒密布水势浩大，他们能听见布尔根河。

布尔根河在腿上……

他们把腿伸长伸长，一条父亲的腿一条儿子的腿；儿子的腿是从父亲的腿上流出来的，父亲是一条大河。儿子叫声"爸爸"，儿子就笑了，波浪涌上来了。

布尔根河在胳膊上……

他们举起胳膊，他们看到了他们的大动脉，波浪一浪接一浪涌到天上，天空跟大海一样，胳膊奔向大海。

布尔根河在胸脯上……

那才是布尔根河要去的地方，大地上的河都汇聚到那里，大地的图像一幕接一幕，他们眼睛睁得大大的，他们在地上躺好久了，还没到树叶飘落的季节，他们等树叶，树叶跟鸟儿一样飞过来，在他们的眼瞳上擦一下就回到树上，这就足够了，他们看到了叶脉里的河，蜿蜒密布的叶脉跟地图一样最终要汇聚到我们的胸口。

"是这儿吗？"

"是这儿。"

儿子的手跟波浪一样涌上胸口，儿子有点不敢相信这是真的。

"这儿能长一座山吗？"

"男人的胸脯就是长山的。"

"群山在这儿，河流也在这儿，天空呢？"

"天空也在这儿。"

"活人太有意思了。"

儿子跳起来。儿子这么一跳，阿尔泰山也跟着跳出地面；其实也没跳出来，大地跟厚毯子一样裹在山上；布尔根河就没跳，大地悄悄给河让出一条道，软软和和跟奶豆腐一样。河流走过的地方都是软的，连声音都没有。

儿子还是听出来了，儿子小声说："出来了。"

离他们很近的地方站着一只河狸，很快又出来一只，总共有5只。河狸昼伏夜出，太阳落山它们起床。

儿子说："咱们有睡觉的地方了。"

他跟着儿子。河狸洞很难找。河狸一辈子就守着布尔根河，它们的窝就筑在岸边，很隐秘。在他的印象中，没有人能找到河狸洞。好多年前有老哈萨找到过，现在已经没有人能找到了。本领高强的人仅限于打踪，在茫茫荒野找到牲口的蹄印，顺着蹄印找到失踪的牲口。他就有这本事，牧场的汉人就他一个会打踪。他敢在阿尔泰乱跑，有时骑马，有时步行，挎一把蒙古刀，好几天不回家。当然了，树叶太密的时候是不能到密林里去的，看不见太阳，你就辨不清方向。潮气太大，鼻子就会失去感觉。他乖乖跟在儿子后边。儿子身上有一股神秘气息。能找到河狸洞的人差不多都进入神话故事。儿子在演绎这个故事。他连插嘴的可能都没有。

儿子跟小动物一样趴在河岸上，耳朵贴着大地，头发微微地颤动，跟天线一样在探测河狸洞的位置。他慢慢靠过去，儿子看不见他。他蹲儿子跟前儿子也看不见他，儿子的瞳孔里有他的影子，可儿子还是看不见他，儿子身上所有的门窗都关闭了，儿子只开着那颗心。他生养的儿子，跟他血脉相通的儿子，他硬是被隔在外边。他声音不大，可他得告诉儿子："我是你爸。"儿子看他一下，儿子没吭声。他说："娃，咱不劳那个神了，咱点一堆篝火，在野地过夜。"他扳一堆干树枝，刚要点火，儿子突然说话了。

"为啥不劳这个神？"

"咱劳不起。"

"劳不起才要劳哩。"

"爸劳了一辈子没见了神影影。"

儿子指指地底下，他就笑了："这就是你找的神？"

"里边有崽，咱进去它就得跑。"

儿子拨开河岸上的水草，从草丛里掀起一捆干树枝，就像河岸张开嘴，下边有个大洞。儿子赶快把盖子盖上。那堆干树枝好像河水冲积下来的。儿子说："那是河狸剪的好树枝。"

他在儿子肩上拍一下："我劳了一辈子神，连个神影影都没碰上；你小子往地上一趴，就碰额头上了。"

"它是我朋友，谈不上谁劳谁。"

儿子很快找到另一个洞口，儿子扒开干树枝："爸爸快过来。"儿子就不见了，儿子消失的地方大水茫茫。儿子在地底下叫他，他趴岸边手忙脚乱摸索半天，才在河岸的嘴唇底下找到洞口，很巧妙的一个出口，紧贴河面水却进不去。他叫儿子不要害怕爸爸马上下来。他弄一个火把，爬进洞里。里边宽敞干净，还铺着柔软的干草。儿子在干草铺上打滚。他举着火把发呆。他见过熊窝狼窝豹子窝，还没见过这么舒服的地方。儿子拉他坐下，他扑通坐下。儿子从他手里取下火把，插到墙上。儿子让他一个人发呆。儿子跑到另外一个洞里，好几个洞连在一起。儿子出去一次，弄回一大捆干柴火。儿子点起一堆火，儿子让火陪他，儿子自己玩。

他不知道他在想什么。反正他在想事。

儿子奔过来，儿子说："你带我去的地方有这里漂亮吗？"他脸抽一下，像挨一耳光。儿子的贼眼睛在他脸上扫来扫去。

"爸你想啥哩？"

"没想啥。"

"那刚好睡觉。"

儿子说睡就睡，蜷在草铺上不动弹了。他脱下外衣给儿子盖上。他笑一下，他给自己笑呢。他心里有个女人。那女人不是他老婆他就特别想那女人。他要好好想一想。想着想着鼻子就有了香味。太香了，香得让人受不了。脑子里那根筋都展不开了，绾死疙瘩，把那女人都绾在里头了。他急出一身水。鼻子还是那么香。他打起喷嚏，越喷越香。那是河狸香，一种比麝香更名贵的香料。香味提神，他精神得不行。

儿子睡得很死。那是儿子太精神了。儿子是河狸的好朋友，儿子早都习惯了这种香味，儿子用不着提神。

他劳了一辈子神，一直神不起来，他得好好神一哈（下）。他长展热腿两眼放光。眼睛里的光又粗又长，跟灯捻子一样，把他身上的油全嗮出来了。他笑了一哈（下），又笑了一哈（下）。他把牙都咬上了，他跟老鼠一样把牙磨得吱吱响，他骨头里的油都渗出来了。他的手攥得紧紧的，他鼓劲，使劲地鼓，鼓着鼓着儿子就醒来了。他也醒来了。他脑子里钻出一个漂亮女人，他就是让这女人弄醒的。他的脑子越来越清楚，原来那女人是他老婆。儿子的贼眼睛在他脸上扫来扫去。

"爸你想啥哩？"

"没想啥。"

"我看见你笑哩。"

"人想笑的时候就得笑，跟尿尿一样，你非得问出个所以然？"

"你慢慢笑，我不问你了。"

儿子收拾干草铺。

他摸他的脸，他摸一把肉棱棱；他竟然笑成这样子，搓都搓不掉。搓不掉就让它摆在脸上，笑成这样子谁也没办法。

儿子把干草铺弄整齐，儿子弄那堆火。

他说："咱走呀别弄了。"

"咱走呀河狸又不走。"

"河狸不用火。"

"咱给它弄一堆火，叫它高兴高兴。"

那堆火硬让儿子给弄起来了，硬撅撅的一股子火焰竖在柴火上，柴火格铮铮鼓劲哩，骨头都裂开了。火焰从骨缝里喷出来。他的骨头没裂开，可他的骨头在动，动一哈（下），老婆的影子就闪一哈（下）。火焰越闪越高，他的脸被烧成了红砖头。

他们上到岸上。

布尔根河在晨光里闪闪发亮。森林还沉睡着。他们蹲在树根底下。他们很快看到河狸。那简直是一个庞大的船队，河狸拖着高高的大堆树枝，长长一溜，移动着，整个布尔根大地在移动着，森林太阳群山草地被这神奇的动物推动着。

儿子小声说："这是它们过冬的粮食。"

"冬天还早呢。"

儿子看他一眼，儿子告诉他："所有的动物秋末贮存粮食，河狸比它们早一个多月。"

他们顺着河往下走。太阳升到森林上空，树一个一个醒来。阳光哗一下浇到柳树头上，那一头绿发就飘起来；杨树和桦树一动不动，却闪出一种金属般的光芒。路突然奔到他们脚下，那是布尔根唯一的沙石公路，杂草抹不掉的路。日你妈呢你把老子折腾死了。他跟娃娃一样跳几下。儿子叫他爸爸他才安静下来。他头一昂："走！"儿子就跟他走。

他们走到学校，他把儿子交给老师。儿子说："这就是你说的大地方。"他点点头。老师摸一下儿子，老师说："这是个乖娃娃，光乖不行，还要聪明，老师看你聪明不聪明。"他点点头。老师考查儿子。

"上过幼儿园吗？"

"莫有。"

老师看他，他不敢点头了，他硬撅撅不敢动。老师继续问儿子。

"你会几个字？"

"我会布尔根。"

"不错不错,你写一下。"

老师给儿子一支笔一张纸,上边有其他孩子写的字。儿子把纸翻过来,儿子画了一道曲曲折折的线,儿子给曲线加上枝杈,像树又不像树。

老师说:"这是啥嘛?"

"这是布尔根。"

儿子的眼瞳跟水一样,把老师颠倒着照在里边了。老师端详半天,老师说:"这娃能画画,还得认些字。"老师把娃收下了。

这是个寄宿学校,专门给偏远山区孩子办的。他让儿子好好待着听老师话。他们父子俩就到了校门口。好多家长都在这里跟孩子分手。他也要跟孩子分手。儿子说:"你还走那条路,天黑你就在老地方睡觉。"他说我知道。儿子又叮咛一句:"那地方你记牢。"

"我记着哩。"

骑着毛驴上天堂

他整天驾着毛驴车去沙漠里弄柴火。毛驴跟他有点像，毛不棱棱，灰扑扑的。他想把毛驴弄干净，用铁刮子刮啊刮啊。刮干净的毛驴挺漂亮，灰白中透出那么一点儿青，就像青灰色的呢绒裹在毛驴身上。毛驴高兴啊，仰起脑袋很嘹亮地高歌一曲。他也插进来，只能插一句："驾！"毛驴噔噔噔跑起来，碎蹄急切地敲打地面，像木槌一样。

离开村子不久，毛驴就灰尘满面。铁刮子在腰上别着呢，别人腰里别刀子他腰里别铁刮子。他撅起屁股又开始打扮毛驴。路上的人就喊："老人家，你嫁女儿吗？"他不吭气，很仔细地刮毛驴的一条腿。那人还想说风凉话，毛驴后腿一跨，黑乎乎的大家伙涌出来。那人"呸"唾一口痰，打马就走。他也有过纵马疾驰的日子。他老了，飞不成了，走下马背的人只能跟毛驴做伴。铁刮子在手里拍着，心里感慨很多。毛驴受不了这个，就嗷嗷叫。他伤了毛驴的自尊，他手忙脚乱刮毛驴的背，背上尘土多，跟着火似的冒起呛人的烟雾。尘土原封不动移到他身上，他成了土老鼠。毛驴阔笑。只要毛驴高兴，他无所谓。不用扬鞭子，毛驴就噔噔噔跑起来。跑一阵停一阵，他很有耐心。连毛驴也奇怪，斜着眼睛问他：

"主人，你要嫁我吗？要嫁我也不能这么打扮我呀。"

铁刮子把毛驴刮疼了。不管多疼，它都挺着，主人赞美它是个聪明的驴，它就有了耐心。

路途遥遥，尘土遍地，空气里也飘满细细的灰尘，太阳也是土眉土眼。太阳就像土洞里钻出来的土拨鼠，土拨鼠到了天上。他喊叫起来："土拨鼠都到了天上，我的小毛驴，咱们也能上天堂。"

老头儿说的天堂不在天上，在沙漠里。老头儿从沙漠弄回一车柴火，就说他上了一回天堂。沙漠里的干柴火都是沉甸甸的。到了他这种年纪，能从沙丘里刨出干梭梭简直就是奇迹。每回他都弄满满一车，累得直打哆嗦。他会对毛驴说：这不是累，是高兴。毛驴也跟着高兴，毛驴那张阔嘴笑不了两声，血液就闪出银光，气势磅礴。灰扑扑的沙漠里，毛驴是个诗人，是个真正的歌手。

拉着满满一车柴火，从沙漠回到村庄。柴火把村巷照得金光闪闪。毛驴真累了，累惨了。牛累到这份儿上就垂着脑袋看地上，马呢，马傻了，一动不动累成一块硬石头。毛驴可不这样，毛驴叫得更欢，长一声短一声，在欢叫声里调理呼吸恢复体力。大家就说毛驴偷懒，没好好干活儿，要是好好干活儿的话，会把力气用光，哪有力气叫啊，叫得这么欢实。毛驴委屈得能掉眼泪。毛驴能掉泪吗？毛驴只会欢叫，一声比一声长。只有老头能听出毛驴的怨气。老头儿吆喝着大家搬柴火，他过来陪毛驴。他轻轻拍打驴背，他干硬的手在告诉驴子：聪明的驴子啊，人都是些蠢东西，他们欣赏不了你的快乐。毛驴长长哦一声，毛棱棱的脑袋靠在老头儿肩上。毛驴安静了，真静，静得让人吃惊。大家就说："它是你丫头吗，这么靠着你。"老头儿这辈子有儿子没丫头，有个丫头多好啊。老头儿就说："我有这么好的丫头，你有吗？"大家全都傻了。这一天，驴子目睹了人们的傻相，又蠢又傻。

毛驴多聪明啊，它一下子明白了老头儿为什么这么精心打扮它，打扮得漂漂亮亮。毛驴的碎①蹄子噔噔噔，嘚嘚嘚，天堂天堂天堂，碎蹄子终于踩到天堂这个奇妙的节拍上。天堂就在蹄子底下，在灰扑扑的尘雾里。毛驴越跑越欢，好像在跟太阳比赛。

"怎么啦驴子，你要变成大白马吗？"

"噢哟！真是一匹大白马呀！"

毛驴这么天堂天堂地跑着，老头儿很快就受不了啦，一把老骨头哗啦哗啦像挂满了铃铛，所有的铃铛全都响彻一个声音："停下！停下！停下！"铃铛响不过天堂里的驴蹄子，踩着这么奇妙的节拍它就停不下来。老头儿从车辕滚到车板上，老头儿大声吆喝："你这倔驴，你要干什么呀？"

倔驴追太阳呢！太阳进了沙漠就成了兔子，在沙丘上奔窜。毛驴车就冲上沙丘。兔子蹦起来，也只能蹦三尺高。太阳到这份儿上，驴子有足够的勇气蔑视它。驴子死追不放，它再也听不到老头儿的喊叫声了。

老头儿挣起半个身子，抽了毛驴一下。那也不是鞭子，是一根小棍。老头儿用小棍赶毛驴。聪明的驴子不需要结实锋利的皮鞭，一根小棍轻轻敲打它的屁股，就像木槌敲打羊皮鼓，哪哪哪哪，驴蹄子踩着天堂，驴子就忘了这根小棍。

---

① 碎：西北方言，小的意思。

老头儿已经不能喊叫了,他仰躺在车板上,喉咙里发出很微弱的声音:"我要死啦,我要死啦,停一停,停一停啊。"真奇怪,疯狂的驴子一下子听清楚了这有气无力的声音:要死亡停一停,它听得清清楚楚,要死亡停一停。毛驴和毛驴车就停在沙丘前边,太阳也停在那里。太阳累垮了,跟兔子一样栽倒在沙丘上,抖个不停。老头儿翻身坐起来,他竟然能坐起来。"我死了吗,我怎么死在这里。"他看见颤抖的太阳,太阳趴在沙丘上抽筋呢。老头儿年轻时带着狗到沙漠上抓过兔子,狗撵兔,兔跑成一团火,最后就累倒在沙丘上不停地抖,拎在手里还在颤抖,剥了皮煮熟咬在嘴里还在抖啊。兔子肉让人心跳加快。太阳呢,太阳也成了这样子。老头儿爬下车,揪住驴耳朵:"你不想让我活了,啊!"毛驴脑袋一仰,滚烫的歌声一下子盖住了沙漠:

"你不是要它停下来,

它停下了嘛;

你不是要吃兔子肉,

兔子倒下了嘛。"

老头儿对着驴耳朵大叫:"它是谁,你说它是谁?"

"谁撵你它就是谁。"

老头儿自言自语:"谁能撵我呢,啊,那是死神,除了死神谁还能撵一个糟老头子呢?我跑到这里是来找死吗。"

毛驴干干净净,干净得让人吃惊。老头儿摸后腰上的铁刮子,铁刮子早丢了。一个漂亮的驴子再也用不着铁刮子了。驴身上的灰毛开始泛青,那是真正的上等呢绒,青灰色呢绒裹在毛驴身上,闪出的光却是银色的。毛驴来到了天堂,就扯嗓子赞美天堂。老头儿还说什么呢,一家人吃饭的柴火在这儿呢。刨柴火直到死。聪明的驴子是明白这些道理的,老头儿不嚷嚷了,到沙丘上去刨柴火。

老头儿刨了一辈子梭梭,到头来刨出的还是梭梭,是干梭梭。干梭梭都是死的。那些活着的梭梭,蹲在沙丘上跟黄绿色的狮子一样威风得不得了。

老头儿不相信干梭梭会死,就点火烧梭梭。火焰吼叫着从梭梭干裂的木纹里冲出来,火焰纯净几乎无色,斜着看可以看出金红的棱角,跟刀锋一样。毛驴在歌唱,在毛驴的歌声里,梭梭才是真正的太阳。天上飘着的那颗太阳,让驴蹄子吓傻了,钻到沙里去了。老头儿不嚷嚷不行了。

"老天爷呀,这可不能怪我,我没让它活它自己活过来了。"

干梭梭越活越旺，跟老虎一样。

"老天爷，我死不了啦，世上根本就没有死亡。"

老头儿的话传到天上，老天爷很生气，就派使者到地上来宣告上天的旨意。

老天爷说人的生命是有限的。

"可老天爷他自己还活着。"

老头儿劈柴火，压根儿就不理老天爷的使者。使者就威胁老头儿赶快接受上天的旨意，否则就给你颜色看，使者提到人类之初那场可怕的大洪水。

"不是有方舟有鸽子有橄榄枝吗？"

"可那是毁灭性的打击，人类差不多死完了。"

"还剩下一些嘛。"

老头儿没看使者，老头儿卷烟抽。

使者继续谈大洪水，好像上天只有大洪水。老头儿就告诉使者大禹王是如何治水的。

"多余的水我们放进大海，对我们有用的水就养在河里。"

使者口干舌燥，嘴巴里只剩下一句话。

"我求求你了，我得回到天上去。"

"你早应该求我。"

老头儿有点可怜那使者，他得回去交差呀。老头儿就跟上天订了协议：我不想活的时候就叫你。

死亡无影无踪。哪儿找？

梭梭是不能找了，干梭梭里的生命之火比老虎还猛。

毛驴就带他到沙漠深处。只有骆驼才能到这里来，这是死亡之海，没有兔子没有跳鼠，连四脚蛇都没有。老头儿高兴得拍打驴屁股，这下好了，死亡跟柴火一样能满满装一车。老头儿就刨那些干枯的死亡。真沉啊，跟石头一样。没有生命的东西都这样，比它们活着的时候重好几倍。根本装不了一车，一根就把车子压得嘎吱响。老头儿还得走着，他要坐辕上车子就得散架。

毛驴你慢慢走，慢慢走哟。毛驴就慢慢悠悠。老头儿年轻时骑着高头大马过天山，也是这么慢悠悠。

马儿你慢些走，慢些走。

马儿能快起来，主人不想快，主人让天山给迷住了。群山里的草原跟花毯一样裹到了骑手和骏马身上，走快一点儿就会把花毯抖掉。

慢悠悠的毛驴可不想把死亡撒到半道。老头儿更是小心翼翼，牵着毛驴一步一步走出沙漠。大家就喊："老人家，你拉了什么宝贝？"

"天上的宝贝。"

"噢哟，天上的宝贝呀。"

大家围上来，连马背上年轻的骑手也跳到地上过来看。

"这不是胡杨吗，老人家你拉回了胡杨。"

"我拉回了胡杨。"老头儿终于认出了死亡的真面目，"原来你是胡杨呀，你活得挺好嘛。"

大家都笑："老人家，它还要活三千年呢。"

胡杨就是这么一种树，长着绿叶活一千年，落叶后干一千年，倒在地上躺一千年；要是长出新枝，又是一个三千年。

老头儿拉回来的这根胡杨沾满沙子，年轻的骑手用刀子剔掉沙子，露出的胡杨枝杈跟刀刃一样。"比刀子还利呢。"年轻人真想把刀子扔了。毛驴带来的宝贝太厉害了，连马都垂下脑袋。年轻人远远躲开。这么年轻正是骑骏马挎钢刀的好时机，就这么躲开了。我又不是魔鬼。老头儿对着驴耳朵大喊："咱们不是魔鬼，咱们要赶快找到死亡。"

老头儿真的急了，不用老天爷来催，他得自己想办法。不管想什么办法，还得依靠毛驴这老伙计。老伙计站在路边不动，再喊也不动，这倔驴倔什么呢？其实很简单，不用去沙漠，越是荒凉的地方，生命的气息越强烈。

就在路边，一棵干枯的杨树等着呢。树干在腐烂跟棉絮一样，抓到手里人一下就老了。老头儿的筋肉比棉絮还软和，没有一点儿重量，风轻轻一吹就飘起来，跟蒲公英的白冠一样。那是我的头发。老头儿还能听见自己的声音。毛驴傻傻地看着白絮纷飞的景象，长一声短一声叫起来。你这蠢驴你叫什么呢，你唱呀！毛驴一着急就干号。一朵白絮落到驴耳朵上，毛驴一下子安静了。静下来的驴子一点儿一点儿变青，灰白中透出青沉沉的颜色，跟真正的青灰色呢绒一样裹在毛驴身上。毛驴成了一只漂亮的驴。它兴奋得嗷嗷直叫，叫着叫着歌就出来了。那么高亢的歌，无论是草原的歌手还是群山里的歌手都唱不了这么好。

歌声传到天上,老天爷听到了。这不是在嘲笑我吗,这不是在耍弄我吗,老不死的用驴来对付我。老天爷气急败坏。天上的神仙面对一头驴一点儿办法都没有。老天爷的智慧都是对付人的,没有对付驴子的准备,一点儿预兆都没有。听到的都是对驴子不好的评价,蠢驴呀倔驴呀骚驴呀,驴的档案袋里就这一点点记录。你听它还在唱。

整个大地成了驴子的手鼓,哪哪哪哪……飞扬的尘土闪出银子的光芒。那是真正的天堂。

天上的神仙都傻了。他们从来没有露过傻相,一点儿抵抗力都没有,呆傻蠢笨无限制地扩散,骨头缝都渗满了。老天爷哪受得了这个,老天爷气急败坏了,老天爷恼羞成怒,暴跳如雷,手里的雷电全打出去。天空被震裂了,电闪雷鸣,大雨倾盆,加上冰雹,轮番轰击。

老天爷蹂躏过的大地一片葱茏。绿洲如同云雾笼罩在群山大漠之间。天上的神仙都不见了,连老天爷自己也奇怪他身在何处。他再也愤怒不起来了,他安静到家了。这么彻底的安静让他万分惊讶。他要么缩头缩脑,要么探头探脑,他永远处在阴冷的地方,他的血都是凉的。由热而凉。他发生了巨变。他认不出驴子了,驴蹄子会踩着他,他听见驴蹄子就赶快躲开。他倒想见见那个老不死的老头子,老头儿脾气要好得多。

老头儿在野地里转悠。还是老习惯,拾柴火。老头儿没想到能在这里跟老天爷见面,老头儿更没想到老天爷会是这种模样。老天爷惩罚过蛇,自己最终还是变成了蛇。老头儿改不了北方人的习惯,见了蛇就打哆嗦。

"别过来,你别过来。"

蛇就停下来。老头儿说:"我穿着裤子呢。"嘴上这么说,手还是不由自主地捂住裤裆。蛇对他的裤裆不感兴趣,蛇只关心它自己,蛇冷冷地问老头儿:"你就这么永远活下去?"

"我已经死啦。"

"事实证明你活着。"

"老天爷呀,我怎么能让你满意呢?"

"你自己想办法吧。"

"死亡不是归你管吗?"

老天爷垂下头。老天爷到这份儿够委屈了，不垂头已经很低了，总不能逼着一条蛇钻到洞里去吧。人家已经待在洞里了。人还在大地上晃悠。老头儿有点可怜老天爷。老头儿拨开石头让老天爷走利索一点儿。毛驴等他等急了，扯嗓子大叫。老天爷！蛇倏忽就跑远了。老头儿对着它的背影大喊："放心吧老天爷，我会给你把这事办好的。"

老天爷再惨也是老天爷。老头儿很敬重老天爷。人上了年纪，万事不上心，老天爷的事儿例外。不用他张口，毛驴就知道他要说什么，毛驴屁股一撅，车上的柴火全滚下来。

"干什么驴子？"

老头儿总是比驴子慢半个节拍，坐到车上才知道毛驴要带他上路，不卸掉柴火怎么行呢。上路吧上路吧该上路啦，有毛驴陪着，墓地也是天堂。天堂在驴蹄子底下响起来，天堂天堂天堂……

很快到了山里。山谷跟坟墓一样寂静，两边长满树，遍地是青草。老伙计好好吃吧。驴子啃青草。老头儿爬上坡朝树林走去。树静悄悄的，像在做祈祷。我也祈祷吧。祈求什么呢？祈求一棵树吧。他朝树施礼，树哗就亮了，是棵白桦树。他施过礼的树都是白桦树。谁能离开树呢，树就像人的拐杖，人越老就越需要拐杖。

老头儿这才发现他是扶着树走动，他没想到他会老到这种程度，他问树："你要带我去哪儿？"树叶唰唰跟雨一样。树叶儿跟牛舌头一样舔他。牛舌头这么舔牛犊子，树叶儿这么舔他。"我一脸老皮你舔我干啥？"他用手护着脸，树叶密麻麻旋上来舔他，把他舔得干干净净，清清爽爽。他没想到他会是一个漂亮老头儿，胡须跟丝绸一样闪着光。

一大堆金子在林间草地上闪闪发亮。老头儿走过去才发现是一只受伤的鹿，鹿正抬头看他呢，鹿头上长着一对有十二个叉的角，鹿被猎人打伤了，地上的血滴跟草莓一样。老头儿还没见过这么好的鹿。他采一把草药，揉出汁液敷到鹿的伤口上。鹿伤得太重，草药止不住血，血快要流干了，鹿很虚弱，身上的光透着金黄。那是生命最后的火焰。老头儿捧着鹿角说："可怜的孩子我能帮你吗？"鹿感激地望着老头儿，鹿眼睛就像明亮的泉水，老头儿小声说："知道泉水是什么吗，泉水是大地的眼睛。"

大地的眼睛要比万物更早地逝去，更早地感到日光消失，当牧草和树林闪动金色的光芒时，泉水就已经停止歌唱，那明亮的眼睛首先在丛林和山谷里暗淡下去。

老头儿把这个秘密告诉鹿："孩子，你眼睛里的泉水越来越亮，你能活过来。"鹿慢慢站起来，对着老头儿呦呦叫着："你叫我孩子，我喜欢你叫我孩子。"老头儿就叫它孩子巴郎子小宝贝小鸽子肉蛋蛋。"我的命回来了，我要活下去，活一万年。"鹿朝林子奔去，老头儿很好奇，就跟过去。

　　林子深处有一片开阔地，那里的牧草碧绿娇嫩，草丛里的花跟钻石一样发出璀璨的光芒，一股晶莹的泉水躺在草滩上就像一个娇嫩明亮的婴儿。鹿静静地舔那晶莹的小手小腿小胳膊，一直舔到泉水明亮圆润的脸上。鹿的伤口不再流血，伤口慢慢地合起来，生命又回到它身上，它告诉老头儿："这是长命水，喝一口能返老还童，喝两口长命百岁。"

　　"喝三口呢？"

　　"你就死不了啦，你就会永远活在世上跟大地一样永远活下去。"

　　老头儿跪在泉边，老头儿说："我是个牧人，我靠的是一双手，应该让手长命百岁。"泉水在手上哗哗响。

　　"水全流了，你要喝到肚子里才算数。"

　　"瞧我的手多年轻啊，跟小伙子的手一样，我又成草原上的巴图鲁了。"

　　老头儿举着他年轻的手离开鹿和青草地。

　　老头儿在村口听到孩子出生的消息，人们告诉他：是个巴郎子，裤裆里带刀子的。

　　老头儿还不能见孩子，四十天以后他才能见到孩子，他举着他年轻的手说："多么金贵的手啊，这是抱孩子的。"大家笑："那是孩子妈妈的事不是你的事。""这老头儿怎么啦？"

　　老头儿举着他的手走向另一群人。

　　"多么金贵的手啊，这是抱孩子的。"

　　老头儿走遍整个村子。大家不再议论他，他确实有一双不同凡响的手。这是草原上最勇敢的骑手说的。骑手从马背上慢腾腾下来，再傲慢的骑手见了老人都得下来，骑手走到老头儿跟前，老头儿的手也差不多要撞上他的眼睛了。

　　"噢哟，跟鹿角一样，梅花鹿才长这么好的角。"

　　骑手看自己的手，这手算什么手？这手就要去拥抱一位姑娘，姑娘在高高的芨芨草丛里等着他。"等我的手长成鹿角再说吧。"骑手牵着马回去了。

　　老头儿收起他的手，这些天他的手一直举着，现在他感到累。手在怀里发抖，抖着抖着就睡着了。老头儿的心是兴奋的。老头儿走出村子在辽阔的原野上走着。放马的陌生人问他怀里抱着什么宝贝老爷爷？他太老了，连大人都叫他爷爷，他告诉放马的人怀里抱着孩子。

"你这么老了还有孩子？"

"我怎么不能有孩子，孩子才生下来三天。"

放马的人惊讶得说不出话，连那些马都在抬头看他。"喜欢看就看吧，不看才麻烦呢。"

还是不能见孩子。老头儿就跟毛驴待在一起。毛驴一尘不染，斯斯文文像学校里的先生，老头儿就对毛驴说："你做孩子的先生吧。"毛驴嗷——叫起来。大群大群的鸟儿飞过来听毛驴唱歌。鸟儿能唱，可鸟儿比不上驴子那么嘹亮高亢，鸟儿想学学不来，就跟小学生一样规规矩矩待在树上屋顶上听驴子唱歌。

孩子满月时老头儿可以进去了。他把孩子举起来，孩子双腿间的小牛牛弯弯的亮亮的，老头儿叫起来："就像天上的月牙，它会长成满月会坚硬起来的。"儿媳满脸通红，抬头看丈夫。接生婆豪迈地说："巴郎子在河里洗过啦，他是我们草原上的铁。"

孩子饿了，哇哇大哭，儿媳要给孩子喂奶，老头儿不给，老头儿举着孩子出去了。丈夫劝妻子不要生气，老人喜欢孩子他不会让孩子挨饿。"不吃妈妈的奶吃什么？""阿塔（阿塔：父亲）是个神奇的老人，他会有办法的。"

老头儿举着孩子，毛驴哦哦唱着，孩子不闹了，安安静静听毛驴唱歌。他们走进白桦林走到林间草地，明亮的泉水叮咚响着，老头儿把孩子放在泉边，孩子啊啊叫着趴在泉边喝起来，边喝边摇脑袋。

儿媳三天没给孩子喂奶了，奶水溢出来，胸脯湿得跟河滩一样。孩子到她怀里一口气就把她唑瘪了，她大声喘息站都站不稳。

老头儿天天带孩子到山谷里喝泉水，孩子很快就能走路了。大家惊奇得不得了，孩子出生才三个月呀。"你给他吃了什么好东西他长这么快？"

"他有个好妈妈。"

人们像听神话故事。老头儿告诉他们："这有什么奇怪呢？英雄玛拉斯生下来两个月就能骑马，三个月就能放箭，我们的孩子三个月就不能走路了？"

孩子走着去山里喝那甘甜的泉水。那一天，孩子从草丛里抬起头，小脸通红，嘴巴张啊张啊，终于喊出一声阿塔，阿塔。

"我是阿塔，我是阿塔。"老头儿把孩子举起来。孩子喊他阿帕（阿帕：母亲）阿帕。老头儿的泪就下来了，老头儿告诉孩子：泉水才是你的阿帕。孩子还是叫他阿帕，阿塔阿帕连着叫。

生身父母成了哥哥姐姐，母亲受不了，哭着要孩子叫她阿帕。老头儿安慰儿媳："叫你姐姐不是很好吗，你还是古丽玛，草原上的一朵花，生多少娃娃都是一朵花。"

从第二个孩子开始叫她阿帕，叫丈夫阿塔。他们感到跟新婚一样，生一次孩子就年轻一次，小两口惊喜万分。

"看样子我们会永远这么年轻下去。"

"我们的父亲太了不起了。"

老头儿老得不能再老了，死亡遥遥无期，连个影儿都没有。他反复问他的毛驴，毛驴一声不吭，只管往前奔，细碎的蹄子天堂天堂地响着，大地跟锣一样。老头儿听呆了，就问自己：我是不是睡了？

星 星 铁

1

那件事王辉差不多都忘了。在伊犁这种地方，跟人打架输赢无所谓。朋友请他喝酒，他就去了。他们不敢在学校喝，也不敢在学校附近喝，拿不住自己耍酒疯，学校要处分。

他们就到汉人街，挑一家偏僻的小饭馆，要一桌菜，几瓶酒，叮咣叮咣喝起来。他们这年龄，喝酒不用杯子，瓶子就是酒杯。瓶底瓶嘴上下一咣啷，仰脖子狠灌。酒液在腹中噼噼啪啪燃起大火，腑脏成了好柴火，他们哟哟叫起来："快要烧到肋巴啦。"他们哈哈大笑，抓起羊骨头跟吹口琴一样左右一拉，吐出一根根白净的羊肋巴。他们又笑。他们的肋巴好好的，他们用羊肋巴挡住了酒液里的冲天大火。有人叫："不喝了不喝了，再喝就狼狈了。"

地板上的空酒瓶十来个呢，十来瓶伊犁特让他们整下去了。他们向老板要茶喝，老板去提大铁壶。

那人就是他们喝茶的时候进来的。他们没看见。他们听见有人大嚼大咽，后来他们听见咕噜噜的灌酒声，他们抬头向后看。那人坐在墙角，盘里的抓饭吃得精光，正专心地啃那块羊肉疙瘩，就是抓饭中间的大块羊肉，有馒头那么大。一只空酒瓶蹲在饭桌上，晶光闪亮，瓶口的酒滴跟露珠一样。饭桌挨着窗户，光亮很足，那人的牙齿白中带红，越往中间越红，跟石榴籽一样。

王辉看着那人的红牙齿就想喝酒，他向老板要酒。朋友们说："茶都喝了，还喝酒啊？"王辉没吭气，一门心思看那人的红牙齿。那人抹抹嘴找水喝。老板掂着酒瓶出来，叫他等着。老板把酒给王辉，问两瓶够不够？王辉说够啦，王辉嘭嘭开了酒瓶，王辉提着酒走过去，那人愣一下，朝里屋喊："老板不上茶了，我有酒喝。"那人接住王辉扔过来的酒瓶："朋友谢谢你，我要出远门，你敬多少我喝多少。"

他们碰瓶子，上下咣啷好几次，酒就没了。

"你牙齿跟狼一样是红的。"

"我是铁脑袋,我的牙齿当然是红的喽。"

那人叫王辉等着,他从山里回来就请王辉喝酒。

那人走进饭馆对面的林带,从林带里牵出一匹黑马,乌油油跟浇了沥青一样。那人抬腿上马,浑圆的马臀一上一下动起来,像圆铁轮子,越滚越快,很快飞起来。那人好像骑走了一块乌铁。

大家问王辉:"是你朋友?"

王辉说:"我们打过架。"

那次打架把王辉打惨了。现场目击者说,那人用脑袋撞王辉,王辉跟鸟儿一样飞出十来米,要不是楼房挡住,王辉准飞上天。

2

那种飞翔的感觉又回到王辉身上。

他们素不相识,也没发生口角,完全是因为那么一股邪劲:他看了对方一眼,对方看了他一眼。那是春天闷热的下午,他们心里都很烦躁,都指责对方:"看什么看,不服气就试试。"

本来到郊外去较劲儿,他们没那个耐心,在居民区的空场地上就交上手。他听见有人喊:"翔子用脑袋,翔子用脑袋。"那个叫翔子的家伙就用脑袋撞他,他一下子飞起来。那种飞翔的感觉令人触目惊心。

跟所有的儿子娃娃一样,他不知挨过多少打,甚至挨过刀流过血,结实的身体上绽开着两朵壮美无比的刀痕,不知是哪位好汉的杰作。新疆这地方,要长成大小伙子,不挨几刀是长不大的;长大也不结实。但那种飞翔的感觉他从未体验过。刀子不会让你飞起来,它们跟攮皮球一样划拉一下,你就软塌塌倒在地上。即使用脑袋撞,习惯性动作,必须抓紧对方的肩膀,跟啄木鸟一样磕一下,对方就瘫在地上。

那个叫翔子的家伙没抓他肩膀就把他打飞了。飞了足足有十秒钟,被一栋楼房挡住,哗啦一声破窗而入,摔在人家沙发上,沙发散成碎片。两小孩正看日本动画片,把王辉当成了电视里的英雄。大人在厨房做饭,听到响声跑出来问王辉是不是伞兵?王辉只能睁眼睛,嘴巴动不了,连头都摇不动了。大人们忙着喊救护车,电视剧还在放着,小孩不停地嚷嚷:飞马流星拳。

王辉被抬下去的时候,依然感觉到自己在飞翔,只是速度慢了许多。后来救护车跑起来，他感到很兴奋，好像他又飞起来了。再后来就是病房，把他固定了整整40天。医生与其说是护理他，还不如说是把他从飞翔状态中解救出来。他自己也想摆脱这种要命的飞翔。那毕竟是挨揍。

他差不多把这事都忘了。

那个叫翔子的人在酒馆里晃了那么一下，又让他回到了飞翔状态，尤其是那匹黑马，在太阳底下跟铁轮子一样上下晃动，越晃越快，直到飞起来。

那些日子，他走路总缩着肩膀，不是怕冷，是怕身体里某种东西。

有一天，他一个人去喝酒，一小口一小口地喝，店老板却一口咬定他是个酒鬼，老板说："酒鬼才这么喝，喝到嘴里噙半天，先让酒气往肚里窜，等酒劲全上来了才一口咽下去。落到肚里的酒跟鱼一样摇头摆尾，越摇越大，比在酒瓶里大好几倍。"

他听得出神，口中酒果然大起来，有一股子冲劲，往下咽时，喉咙里好像跑过一匹快马。

他只喝半瓶就离开酒店。

郊外的青草地延伸到天山大峡谷。谷地刮出大团大团的风。哈萨克吆喝着畜群往树林里奔跑。

王辉穿过深草区，走到群山与草原之间的砾石滩。风在这里显得更狂暴。王辉差点让风刮倒，打了个趔趄坐在地上，跟石头坐在一起。那些大个儿石头比他高。风发出凄厉的怪叫，呼啦一下，大地被揭了一层，拳头大小的石头全飞起来，被风挟裹到空中，后来那些大块石头也飞起来。

王辉忽然离开地面……这就是感觉中的飞翔。这里没有楼房，他很可能会撞在山上，像那些失事的飞机，撞出一团大火。他离地面很低，打几个滚，落进砾石坑里，狂风呼啸而过。

风停住很久，王辉不敢从石坑里出来，那些被风带到天上的石头又落下来，跟下冰雹一样。王辉很幸运，没有一块石头落在他身上。那些落下来的石头都是新面孔，都是风从山里吹来的，全都结结实实镶在这片砾石滩上。

王辉依然能找到原来的石头，他拣一块圆的，装兜里，走一会儿就把裤子拉斜了。他又把石头掏出来，掂了掂，使劲一摔，也只摔出十来米。

刮大风的时候把它装兜里就没事了。王辉觉得这石头像铁锚。

穿过草地时，他看见水渠边的粗柳树。柳树跟石头一样也是黑的，又粗又矮，长出地面不足一米就被锯掉，细柳枝从锯掉的茬口上喷出来。

王辉踢那些粗黑的树桩，它们跟大地铆在一起，风一点办法都没有。

3

王辉快毕业了，他不知道他能干什么。职业学校里的课程很实用，可他不感兴趣。他脑子不笨，成绩不高也不低，用老师的话说是不专心。

王辉要专心做一件事。

上实验课他漫不经心，指导老师讲什么他没听见，他盯着平台上的老虎钳，就像看到了老朋友。

老虎钳的铁嘴巴不大却很宽很结实，像真正的老虎。真正的老虎并不张牙舞爪大张血口，真正的老虎只让嘴巴咧开一道缝就行啦。老虎钳就张着这么一副大嘴，王辉把手塞进去，钳嘴平陡坚实，可以摸到金属的纹路。他扳紧一点，让骨头感受金属的硬度。再扳紧一点，骨头就会碎裂。

老师喊："王辉你干什么，用手指做铁键吗？"

大家笑。

他拔不出手，胳膊跟老虎钳连在一起，就像老虎钳长出的枝杈。有人过来帮忙，想把老虎钳松两圈，还没等用劲，王辉的手跟鸟儿一样飞蹿而出，竟然没擦破一点皮，不过手指成了扁的。

扁平的手指一张一合，跟大鸟的翅膀一样，发出飞动的声音。

老师问他疼不疼？老师要派人找校医。

王辉说："我没病，我的手在飞，飞一会儿就下来了。"

大家哈哈乐了："他以为他在天上呢。""王辉你现在坐的是波音747。"

王辉不动声色，好像那只手真是一只大鸟。他的眼瞳又圆又大，那只大鸟正飞翔在眼瞳那个深不可测的大洞里，那是一片空明而瓦蓝的景象。大家全都看见了王辉眼睛里的蓝光。

老师小声问班长："他是不是练气功？"

班长说："他刚打过架，那人是铁脑袋，咣一下把他撞飞了。"

实验室里静悄悄的，王辉的飞翔扣人心弦。

女生们说：“他的手快要赶上杨丽萍了。”

王辉的手终于落到平台上，可王辉的飞翔依然如故，大家掂着铁块，眼睁睁看王辉在老虎钳上下料做活。钢锉一下一下冲向老虎钳上的铁块，铁块被衔得紧紧的，老虎钳和王辉的手要把它锉成一只大鸟。

老师说：“快干活快干活，王辉能干你们也能干。”

大家反而向王辉跟前凑了凑。

老师很生气。老师拧开一台老虎钳要给大家示范。老师在乌鲁木齐技工大比武时拿过二等奖；老师有一手绝活，别说做铁键，榔头刀子都能做。老师唰唰几下，锉得又平又光。

王辉同时也做完了活，手指终于安静下来，手的飞翔凝结在细长的铁键上，铁键有一种凌空而起的感觉。

铁键在大家手上传递而过，真像一只低空飞翔的大鸟，大家手上紧绷绷的。

大鸟窜到老师手上。老师没让大家看他的铁键，老师把他的绝活装进兜里，一门心思看学生的作业。老师眼睛湿润喉咙发涩，老师说：“大家快做，下课前交作业。”

老师试王辉的老虎钳，老师不相信铁怎么能飞起来。

那个爱跳舞的女生说：“杨丽萍不会飞，可她的手能做出飞的动作。”

这个爱跳舞的女生是个混血儿，新疆人的叫法就是二转子，二转子女生对她的出身颇感自豪："我爷爷是汉族人，我奶奶是哈萨克，我妈妈是俄罗斯人，本丫头三转子都不止呢。"

"苏红真有你的，你的血液跟王辉的手一样处于飞翔状态。"

"老师你说对了，王辉你是不是二转子？"

王辉摇摇头，王辉脸上有了笑容。那个叫苏红的二转子女生告诉王辉："你刚才的样子把人吓住了，脸跟死人一样，你的血跑哪去了？"

"我太激动了。"

"激动就该容光焕发。"

"可能太紧张了。"

"你不要紧张，你的活儿多棒，做绝活儿要镇定。"苏红小声问他，"你是不是被人家打坏了，打出了毛病？"王辉脸发白。苏红说："我逗你玩哩，说不定他一脑袋把你撞醒了。"

4

拥有这种铁键的不止苏红一个，时间不长，女生的床头都摆上了这种铁键。那奔放流畅的线条使人想起维吾尔人的刀郎舞。有人说它像俄罗斯人的马刀舞。苏红坚持她的看法。众说纷纭，有一点是相同的：铁键处于飞翔状态。

有人想到星星铁。

那人肯定是苏红。

苏红的床位正对着窗户。窗外是辽阔的伊犁河谷，月光把群山与草原渲染得很浪漫很神秘；少女苏红竟然在没有星星的银月之夜想到天上的铁。

大家都不明白天上的铁是什么样子？

苏红说："陨铁呀。陨铁是星星的一部分。两颗星相撞，被撞碎的那一块就落在地球上，而地球是一个处于飞翔状态的星座。"

苏红轻而易举把星星铁与王辉联系在一起："两个儿子娃娃相撞就像两个星座相撞，铁键就从他们身上掉下来，具体地说，是从王辉身上掉下来的。"大家都亲眼看见王辉做铁键时手指在飞，连锉刀和老虎钳都在飞。

"那些铁都是王辉的？"

苏红肯定地说："是星星上的。"

"矿山的铁也是星星上的吗？"

"把铁从矿石里提炼出来不是让它睡觉，是让它恢复原来的状态，让它飞起来。"

大家自然而然想到飞驰的汽车和转动不息的机床，连王辉的铁键也是电动机的一部分，大家说："苏红你可以给王辉当助手了，王辉未必能想这么多。"

有人说："苏红是个诗人。"

苏红喜欢诗人这个头衔，她才不给王辉当什么狗屁助手呢。她把狗屁两个字咬得又脆又响，小马靴在地板上咯噔咯噔，好像这两个字是从马靴里踩出来的。马靴上的铁刺就是她苏红的牙齿。

苏红干脆把铁键插进靴子，靴子里的短刀被丢在床上。铁键在皮靴里撑起一道棱，像绷起的一根大筋，一鼓一鼓在用劲。铁键插入电动机，电动机就会呜儿转起来。让苏红转动的绝不是电流，而是一股神秘的力量，从她的脚筋飞蹿而上，苏红有些吃不住了。

大家被苏红的神态吓坏了:"苏红你怎么啦?"

"我要跳舞。"

有人清理地板上的小板凳和杂物。

有人往收录机里塞磁带。

苏红不要音乐,苏红那双长腿就是音乐。苏红踢踏踢踏跳起来。她的腿那么长,像原野伸向群山的斜坡,牧草呼啸而上,越上越稀少,在牧草爬不到的地方就会出现一座结实而优雅的山冈。那条长腿带动着山一样的臀部爆发出强劲的旋律。

苏红越跳越猛。

有人小声嘀咕:"她收不住了。"

有大叫:"苏红你不要光跳马刀舞呀。"

苏红的长腿是骏马的长腿,苏红的手臂是出鞘的马刀,银光闪闪带着啸音,把扑入室内的月光也弄得凌厉无比。苏红换了好几种舞,而奔马的神韵始终如一。她在跳哈萨克舞,单腿蹲地单腿跃起,反复不断。在喧嚣的牧草之海,奔马犹如岛屿,淹没而又出现……

她的祖父,那个最早进入新疆的东北汉子,从东亚海滨横穿北半球由塔城进入新疆。

在额敏大草原上,迷路的祖父被哈萨克少女揽入毡房。奶茶下肚后他告诉哈萨克少女:他从地球那边来,是用腿走过来的。

"用腿走过来,从那边到这边,"哈萨克少女用手在空中划一道长长的弧线,"你简直是神鹰,你是飞来的吗?"

"我是飞来的。"

祖父显然被自己的万里长征打动了。他和他的战友进入苏联交出武器后,开始步行,一步一步从地球那边走到地球这边。

"胡达不会让你再走啦。"

哈萨克少女心甘情愿侍候这个东北汉子,从不让他干杂活,只让他纵马驰骋。哈萨克少女把丈夫的腿奉为神物,她对她的女伴说:"我的男人呀是从天上飞来的。"

她的幸福全在她的神态里,大家相信她的幸福,连阿訇也祝福她:"天上落石头也落铁,麦加就有一块真主的神铁,那是从星星上下来的。"

她便认定她男人是从星星上下来的。苏红母亲则是来自俄国的贵族后代,在塔城伊犁阿勒泰有许多这样的白俄后代。

那个二转子青年从额敏草原来塔城求学。他跳一种哈萨克舞，踢踏踢踏像一匹马，他不穿马靴也能这么踢踢踢踏响，光脚丫子，也是这声音，大家惊奇得不得了。

俄罗斯少女一口咬定他脚上长马掌。

他的脚踢石头也能发出金属的铿锵之声。

他不相信这位贵族的后代会跳那么强劲的草原舞，贵族从来都属于华尔兹舞恰恰舞，顿河哥萨克的马刀舞是俄罗斯下层民众的舞蹈。

她毫不客气地告诉这个小伙子："我的曾祖父是一位哥萨克将军。"

她苗条而结实，如果发怒，儿子娃娃也会不寒而栗。他们对舞，她问他："你怕不怕我？"

"我不怕。"

"为什么？"

"我听见你身上有顿河的波涛在喧响。"

"顿河是静悄悄的。"

"那毕竟是一条汹涌的大河，你为什么那么忧伤？"

"我是中国俄罗斯人。"

他那骏马似的双腿就这样僵在那儿，可舞蹈在继续，音乐之河永不止息，越来越强劲，仿佛来自苍穹和大地，接通了这个僵硬的躯体，一下子从嘴唇爆发出来；那么坚硬的嘴，像鹰爪像刀子，闪电般扑到俄罗斯少女的脸颊上，又如同闪电撕裂长空一般，那张少女的脸盘扭曲碎裂，弥漫着青春的晕光，在少年的骊歌中升腾旋转，血液轰响，原子弹的蘑菇云一直升上草原群山之顶。

中亚腹地的春天如此迅猛。

少女的脸上注定要开满玫瑰，而鹰注定要去扑那玫瑰。

好几种血液的玫瑰。

有荒漠就有玫瑰。

从沙土到石头。

从马蹄到手。

那都是森林无法攀越之地。

那都是牧草无法攀越之地。

高扬的沙砾也会在那里匍匐不动，像王者脚下的土地。

那是好几种血液的玫瑰。

我是中亚腹地的汉子。

我是中亚腹地的哈萨克人。

我是中亚腹地的俄罗斯人。

好多河流汇在一起，在你腿上跳动。

那就是你唯一的舞蹈。

大家劝苏红换一种舞。

少女苏红无法超越她的汉人祖父汉人父亲。

少女苏红无法超越她的哈萨克祖母俄罗斯母亲。

少女苏红的长腿是真正的骏马之腿，少女苏红的手臂是壮士手里的钢刀。

她们哭了，她们中的维吾尔丫头唱起木卡姆，她们中的汉族丫头唱起杨柳依依，她们中的回族丫头唱起河州花儿《白牡丹令》。唯独哈萨克丫头和俄罗斯丫头默默不语，她们无法摆脱草原骏马与铁的神韵。她们沉醉在苏红强劲的舞蹈里。

有人说："这么跳下去会要她的命。"

她打开门跑出大楼，穿过林带和操场，向后门外的原野跑去。

天蒙蒙发亮，伊犁河谷的晨光也带着牧草的绿光，清香无比散向四方。原野上的杂树和牧草没有减弱苏红的速度，反而给她加了劲。她害怕这种突如其来的力量。那都是深草地带，牧草茂密，草叶唰唰抖动着无穷的威力，它们把苏红的马靴当成了马蹄子，发疯似的涌上去拼命地弹拨，越拨越快。

马靴踏出的是辽远而苍凉的大地之歌。

5

歌声传得很远很远，一直传到天山深处。

那个叫翔子的伊犁小伙子正在溪水边刷洗他的蹓蹄马。蹓蹄马掌上的铁不是钉上去的，是自己长出来的。只有驰骋在戈壁群山间的骏马才自己长出铁掌。伊犁河谷沃野千里，待久了会失去它俊美的蹄子。

小伙子每年都要骑马进山待一段时间。

小伙子骑马离开伊犁，在岔路口碰到少女苏红。苏红在等开往市内的班车。伊犁少女跟伊犁马一样美名远扬。小伙子狠狠地看了几眼少女苏红，连他的马也跳了一下，中弹似的原地垂直跳跃，差点把骑手颠下来。

苏红哈哈大笑。

骏马不忍心让主人丢丑，箭一般窜入林带，斜穿果园，眨眼间到了庄稼地外边的草坡上，接着是艰难的山地之行。

蹓蹄马几乎全是野马，流窜在天山腹地，跟那里的冰川一样属于地球上最后一道清凉坚硬的防线。

几年前，他鬼使神差在山里驯服了这匹野马，把它带回伊犁。当时他并不知道这马的珍贵。他只是喜欢它的野劲儿。他牵着马到哈萨克人那里去打马掌，那个哈萨克壮汉笑他没见识："到麦加却找不到真主，真有你的。"

"我是汉人，不是穆斯林。"

"真主你可以不信，可铁对谁都一样。"

壮汉像抱自己巴郎子一样把马蹄抱在怀里，用铁锤咣咣敲出铿锵之声，一直敲到小腿，金属声渐弱，翔子叫起来："这简直是一座铁矿。"

"铁矿能飞吗？"壮汉说，"这是血液里长出来的真主之铁，坐白毡的王者才配享用。"壮汉劝他把马放掉："待在伊犁还不如把它杀了。"

"你这什么话，骏马配英雄天经地义，连成吉思汗都把骏马美人钢刀当作平生最大夙愿。"

壮汉挥舞铁锤，他的话跟铁砧一样结实有力："英雄时代早过去了，你不要把这马糟蹋了。"

翔子跃上马背，马跟他一起直立而起："老兄你听着，我要是长不出铁我就不是儿子娃娃。"

大家都看着他把马骑到了山里。

那里只有石头和天空。

蹓蹄马踏上天山达坂立刻昂奋起来，鬃毛四散，犹如太阳的万道金光，骑手就像太阳背上的一只大鸟。那鸟是黑的。他听见自己的血液发出沉闷的喧响。那是岩浆状态的血液。骑手相信他的血中有铁。

星光在头顶发出啸音，一颗星星冲向另一颗星星，其中的一颗拖着亮晃晃的长尾巴在天空狂奔不止。骑手认定那是一匹好马，留在天空的蹄印那么耀眼那么辉煌。黎明的曙光到来之前，星辰之马和它壮丽的蹄印全都消失了，天空比冬天的原野还要苍凉。太阳到来之前，总要出现这么一个冬季。

山峦绵延不绝。不是马在飞奔，是山在动。

天山就这样奔驰在中亚腹地，犹如茫茫太空的一团迅猛的星云。

翔子赶上来与群山并辔而行。这个叫作天山的群山绝对是一个奇迹，上天把它摆在大地的中心地带，显然是把它当作飞轮的轴来使用。

太阳就是这样升起来的，咣一下撞在天山峰顶，撞出铿锵闪亮的铙钹之声。钟声悠扬。

翔子肯定是第一个听见天山之钟的人，他就是这样从马背升起成为骑手的。

石头和天空的世界驰骋着一块铁。

翔子骑着蹓蹄马回到伊犁，喝酒时看了王辉一眼。王辉不吭气也就算了，王辉偏偏是个驴脾气，非要恶狠狠回敬翔子一下，翔子就萌发了敲打敲打他的念头，看他有没有铁。

他们离开饭馆往郊外走，走了一会儿就失去耐心，在一块空地上动手了。令翔子吃惊的是他的脑袋竟然在对方身上撞出金属的声音。在美丽的伊犁，这声音如同天籁之音。

翔子意犹未尽，等着对方爬起来再战，对方已经让他撞飞了。他感到很遗憾。这人大概是他唯一的对手。他们应该在一起喝酒成为好朋友。翔子跟真正的骑手一样，很看重第一个跟自己交手的人。

翔子一个人喝酒感到很孤单。他剩一半酒，显然是留给那个陌生朋友的。他认定那个人已经是他的朋友了。烤肉拌面也是双份。朋友在心里装着，空位子是暂时的。他丢下烤肉拌面，把酒带走了。

日头亮晃晃，空气里全是烤肉的芳香和尖利的皮芽子味。他的马打响鼻，嘴边挂满白腻腻的哈喇子（即口水），他用手抹掉哈喇子往地上甩，边甩边安慰他的老伙计。咱们到郊外去，让你老伙计吃干净的牧草，老伙计你别着急，我好几个月没见妈妈了，我也照顾你啊老伙计，你还不满意，给你酒喝你高兴吧，这是我朋皮的你先享用。

他异想天开，要给马喝酒。

郊外的草地绿得发黑，他从未见过这么气势汹汹的牧草，马没过来草就一跃一跃涌过来。没有风它们自己往前窜，它们身上的汁液多得不得了。蹓蹄马是个老手，它不急着吃草，又是撒欢又是打滚。空气里弥漫着浓烈的草浆气息，熏得人直打喷嚏，眼睛都绿啦。草窝窝里散出一股股酒的醇香。马嚓嚓吃草，朝主人打响鼻，主人想起他的承诺，把酒递上去。

马头回喝酒，一半洒在脖子上。马脖子又细又长，两根大筋绷得老高，跟弓上的弦一样，要把那颗公鸡脑袋射出去。骑手也鬼迷心窍，爬上马背，马一声长啸，直立、跳起，冲向苍穹。骑手被重重地摔下来，糟糕的是他的一只脚还在马镫里。

马拖着骑手狂奔不止，酒液和草浆酿制出一股神力，奔马所至，泥土飞溅，发出耀眼的绿色火焰。

地火辉煌，笼盖四野。

那条灰蓝色大河迎面扑来，骏马嘶叫着冲上去，马蹄踏出水中之火，大河之心迸射的火焰如此纯净近于澄明。骏马感受着河的炽热。水浪兀鹰般落下来，没落到身上就蒸发了。水中之火那么猛烈，热气那么大，比特克斯森林的雾气还要大。伊犁河原本是从天山深处呼啸而下的一团团烈火，它把金子都能烧化，蹓蹄马身上那些铁根本算不上什么。蹓蹄马真怕被火烧死，便一声怒吼，从河心跃上河岸。

主人还挂在马镫上，就像急于摆脱星星的陨铁，而星座绝不轻易放弃自己的能量，宁愿让它作尾巴，长长地拖着，在自己身后熊熊燃烧。

骑手在自己的坐骑后边无限悲壮地迸溅着火花。

蹓蹄马把他拖到市区，拖到他家的小巷子里。老妈妈正在院子里烤馕，老妈妈从炭火里取出的馕也是亮晃晃的，跟一团大火一样。儿子和马正在冷却下来。马觉察到自己的莽撞，停在林带里。它的主人从马镫里抽出右脚，一跳老高。"朋友咱们扯平了，我撞飞了你，我也飞了一回，我比你还要倒霉。"

老妈妈捧着金灿灿的馕饼奔出栅栏："儿子，儿子你怎么啦？"

"你儿子跟流星一样，呜——飞了一回。"

翔子身上还在冒烟，蹓蹄马也是青烟缭绕。

"怎么这样，像从铁匠铺里跑出来的，儿子你真是一块铁吗？"

儿子用头撞妈妈的胸膛。儿子把那么大一张油馕掰开，丢进嘴里，咯嘣嘣成了碎末；儿子一连吃了 10 个馕。老妈妈从未见过儿子吃这么多，吃这么猛。老妈妈相信儿子是铁的，而且还相信儿子再也不会离开她到山里去了。

6

儿子是她在山里生的。

那个狠心的男人跟另一个女人走了，撇下她一个人，分娩时身边也没有一个人影。她用嘴咬断脐带。胞衣要埋进泥土。孩子降生的地方全是石头，是冰凉的石达坂。她爬了好几公里，大地才出现缝隙。那是山涧的乱石滩，她把胞衣埋在岩石底下，用石块垒一个城堡。

太阳在山谷上空一闪一闪，像个金甲武士。

她相信她的儿子会长成太阳那么雄壮的男子汉。

儿子牵回一匹骏马。儿子所描述的那个山谷跟他出生之地如此相像，儿子就在那里碰到这匹野马，并把它制服牵回伊犁。

老妈妈相信这匹马是从她的石头城堡里出来的。她向儿子打听石头城堡，儿子摇摇头不明白她的意思。

"那里全是石头，悬崖跟刀子裁的一样，野马跑到那里都绝望了，谁还能在那里修城堡。"

今天，她又问这个怪问题。

儿子说："你说的那个城堡肯定是外星人修建的，后来外星人又把它搬走了。"

"你也是外星人吗？"

"我是地球人。"

"你妈妈呢？"

"当然也是地球人，妈妈你怎么啦？"

"你是在那里出生的孩子。"

"我不是又回到那里了，瞧那匹马，它就是大山的礼物，每年让我去山里逍遥一回。"

"那里没有土，连沙子都没有，我把你的胞衣埋在石头里，在上面垒了一个城堡。你人在伊犁，魂在山里。"

"这很重要吗妈妈？"

"石头和土是不一样的，石头里只有风，风是石头的呼吸。"

"你把我生在了好地方妈妈,那么壮的山,一呼一吸,生在那里太幸运了。"

"孩子你真傻,你知道咱们吃了多少苦?"

"我都忘了,我只记着你的笑容和这匹马。"

"我的儿子,我把你生在那里还不够吗,难道石头要跟你一辈子。"

"你抚摸过的石头都长成山了。"

"你不要骗我。"

"你给它们注入了生命,比大地给它们的呼吸还要珍贵。"

星星跃上伊犁河谷,像打出的信号弹。

儿子说:"你生我的地方比星星还要亮。"

"真的吗孩子?"

"星星就是从石头里长出来的。"

"你不是骗我吧。"

"马蹄踩出的是星星的种子。"

"星星的种子是什么样子?"

儿子拿锤敲蹓蹄马的蹄子,敲出一张灿烂的火网。

"你在山里就这样赶路吗?"

"路上全是星星的光焰,跟钻石一样。"

"实话给你说吧孩子,我生你的时候,天昏地暗,就像生一座山那么艰难。"

"整个天山都是从你身上出来的妈妈。"

儿子有一种强烈的冲动。每年他都要到天山去一次。他刚从山里回来又冲动起来,天不亮就给马备料刷洗。

老妈妈把金晃晃的油馕装一口袋,又往里装奶酪。

天大亮,他牵着马离开家,外边冷飕飕的,可太阳很亮。

老妈妈俯在低矮的葵花秆栅栏上,像秋天熟透的大南瓜。儿子朝她挥一下手里的油馕,那馕真大真亮,就像从太阳里掏出来的一团大火。老妈妈回去又和一盆面,剁一堆皮芽子,捡好胡麻籽。等面发起来,她就烧起她的馕坑,太阳就会乖乖卧在里边,煨着亮亮的火烬,跟老母鸡一样孵出又黄又脆的馕饼。

儿子一手牵马,一手往嘴里塞馕饼。走出市区时快下午了,他不能老吃干馕,进了山天天得吃干馕,他把马拴在林带里,进一家饭馆吃抓饭,顺便要一瓶酒。

在这里他碰到了跟他打过架的小伙子，他在心里已经认小伙子为好朋友了。他们果然有缘，小伙子过来给他敬酒。两人各干一瓶伊犁特，嘴里呵出的酒气猛烈而豪迈。他拍拍小伙子的肩膀："回来一定请你喝酒。"小伙子问他出远门？他说："对呀对呀，出远门。"他没细想他到底去多久，马就把他驮走了。

7

他在山里走了好几天，老在群山的边缘转悠，一股超自然的力量控制着他的行动。一种强大的需要，使他必须尽快去与某种神秘的力量会合。

苏红的马靴声吸引着他，他勒住马缰。他看见苏红在旷野狂奔，长发比马鬃还要飘逸，宛如夜晚流星悠长而明亮的尾巴。苏红眨眼奔上山坡，马靴在岩石上踩出一张张灿烂的火网。

翔子在伊犁见过这丫头。他记不清具体时间了，当时他的马中弹似的原地跳起来。他万万没想到这回他的马又跳起来，一下子把他颠到地上，石头硌得他龇牙咧嘴。中亚腹地的春天如此迅猛，令人防不胜防，他认定这刚烈苗条的丫头就是他的所爱，而且是冲着他的骏马和出生地来的。他忽略了丫头的马靴和马靴里的铁键。丫头急需减慢速度，那种疾驰如飞的狂奔既令人心醉又让人害怕。

苏红来不及看地上的小伙子，她不顾一切冲上马背。马咴咴叫着向苍穹扬起前蹄，竟然把太阳踏响了，太阳发出古朴的青铜之声。

苏红的长发从空气里落下来，在马腹上发出刷刷的响声。她俊俏的面庞，因神速而湍急的血液使那苗条的少女之躯显得更加刚健迷人。

"你有这么好的马，是从天上来的？"

"它是真正的天马，咱们伊犁的汗血马。"

"谢谢你的马，它救了我的命。"

丫头体内的烈火难以熄灭，地上那个脸色苍白的青年更让人惊恐不安，他的苍白是从强悍中来的，跟白天的火焰一样，阳光下的烈火就这么苍白。可她更需要这匹马，她腿上的筋还是那么硬那么紧，它非要射出一种东西不可。

少女苏红奔放而羞涩，她弄不清她血液里谁的成分多，那美妙如歌的少女之躯流淌着汉人哈萨克人俄罗斯人的混合血液。她的羞涩快到尽头了，她越发胆怯。

她对石大坂上半跪的小伙子说："我用用你的马，我会还你的。"

"你去哪里？"

"我去看玫瑰。"

"我母亲就把我生在那里。"

"我就去那里看玫瑰。"

"玫瑰是从石头里长出来的。"

"我还没见过这种玫瑰。"

"那是真正的玫瑰。"

蹓蹄马疾驰如飞。石头和大地。石头和天空。真正的天山达坂一如人类之初，一如天地之初，天山达坂发出铿锵有力的金属之鸣，整个马都是金属之躯，苏红的马靴找对了地方，铁键与真正的铁会合。

少女与铁。

少女与星星。

白昼的星星将是另一种太阳，有光而无色，有热而无形。

音乐从中亚腹地的胸腔升起，旋转升腾直上苍穹之顶。

少女的长发与马鬃一起潇洒宛若万道金光。

那是母亲生我的地方。

母亲被男人抛弃以后孤苦伶仃，跟生一座山一样生下我。天山母亲就这样生养驰骋的群山和西部血性汉子。

苏红泪流满面，她的长腿和苗条刚健的少女之躯与马融为一体。汉人父亲和俄罗斯母亲的血液从岩石的面孔迸射出中亚腹地的春天。

那就是玫瑰。

玫瑰开满天山谷地。

蹓蹄马缓缓而行，苏红低下身子，揽过一大簇一大簇摇曳坚挺的花蕾，抱在怀里。

那是少女陶醉的时刻，蹓蹄马的铁掌跟轻风一样贴着石大坂徜徉。

那个叫翔子的青年从地上一骨碌爬起来，他苍白的脸颊被少女与玫瑰映红了。

他注定要苍白这么一回。

那要命的苍白太阳也无能为力。

少女与玫瑰之红将超越大地超越太阳。

星星将在白天升起，给他注入神力。

他半跪在地，满脸惊喜。

少女与马走出山谷，消失在伊犁的沃野上。

他说他幸福，那幸福就是真的。她从他的出生地捧回了玫瑰，那幸福就是他的真理。

8

苏红是半夜回来的，还牵回一匹骏马。

丫头们来不及穿衣服，爬上窗口。蹓蹄马在林带里闪射幽幽的乌光，可以听见马鬃的飒飒声，好像一座森林在呼吸。大家又看苏红的玫瑰，把瓶子都插满了，最后的玫瑰放在盆子里，浇上凉水，玫瑰清爽无比，全是蓓蕾状态的玫瑰。

有人说："跟咱们一样，都是丫头片子。"

有人从娇嫩的花蕾中摸到一种坚硬的东西。

"应该让王辉知道，玫瑰是带刃的。"

中亚腹地的春天迅猛而短暂。

天快亮时，一阵隐隐的雷声把丫头们惊醒。她们从来没有这么惊慌过。她们都是土生土长的新疆丫头，能骑马能喝白酒也能玩刀子，让她们害怕的事情不多，她们却在这种来势凶猛的爆炸声里惊慌失措。

有人叫起来，叫声把大家提醒了，大家安静下来，发现这不是雷声，是从玫瑰花蕾里传出来——花苗扭动着往外挣一种东西。花蕾不是一层一层裂开，而是从花蕾的深处齐茬茬迸裂出冲天的芳香，如同炸弹的气浪。窗帘飞卷，扇来大片大片明亮的晨光。

那个最先哭泣的丫头肯定是最软弱的丫头，她哽哽咽咽告诉大家："玫瑰都爆炸了，我怎么办？"

"去找王辉，他的狗屁铁键把你害苦了。"

少女苏红泪流满面："我不知道我该怎么办？"

有人告诉苏红："王辉来了。"

窗外的林带里，王辉在刷洗那匹黑马，地上搁着两桶水。这会儿还没上班，水肯定是从伊犁河打来的，还有一捆牧草。蹓蹄马嚓嚓吃得正香，王辉的铁刷子把它梳得又光又亮。

有女生喊："王辉，你那狗屁铁键把人害苦了。"

王辉把马蹄子抱在怀里，用石头"咣"敲一下，火星四射。

苏红奔出去。

有人喊："小心他拿石头碰你。"

苏红过去时，石头还在轰响，还在飞溅火星，苏红说："你想干什么？"

王辉松开手，石头已经碎了，像燃过大火的灰烬，他说："这是翔子的马。"

"你认识他？"

"我们打过架。"

"把你打惨了。"

"拥有这种马的人打我是我的造化。"马蹄子还在王辉怀里，王辉说，"这种马常年在石头上跑，它的铁是跑出来的，翔子肯定很着急。"

"我答应要给他送回去。"

王辉先上马，把苏红拉上去。

清朝末年，最早进入伊犁的维吾尔农民就这样子骑马的。

二转子丫头苏红就这样子端坐在王辉胸前，紧攀着马鬃向群山深处奔驰。

哈萨克人赶着畜群向树林里移动。

在草原与群山之间的砾石滩上，蹓蹄马踏起的火星汹涌如浪，远处的树飒飒响动。

石达坂平整辽远如同蓝天。他们已经感觉到大风了。蹓蹄马仿佛激流里的鱼，原地打转，蹄下的火星子弹一样射向四面八方。风低沉而猛烈。他们说不出话，呼吸都很困难，马把他们驮上一面斜坡，一道石壁挡住大风，他们勉强睁开眼睛。

他们看见翔子俯在山谷的石头上，石达坂凹下去的地方刚好塞一个人，劲风由头顶而过，翔子埋首于石缝间，像圣徒在祈祷。苏红喊了几声，声音跟怯弱的小鸟一样盘旋于自己的耳畔，根本飞不出去。她只能跟王辉说话，她告诉王辉：翔子就生在这里。

"他那么专注他在找什么？"

"玫瑰。"

"就是你采的玫瑰？"

"我为什么把它带回学校?"

"我们都听见了玫瑰的爆炸声。"

"男生楼也能听见?"

"我们以为是打雷,雷声不可能有芳香,那么香,我们都咳嗽打喷嚏了。"

"那是他最需要的玫瑰,我为什么要带回宿舍?"

"你已经回到这里。"

"没带来玫瑰。"

"你就是玫瑰。"

"你说什么?"

"星星从马鞍上升起,玫瑰照样从马鞍上升起。"

翔子做完他的功课,就像读完了那部大地之书。他的目光从大地深处,从石大坂投向山顶,骏马和骏马背上的少女迎接那目光。

风依然那么猛那么紧,声音根本飞不出去,声音只能待在喉咙的鸟窝里等待阳光明媚的时刻,而目光却是无穷无尽的,目光跟鱼一样静静地从劲风中游过去。最亮的星星不用铁锤不用马蹄子,它们自己从自己的灵魂里冉冉升起,自己向自己的灵魂高地呐喊冲锋。

少女苏红拉住缰绳,汉人父亲俄罗斯母亲的血液所汇聚的神力,注定要冲破最后的羞涩,冲向女性的高贵。

王辉悄悄退下,等待苏红纵马而下。

中亚腹地的春天从来都是迅猛而短暂的,一种比少女之春更迅猛的力量从山谷那边汹涌而来。所有的人都僵硬在那里,群山也僵硬了。数万匹野马组成的大军呼啸而来,铺天盖地,势不可当;万马迸溅的火星形成强大的星云,奔驰于群山之间,成为白昼另一种光明。

翔子欣喜若狂,一跃而起。苏红意识到什么,她来不及策马,马就把她颠到地上,狂奔而下。它必须在野马群到来之前驮起它的主人。它几乎与野马群处于同样的距离,它疾如闪电,如同一个星座冲向另一个星座,它冲击的是一条辽阔无比的巨大星河。它汗流如注,热气蒸腾。就在它与野马群相撞的一瞬间,主人兀鹰一般凌空而起,落在它的背上。野马群铺天盖地。蹓蹄马和主人犹如水归大海,他们留在大地最后的感觉是一种庄严的回归。

那是我出生的地方。

母亲生我就像生一座山。

你所采集的玫瑰是我的热血所溅。

从热血里升起的将是最大的生命之欢。

野马群消失了。天山达坂一泻千里,直入云天。

苏红喃喃自语:"那就像飞机跑道,它们就这样飞走了。"

"它们本来就是天马。"

"它们在天上踏出火星吗?"

"天上的星星就是骏马的蹄印。"

无边无际的秋天

牛在坡底下吃草，他在坡上睡觉。他睡得很踏实，他知道他能睡踏实。四野静悄悄的，群山草原还有蓝天上的太阳也是静悄悄的，他躺着的大石头也是静悄悄的。四野里有虫子的飞动声和秋虫的嘤嘤声，有牛吃草的唰唰声。他听着牛吃草才能睡踏实。

在他结实的睡眠里曾经刮过一场风。草浪翻滚，牛都挤在一起了，他还扯着鼾声。他的鼾声跟牛吃草一样粗重厚实。要刮风就让它刮去，反正他不醒来，除非下白雨。白雨能把他激醒。

他让白雨激醒过好几回。草原变天很快，刮风下雨都是眨眼工夫。有时天不变，太阳亮晃晃的，大雨就泼剌倾盆而下，草原顿时白茫茫一片，连太阳也泡在白雨里，就像装了玻璃灯罩。他从酣睡里蹦起来，像挨了一枪，身上冒白烟，雨水越浇冒得越大。身体全睡热了，跟烧红的锅一样，冷水一浇就热气腾腾。他就往山洞里跑，有时来不及就趴牛肚子底下。牛肚子热烘烘的，雨水再浇也是热烘烘的。他跟牛一样雨水浇不坏。浇上几回身体反而结实了，就像铁块淬了火。反正他是个皮实人，刮风下雨奈何不了他。但雨水却能打断他的瞌睡。在岩石或牛肚子底下躲雨时，他还在想睡觉的事情。躺在阿尔泰山的缓坡上，听着牛唰啦唰啦吃草，身上的毛孔就张开了，眼睛就闭上了。嘴巴张着，嘴巴里全是呼噜声，鼻腔里也是呼噜声。他就像秋天里的一只虫子。虫子叫着叫着就困了就哑了。人睡不困，人在睡眠里身体就变大变结实。他睁开眼的时候，群山和草原也睁开了眼睛；他爬起来的时候，群山草原也从地上爬起来；他往牛跟前走，群山草原也往牛跟前走。他的脑袋很大身体很大脚手也很大，他的耳朵就像从地上扯下来的，他的耳朵差不多就是一大片草原，牛吃草的声音稍微弱一些，耳朵就感觉到了。他就醒来了。他走到牛跟前，他压一下牛肚子，抓一下牛奶头，都是硬撅撅的，跟充气很足的轮胎一样。给车子打完气就要压一下轮胎，不是自行车轮胎，是那种大型拖拉机的轮胎。

他倒退几步，牛肚子圆浑浑的，圆到极限时就猛然挺起一对大奶头；在极限外又出现一个新的高度,就像高原上的群山,那些雄伟高大的山脉几乎都在高原上。

他和他的牛就站在阿尔泰山高原上。

他从阿尔泰的缓坡上走下来,坡下是辽阔的草原,奶牛就像造山运动中猛然崛起的山峰,那么雄伟地站在那里。他有些吃惊。牧草把牛撑得那么圆。牛从天亮吃到傍晚,就把自己吃成一座山。他望着这座山常常感到吃惊。

好多年前他还是个孩子,他把牛赶到草地,他就趴在地上一动不动盯着牛肚子。牛肚子和牛奶头都是瘪的,凹下去很深。牛脊背牛脖子牛尾巴是黑的,牛肚子是白的,奶头是红的,奶牛就像一张拼贴画。他就盯着画上的肚子和奶头。他耳朵里全是牛吃草的唰啦声。牧草碎成碧绿色的汁液,很欢畅地流动起来,越流越宽阔,越流越深沉,他的耳朵就像树叶被绿色河流漂走啦。他眼睛盯着这条汹涌的大河;河快要流不动了,草原上的河都是这样,动一下都很难。河好像睡了,睡得很死,听不到那种雄浑的唰唰声。他瞪大眼睛,抓一下耳朵,耳朵跟鸟儿一样让他逮住啦,捏在他手里,他使劲捏,把耳朵都捏瘪了。耳朵慢慢弹起来。他又抓眼睛,差点把眼珠子搓出来。牛不吃草了,脑袋从草丛里升起来,嘴巴还在动,里边微弱的咀嚼声;他再也听不到那种雄浑辽阔的大河之声了。牛静静地望着他;他从草丛里爬起来,牛就不望他了,牛就往回走。他跳起来大声吆喝,用鞭子抽石块扔,牛不紧不慢往回走。他妈在村口等他回来,他奔过去哇一声哭了:"妈,牛病啦,牛没吃饱就往回跑。"

他妈说:"牛很健壮,吃得很饱。"

"我没眨眼盯着,牛肚子没圆起来。"

"傻儿子,牛肚子盯不住,"他妈说,"你就是我没留神长起来的,就像昨天刚生下你。"

他妈提着桶去挤奶。奶水很足,在桶里发出很大的响声。他看好几遍就是看不出来牛肚子牛奶头有什么变化。他妈说:"乖儿子睡觉去吧,你就是在我睡熟的时候长大的。"他妈说:"庄稼晚上长个子,山也长个子,它们都在人睡觉的时候长。一觉醒来世界变了,生活才有意思,乖儿子好好睡吧。"

他好好睡一觉,睡得很踏实。

他把牲口赶到草原上,他就到山坡上找一块石头躺下。他躺在阿尔泰的胸口上,他很喜欢阿尔泰山灰蓝色的山体。

从村庄里出来,大地就缓缓升起,一直升到群山的胸口,在那里隆起一种世所罕见的高贵和美。牛群到山脚就不动了，很自然地散开在牧草里。

他上到坡上，先坐着。他听见一种柔和的声音，躺下吧！他几乎不假思索，就顺从了那柔和的声音，他就把自己摊开。一定有谁对太阳这样说了，太阳大咧咧地摊在蓝天上，天那么蓝，平坦而辽阔的天空要比阿尔泰山深一些，那种很清纯的蓝色，就像淬了无数次烈火的钢，只有秋天的阿尔泰才能锤炼出这么纯粹的蓝色。太阳走到这里，就会不由自主地躺下。太阳在别的地方风风火火忙忙碌碌很累，到阿尔泰，正好赶上群山和草原的黄金季节，太阳一下子就放松了，展开手脚很辽阔地躺下，鼻腔和喉咙发出欢畅的呼噜声。太阳睡得那么踏实，那么自信，牛哞马嘶羊羔咩咩秋虫嘤嘤它听不见，它连梦都没有。天空在如此辽阔的寂静中与四野融合，变成优美的穹庐。牲口就像在蓝色的梦中，嚓嚓的吃草声就像梦呓。天地变小，小成帐篷。牲口却雄壮起来，跟山一样。

牛是这样一种牲口，它最雄壮的时候，脑袋也不会仰得很高，顶多跟肩膀持平，平视前方。草就显得跟树一样。牛很平静地看这么一棵草，那棵草晃着晃着就不动了。高大起来的东西是不容易动的。牛不吃草，牛看草，牛把每一棵草都看成树。阿尔泰的草长得这么好，就像从牛眼睛里长出来的。草长成树牛就不吃了，留着明天吃。牛吃到嘴里的永远是小草，留给明天的永远是大草，像树那样的大草。牛把肚子吃圆把奶头吃成一座山，牛就感到世界上所有的东西都大起来了，都是圆浑浑硬撅撅四棱上线的高大建筑。牛很固执地这么感觉着，天就变小了，地也变小了，太阳就躺不住了，太阳就坐起来，看着那么雄壮的大奶牛太阳也有些吃惊。

太阳看见牧人从坡上走下来，走到奶牛跟前使劲压牛肚子，使劲抓牛奶头。他刚睡醒，却一点也不吃惊。他那么自信。

他赶着他的牛往回走，他知道牛驮回去的是什么。牛把整个草原都驮走了。牛蹄子踩过的地方发出咚咚的响声，地上留下很深的蹄印。

太阳一下子失神了，漂亮的大眼睛只剩下好看的轮廓，就像拔掉萝卜留下的坑，太阳显得很空洞，太阳竭力地掩饰自己，红起来的只是一团虚火，像害了猩红热。草原上空布满乌鸦，鸦群朝向太阳，像轰炸机群，一枚枚高爆炸弹向太阳投去，天边火光闪闪。

他跟在牛群后边，牛蹄子轰隆隆把大地都震裂了。牛群跟坦克一样滚过原野。
太阳快要沉下去了，鸦群紧追不舍，拼命地往那里丢炸弹。太阳还能出来吗？

天地突然静下来。乌鸦在太阳里垒窝,爆炸声就停了。

天暗下来,牛奶头亮起来,牛肚子像挂了两排红灯笼。

进了村子,有些牛开始撅尾巴,牛粪叭叭落在地上,摔成饼子。牛粪很亮,呛人的臭味里还能分辨出牧草新鲜的气息。牛粪保持着秋天牧草的黄绿色,绿中透黄,亮晃晃的,一路摔过去,就像给村子安了一排路灯。有人偏不睁眼,踩在牛粪上,摔倒在地,连骂带笑往林带里跑,林带里有水渠,也只能洗洗手,屁股上的牛粪没法洗,就让它粘着去,就像军人穿的迷彩服。

村巷里全是牲口的气味。牛哞马嘶羊羔咩咩。脚底下尽是热乎乎的牲口粪。

进门时他跺跺脚。他媳妇在牛棚里招呼牲口。院子里放着一盆热水,一盒香皂。他洗完脸他媳妇就出来了,媳妇说:"快去吃饭。"他说:"一块吃。""我还有活别管我。"媳妇提着桶到牛棚去挤奶。

他就进屋子里。桌上摆着拌面和炒羊肉。奶茶在铜壶里,他倒一碗一口气喝干,开始吃饭。吃完饭,他就躺床上吃烟。电视开着他不看电视,他吃烟。他头枕在被子上,烟灰缸就在跟前,烟灰还是落到床上。他爬起来扑儿扑儿吹,烟灰飘起来落到地上。他躺下又点一根烟。鼻孔喷出的烟团青湛湛的,就像从肺里长出的叶子。他的肺很好,尼古丁对它无能为力,它反而让尼古丁长成一片叶子,青湛湛的,跟草原上的天空一样。胃里的食物在烟雾的熏烤下慢慢融化,就像一只小旱獭,笨手笨脚。旱獭笨就因为它太胖。他的胃就很胖。他必须吃好多好多食物才能满足这么一个胃。他内脏里的其他器官瘦而精干,唯独这个胃很富态,简直就是个地主。这跟他喜欢牛有关系。他从小就放牛,他是跟牛一起长大的,他的胃肯定模仿了牛的胃,一个消化,一个反刍。他半夜三更在酣睡中打嗝,媳妇以为他有病,非要他去医院。他去过团医院,那里离村子一百多公里,去一趟很不容易。去了也白去,医生让他做CT,CT显示的结果比牛胃还要好。他可以放心地吃东西了。他还可以尽情地吸烟。他能把尼古丁消化。瞧他吐出的烟,简直就像春天的嫩草,一片一片从鼻孔里长出来,从窗户里飘出去,天空一点一点把它咽下去。天空湛蓝。阿尔泰的秋天,无论白天黑夜都是一片湛蓝。

他躺在床上就能看见湛蓝的夜空。牛棚在前院,可以听见牛奶喷射到桶里的声音。奶水也射到桶壁上,后来奶水钻到桶底,奶水把自己淹没了。一只牛奶头能挤一桶奶,两个奶头就是两桶。媳妇很能干,蹲在牛肚子底下忙活一阵桶就满了。媳妇提上桶出来,身后一片灯光,看不清她的面孔,她头上扎着头巾,额发还是出来了，飘拂在灯光里就像篝火里飘起的火焰。媳妇把奶提到厨房，那口铁锅很深，牛奶哗地倒下去就像倒进地洞。

媳妇总以为他很累，其实他不累，他在草原上睡足了，睡得那么踏实，睡眠就像一柄铁锤，把他锤打得结结实实。他只想在床上躺这么一会儿，让身体压一压毯子和毡，让脑袋压一压枕头和被子，让床把他熟悉一下。他在坡上躺了一天，他背上全是石头的冰凉和坚硬，他腹上全是秋天太阳温馨的热浪，他往床上这么一躺，他就把他的影子拓在床上了，拓在被子和毡毯上了。他吃那么多烟，烟就像他的呼吸，烟把他的呼吸渗到屋子的角角落落，连地上的地鼠洞也弥漫着他的气息。他很满足地坐起来，把烟头摁在烟灰缸里，烟灰缸里满满的，他把这小玩意儿也喂饱了。他把这小玩意儿放在窗台上。他就出来了。他出来时没关电视，好像电视是个人，坐在客厅里；他也没关灯，灯和电视亮晃晃待在屋里。

他走进牛棚，媳妇说："你睡去吧，你累了一天。"

"我不睡，我看你挤奶。"

媳妇就朝他笑了一下。媳妇的下巴上有奶花花。媳妇低下头捋牛奶头。媳妇手上很有劲，往下捋，手指缝里就唰啦射出一道白线，捋一下射一下，一直捋到奶头嘴上，奶头嘴就像大拇指头，就像她手上新长出一个指头，奶水就从那里射出来。他就奇怪草汁是碧绿的，在牛身上过一遍就成白的，还会香起来。媳妇说："生牛奶有草腥味。"

"我闻不出。"

"你在野地待一天，鼻子不灵了。"

他摸摸鼻子，鼻子木木的，鼻子好像不是他的，鼻子还在草原上，在草丛里卧着，鼻子让浓烈的草香熏醉了，鼻子非在野外熬夜不可。他喝醉过，醉卧野地，天亮时媳妇才找到他。他知道陷入迷醉有多厉害，鼻子待在草丛里很安全。媳妇说："冬天可别出这事，冰雪可没有牧草那好脾气，冰雪会把你的鼻子掰下来。"

"冬天厉害，咱不惹它。"

"你就敢惹我。"

"你是我媳妇我不惹你谁惹你。"

"总有一天叫你惹不成。"

"到时候你吭一声咱就不惹你了。"

媳妇抬头笑一下："站着干啥？你爱吃烟就吃烟么。"

"吃饱了。"

"男人能让饭吃饱还能让烟吃饱？"

"我吃了一盒。"

"一盒算啥，不就手片那么大一盒么。"

"我不想把牛棚弄得乌烟瘴气。"

"你还挺讲究的。"

他蹲在奶牛跟前，他说："让我试一下。"

"男人挤奶人家要耻笑。"

"我不管这些。"他抓住牛奶头，他抓得很紧，"牛是我喂大的，我还动不成？"他抓的是个大奶头，媳妇还没挤这个奶头，媳妇刚把空桶搁在奶头下边，媳妇就往外挪一下，让他挤。

他抓过牛奶头可从来没挤过。牛奶头圆浑浑硬撅撅就像充气很足的轮胎，越挤越硬，越挤越结实。

媳妇捂着嘴笑："你以为那是女人奶头，爱怎么捏就怎么捏？"

他给媳妇一个脊背，他气咻咻的，出气很粗，汗都出来了，手指困得张不开了。他很吃惊。男人的手啊，怎么成这熊样子？他扳着牛角把一头公牛撂倒地上，把一匹烈马也能摔趴下，那些激烈的场面女人是见过的，女人笑："奶头是圆的，圆溜溜的东西倒不了。"他站起来踢了牛一脚，也不知踢到啥地方，牛没动弹。

"奶头是个球！"

"奶头是圆的。"

"我要一刀子把它扎破。"

"扎破就没奶了。"

"我不信。"

"牲口吃草是为了让人不吃草，难道你想吃草？"

"我只想扎它的圆奶头。"

"那你只能喝草汁你喝不上奶。"

"还是你日能，三弄两弄就把奶弄出来了。"

"要不要我教你？"

他笑一下，蹲在媳妇跟前。媳妇也笑一下："你今儿这么谦虚？"

"嗨嗨，你再说我就起来

202

"逗你玩哩。"

媳妇抓住他的手按在牛奶头上："上下使劲，上下，上下，让劲走一条线，不要歪歪扭扭。"媳妇拧他的手拧好几次，媳妇忍不住叫起来："笨蛋你真笨啊。"媳妇一连说好几次笨蛋，他叫起来："你不要笨蛋笨蛋地叫，我都不会动弹了。"媳妇就不再叫他笨蛋，媳妇柔声柔气叫他放松，活动活动手。他甩几下手，手指伸缩几下。媳妇摸他的肩膀，一直摸到他的背，他的背慢慢隆起来，跟深草里的牛脊背一样，黑乎乎透着那么一股威风劲儿。媳妇就摸那个最威风的地方，摸着摸着他就安静了，他的手也不抖了，牛奶头猛然一沉，原来那种随随便便满不在乎的顽劣劲不见了，牛奶头感受到了他的力量，力量从他的脚跟从他的腰背和胸膛一直到胳膊到手指尖，一股一股强有力地辐射出去，牛奶头上便涌起阵阵波浪，浪潮在他的手指下汹涌地往前窜动，手指就沿着波浪沉沉地压下去，奶嘴就像一个号兵，很嘹亮地张开了。奶水射到他脸上。他眼睛湿漉漉的，他哦哦叫着手不停地捋，满地都是白花花的奶水，媳妇身上也是奶水，媳妇说："对着桶对着桶。"他手里就像攥着高压水枪，他哈哈笑着把奶射到桶里，桶底发出空洞的嗡声，很快就有了节律，唰啦——唰啦——。他捋一下，仰头朝媳妇笑一下，媳妇脸上有奶水也有泪水，媳妇朝他点头。他跟小孩一样乐此不疲，他兴奋得直叫："我的手张开了！"

"你的手本来就张着。"

"手指头上有嘴，手吃奶哩。"

手肯定饿坏了，手很贪，扭来扭去往奶头里挤，一挤一捋，奶头就响起来，一股生涩而清冽的气息喷到他脸上，把脸都喷湿了。喉咙和鼻腔也感觉到生牛奶的气息。

"牛奶呼吸哩。"

"不呼吸奶就会变坏。"

"牛奶头天天喷你怪不得你这么滋润。"

媳妇笑笑没吭声。

牛奶头全都瘪下去了，跟空口袋一样吊在腿胯间。牛肚子还是圆浑浑的，太阳升起来的时候牛奶头还会圆起来。

"明天还放牲口吗？"

"还放，"他眼瞳里有一种神光，"让牛把草原驮回来。"他张开他的手，他的手刚刚尝到甜头。

203

他们原打算不再放牲口。他们已经割了好多牧草,草已经晾干,打成垛堆在木架上跟一座山一样。牛可以吃到明年春天。

媳妇说:"要放就放吧,牲口到草原上舒心。"

媳妇一直叨叨着要把牲口卖掉。挤奶是个苦活,也是让女人头疼的活。媳妇说:"多了你一双手,再养一群也行啊。"媳妇笑眯眯的。

月亮升起来。月亮那么饱满,硬撅撅的,在蓝色的夜空游动着。

"它就像咱们的奶牛,它把星星都吃光了,它还能吃到东西吗?"

"沙土缝里还有草星子。"

他曾在枯黄的沙土地带放过牲口。那是个荒年,牧草没长起来,草原枯竭了,好多人把牲口都卖了。他卖了一半心就软了。他是个软心肠的男人,他就把牲口赶到很远的地方去。大地上几乎看不见草影子,牲口跟土拨鼠一样在地上打洞,把嘴巴拱到沙土里捕捉草根。一棵棵草根把牛肚子撑起来,牛肚子圆浑浑的,圆到极限时猛然挺起一对大奶头,就像高原上崛起的群山,那些雄伟的大山几乎都在高原上。

回到村子,人们惊奇地围上来。

"噢哟,这牛把草原驮回来啦,秋天把我们都忘了。"

"秋天还在阿尔泰,"他告诉大家,"它另换了一身衣裳。"大家都笑了。

这个故事媳妇听过好多次,都是别人讲的。丈夫第一次给她讲这个故事,她感到很新鲜。好故事每次都能给人一种惊喜。她的记忆里很快出现那些故事的讲述者,最早是一个老人,后来就多了,有小伙子有丫头有小媳妇有沉稳的中年人。奇怪的是婆婆至死没提这件事。儿子所有的事情在母亲眼里都是正常的,不值得大惊小怪。婆婆大概就是这么想的。媳妇知道她要跟这个男人过一辈子,这个男人身上还会发生许多令人惊叹的故事。想到这些,女人就有些兴奋。女人说:"多养些牛吧,我喜欢牛。"

"女人啊总是没个准。"

"女人怎么啦?"

"我们煮牛奶吧,搁到天亮就变味了,金色的阿尔泰就变成铜的了,你不会让金子变铜吧。"

女人撇下男人,赶快去照看她的牛奶,女人是热爱牛奶的。女人架起柴火,那口大铁锅很快就沸腾了,热浪滚滚,奶香好似朵朵白云,蓝色的夜空很有吸引力,月亮一下子贴近窗户。月亮就蹲在窗台上，梦幻般的乳香缠绕着月亮，就像披了长长的白沙丽。

月亮是一点点离开他们家的，月亮跟鸽子一样，先跳到干牛粪堆上，再跳到草垛上，然后飞上天空。

女人喊一声："喂，月亮的翅膀是牛奶的。"

男人说："应该说是煮开的牛奶。"

大铁锅已经不沸腾了。女人把火捣灭，可她的面孔全是火焰的色彩。男人说："让它晾晾。"女人已经把手伸到锅里，女人尖叫起来，可她的手很固执地抓一把滚烫的奶渣子，边叫边捏，捏出一个黄澄澄的酸奶疙瘩。女人喘着粗气："你看你看，草原的金子。"他告诉女人："这是牧草最成熟的颜色。"

村庄的远方，大草原一泻千里，草浪滚滚，月亮就枕在金黄的草浪上，一起一伏……稍眯一会儿，天就亮了。

昆仑山上一棵草

不是三个兵是一部老片子。故事开始的时候他们离开昆仑山很久了。他们当中有一个人正在看这部老片子。他干的是文化这一行，就很容易看这些早被人们遗忘的老片子。他看得津津有味，看完后还意犹未尽，朋友就劝他再看一遍嘛，干脆制成光盘。朋友很尽心，《昆仑山上一棵草》就变成了VCD。VCD成了他的专利，老婆孩子再闹也没用。老婆就怀疑他有外心，那个女主人公是很有魅力的。老婆一下子紧张起来，紧张了好长时间没发现什么破绽。因为丈夫不但自己看，还要朋友再制作两套光盘，他要送给战友。他只有两个战友，一个在河南、一个在陕西。

光盘寄出半个月，估计战友收到了，他就打电话，陕西的老打不通。他家里没电话，打到村上还要等，等来的不是战友，是战友的邻居，邻居说战友赶集去啦，他大声问VCD、问《昆仑山上一棵草》，陕西老乡不懂VCD，听着就像喂你是谁？喂你是谁？是我是我，不是草，是一个兵，在昆仑山上当过兵，老乡知道昆仑山，老乡再也不知道啥了。挨屎的陕西娃，这是陕西战友的口头禅，他就爱听陕西方言挨屎的，他不爱听河南老乡的妈来庇。河南战友也在农村，可家里有电话，一拨就通，一长串妈来庇我操之后，河南战友告诉他：VCD到村子里了，在二叔手里。这好哇！老排长，不要高兴得太早，俺这二叔真真假假难弄哩，老排长你别急，着急没用，咱慢慢弄，不就是昆仑山上一棵草嘛，有人记着咱看不看无所谓，啥？不是咱们是养路工。1962年拍的，日他妈我还没生下来呢。话筒里就没声了。他看着话筒咽下最后一口气，变冷变硬。

他是1962年生的，那棵草也是1962年生的。陕西兵和河南兵要晚几年，他们生下来的时候，草已经长高了。他们没看过这部片子，他们离开家乡坐上闷罐子车，然后坐汽车，训练几个月又是长途跋涉，一直跋涉到边境线上，人烟越来越稀，只剩下一个排长两个兵，守着一座石头房子，四面群山围着，全是陡深的山谷和锯齿状的山梁，"挨屎的跟刺刀尖尖一样"。陕西兵手里的刺刀闪闪发亮，河南兵跟猴子一样乱窜，好奇得不得了。他是哨所的最高长官，他端着望远镜瞭望另一个国家，群山相连，实在看不出有什么差别，对方的哨所要远得多，陪伴他们的就剩下山峦和天空。

还有大风，跟大炮一样。他是本地人，这么烈的风他见惯了，陕西兵和河南兵趴在地上跟旱獭一样惊慌不安，大风怪叫时，河南兵实在忍不住了，就朝天空扫射，大风如雷，枪筒上像安了消音器，像在静夜里擦一根火柴。陕西兵夺下战友的枪，给战友嘴里插上烟，对上火，嘴巴就红了，跟枪眼一样一闪一闪。大风消失的时候，陕西兵跑出去看，一直攀到山顶上，大风在国界那边扫荡呢，灰尘跟原子弹的蘑菇云一样直直升起来，旋转着往上升。

陕西兵进门就问："你看那像个啥？"

排长说："那是旋风。"

河南兵说："像个大烟囱，冒烟呢。"

"仔细看仔细看。"

排长和河南兵端起望远镜看半天也没看出个所以然。

陕西兵说："那么粗那么壮直杵杵往天上戳把天戳成啥了？"

"到底是啥你说嘛绕什么弯子？"

"是个锤子么还能是啥！"

排长和河南兵面面相觑，排长说："你严肃一点。"陕西兵很严肃："农民把太阳不叫太阳叫日头，地上哪有这么大的日头，只有天上才有大日头。"

太阳，也就是日头被那挺拔的灰尘之柱高高托起，就像巨人的大手擎着火把。

陕西兵说："我丝毫没有亵渎神灵的意思，我把日头当爷爷哩。"

排长说："你用那玩意儿比喻太阳总让人不舒服。"

"这是人的命根子，我把命根子都舍出来了还能说我不心诚？你说我心诚不心诚？"

陕西兵严肃认真地问河南兵，河南兵跟他一样也来自农村，河南兵做证：在广大农村，农民兄弟们确实把那玩意儿当命根子。排长这个乌鲁木齐长大的城市兵被农村严严实实包围起来。陕西兵说："人的命根子再大也是个锤锤子，锤锤子嘛顶多钉个钉子。"

清晨，曙光初开，从昆仑山上可以看到世所罕见的瑰丽风光，冰峰，峡谷，奔腾的群山，陡崖和巨石，三个军人沿着山脊蠕动着。多少年后排长还能想象出这幅图景，就像从高空拍摄下的照片那么清晰。比照片有活力，更接近电影镜头。就在太阳飞驰而来的时候，三个边防军人耗尽了他们最后的力气，倒在大石头上喘气，那是多么平坦多么辽阔的石面呀，跟半个山坡连在一起的倾斜的一个大广场，太阳带着啸音滚滚而来，从他们的胸膛上轧过去了，血肉之躯顿成坚硬的石达坂，他们几乎同时斜起身子瞭望飞驰远去的太阳，太阳正在突破一道险峻的山口，达坂就是山口，是千年万年以前就形成的两座大山之间的凹地，他们目光所及，仿佛刚刚被太阳的伟力冲开。

"我们也去那里。"河南兵挎起冲锋枪一马当先，另两位紧随其后。他们是真正的勇士，置身于疆场去炸碉堡似的，不顾一切冲上达坂。太阳转到他们后边，从背影上投注大片的火焰，他们的影子在岩石上黑黝黝的跟古代的岩画一样。他们站在达坂上，就像有人给他们照相，他们调整着自己的表情，甚至流露出一点男人才有的羞涩。他们根本想不到是自己内心的眼睛在观照自己。排长后来整理这些生活片断时忽然想起心灵以及人的内在眼睛这类问题。排长的笔尖悬在空中，跟群山上空的鹰一样。

鹰是这样一种鸟，就像太阳脱掉的一件大氅，古代的草原汗王都披着这么一件威风凛凛的大氅，跟旗帜一样招展于烈风中。新兵训练时放过一部《吉鸿昌》的片子，西北军吉鸿昌就披着一件黑大氅，河南兵就嚷嚷那是俺老乡，一直嚷嚷到昆仑山上，当鹰出现时河南兵就一口咬定那是太阳的大氅，因为黑色的苍鹰正擦着太阳飞过去，远远居于太阳上方，苍鹰的头部被太阳遮住，太阳夹在那一双巨大的翅膀中间跟一颗大宝石一样。太阳奋力向前，鹰翅紧紧相随，且高高扬起。三个边防军看呆了，河南兵首先喊出来："太阳的大氅！"陕西兵说："我以为是吉鸿昌。"

"我操，不要挖苦人。"

都不说话，都仰脖子看天上，看蓝蓝的天上飘飘而过的黑色大氅，只有太阳才能配上这么华美的衣裳。

鹰会出现在早晨和黄昏，那时苍山如血，鹰翅就像锦缎，就像汇聚了古往今来大地所有的丝绸。

没有太阳的日子，鹰是铁青色的，跟铁甲车一样在辽阔的天空上奔驰，三个军人身不由己加快步伐。

第二天太阳出来的时候，陕西兵在外边撒尿，他赶紧背过身手忙脚乱收起家伙，钻进屋子净手。排长大惊，问："首长来啦？"

"太阳,太阳来啦。"

"不要紧张嘛!"排长满嘴肥皂沫子,胡子刮一半。

河南兵说:"看你羞的,太阳又不是大姑娘。"

"不能对太阳尿尿,阳气失了不得了。"

排长和河南兵恍然大悟,陕西兵是尊重太阳的。

太阳露出红艳艳半个脸,陕西兵就唱《三滴血》;太阳下山,他就唱《周仁回府》,粗脖子红脸,像喝了一碗牛血。

河南兵唱《朝阳沟》,唱《卷席筒》。

排长是新疆土著,世代居西域,他弄不清他是何方人氏。他欣赏部下的即兴表演,他的心思沉得很深,莫合烟从手指缝里烧过去烧出两道焦黄的槽,他没感觉到疼,他记得还有半截烟,他往嘴里送,送进去的是手指头,他始终没有发现已经失落的疼痛。他从来没有想过自己的籍贯,他听这两个兵站在昆仑山顶上扯嗓子吼秦腔唱豫剧,他就想起这个问题。他给自己的家族设想过好几种可能,汉唐屯田的中空戍卒?一身血债远离故土的大仇之人?躲避中原战乱的流民?抑或是古代的刑徒?父辈祖辈很少谈这些,跟他家世一样的土著汉民都不愿意提及那些古老的话题。他下意识摸腰间的水壶,那里边是烈酒,烈酒当歌,全压在肚子里,他就像被子弹打了似的,躺在大石头上。大石头突突跳,群山起伏如奔马,他两眼星光灿烂,扒开衣服他就感觉他的胸膛之门轰然打开了。那颗结实的心脏跟鹰一样一展翅膀冲上山顶,一直消失在深邃的蓝天里,太阳就像茫茫太空的一个驿站,他看得清清楚楚,他那颗孤傲的心在太阳的驿站里只歇了一口气,就一掠而过,向蓝天深处挺进……那么蓝的天,跟太湖一样。他身下的石头都变软了,跟阵阵波浪一样涌着他。

陕西兵不吼秦腔了,陕西兵躺在大石头上四肢摊开,眼睛里的白云跟羊群一样飘过来飘过去,他的手伸啊伸啊,他想把白云搂在怀里。

河南兵也守着一块大石头,他半躺着抽烟,烟屁股掉了一堆,汇聚起来的青烟就很壮观,好像石头着火了,有一团近似幻觉的白光在他眼前闪来闪去,跟白鸽子一样,还在咕咕叫,他就笑了。他家是烧石灰的,把青石烧透,青石就成白的,白生生的生石灰浇上水就热气腾腾就咕咕响跟一大群鸽子一样。妈来庇老子把昆仑山烧成石灰!他狠咂一口烟,烟就起了火焰,他又噗噗吹灭,烟么,又不是火把,细溜溜冒青烟才是好烟。

那个可怕的事情出现时他们没有任何感觉，谁也不知道戏文会中断，无论是炸雷般的秦腔还是诙谐的豫剧，一下子变哑了。当时他们正穿越一条大峡谷，声音被那巨大的谷地吸进去，群山寂静无声。他们竟然没有意识到这要命的寂静。他们只当是自己累了，他们累得够呛，眼睛都呆滞了，像戴了眼镜。他们走路有点摇摇晃晃回到小小的营地。营地虽小，也是个军营，门口有个五六米宽的小操场供他们操练。他们收兵回营，目光跟倦鸟一样全落在小操场上。太阳在山那边拼命奔逃，往山沟里逃，霞光一下一下沉落，全沉下去了，山峦忽一下高到天上，他们的目光哗啦啦倒灌下去，全都是软绵绵一大堆，他们睡在自己的眼瞳里，跟张飞一样睁眼睡觉。月亮挤出云层，昆仑山的月亮跟磨盘一样，嚯——嚯——转动着，磨道里响彻着长夜的大风。风里透亮透亮的，跟冰一样。陕西兵在梦中跑到外边撒尿，尿水水银光闪闪，就像往外倒啤酒，白沫子在月光地里吱吱响，陕西兵的脸上一团蓝光，他在神秘的蓝光里瞪着眼睛看那沉睡的昆仑山，他想起自己也在睡眠里闯荡，他扭头就走，一直走到睡眠最深的地方，呼噜——长扯一声就彻底沉下去了。早晨起来满嘴涎水。他只说了一句话："我梦见有人往我脸上撒尿。"排长说："我没撒。"河南兵也说没撒。他们酝酿了整整一夜，正要出去方便。陕西兵出去吐涎水，发现地上的湿印子，就说是月亮尿的，月亮是女人，女人在营房门前尿尿，尿水水溅到我脸上。河南兵在坡下边踏踏完了，系好裤子上来说："女人尿尿不吉利。""咋不吉利。""她要封你的嘴。"

他们还没有觉察到危险。

灾难首先落到陕西兵头上。太阳把石头烤热了，他们就在热石头上睡觉，他们不知道他们的身体跟石头亲密到什么程度。排长后来记录这些片断时把原因归结为哲学原理，那是他在军校学的，叫量变到质变。陕西兵最终完成了质的飞跃。你想想，从远古的戍卒到人民的军队，多少边防军人在这块石头上坐过躺过，陕西兵就凭那石头的热乎劲儿，就像坐在老家的热炕上，他盘腿而坐，屁股底下压着一团热，太阳被堵在里边，太阳乱窜，太阳发现有个洞就往里钻，那正好是他的屁股眼，太阳夹在屁眼里进退两难吱吱哇哇乱叫唤，一股股热流从屁眼里窜上窜到头顶，额头亮晶晶的汗冒出来了，头发梢梢上都冒热气呢，他扒下军帽，让汗水冒出来，让热气冒出来，出一身汗浑身舒坦。石头，挨尿的石头！石头你冒汗哩。日头，挨尿的日头，日头你冒烟哩。腾愣一下，他身体里奔出一股邪劲，他嗓子压低低的，他丝毫没有亵渎太阳的意思。他很深情很庄重地小声嘀咕，他甚至有点胆怯，他小心翼翼闭住呼吸轻轻地说："我日你哩。"说毕，他就被焊在石头上。石头是软的，跟泥一样，忽闪忽闪，石头忽闪哩，他跌下去又升上来，像辘轳在绞他，下到深井里又被绞上来。昆仑山，这就是昆仑山，群山围在他身边，群山是躺着的，他很吃惊。他弄不清到边防哨所几年了，今天才发现群山很辽阔地躺在他身边，那些陡峭的悬崖跟蜗牛触角一样全收回去了，流露出来的是柔嫩温和的蜗牛脑袋，他总感到此时此刻的群山是一群爬行在湿地的美丽无比的蜗牛。他伸出手，像小时候一样，在老家的河湾里，伸手迎接蜗牛，蜗牛爬到手上时那水一样娇嫩的肉体让他发抖，他嘴角抽动，他身上的筋嗡嗡响快要崩裂了……从渭河滩爬来的蜗牛一直跟着他，这是他没想到的。他没想到世界上有这么大的蜗牛，跟坦克一样，整座昆仑山向他走来，他的手他的怀抱他的一切全都去迎接那缓慢而迅猛的柔嫩……他不知道自己嘀咕了一句什么，耳朵没听清心里却清清楚楚：昆仑奴，就是昆仑奴，昆仑奴从他嘴里钻出来。他并不知道那是一个古老的字眼，是排长费好大劲才搞清楚的。他只知道蜗牛。蜗牛爬上他的手指爬上他的手臂，他把娇嫩的昆仑山抱在怀里，他心里荡漾起大海般迅猛而辽阔的柔情，他连女人想都没想过，他就有了父亲的感觉，那是一种奇妙无比的感觉，他竭力在延续这种感觉。

　　他听见排长说什么了，他也听见河南兵的瞎嚷嚷，他耳朵特别好使，你们喘口气我都清楚。他要回答人家时遇到了麻烦，他的舌头比蜗牛还蜗牛，半天吭哧不出一句话，尽是一个词：蜗牛，蜗牛。他一急之下开始比画，从手到胸口，他比画着一个非常庞大的东西，他跟哑剧演员一样身子一仰，真心实意地躺在地上。河南兵给他喂水，排长给他找药，药片送到嘴边时，他的喉咙里很艰难地爬出一个词：昆仑奴！河南兵不懂这是什么意思，扭头看排长。排长说："这是传说里的古代英雄。"

　　在以后的两天里，排长和河南兵也成了哑剧演员，比画一下就能交流，很自然，好像语言是多余的。顶多喊出一个单人的字或词：喂，或者外边、里边、太阳、山、黑了、明了、吃、睡、起等等。一把无形的锉刀剥掉语文的外壳，露出精致的内核。

　　他们很少说话了。

　　他们默默地巡查界桩，仰头看天，眺望远山，一个目标会牵住目光牵很久很久。

陕西兵挺着光头，在石头上坐了整整一天，他身边有一壶水，有一包压缩饼干，他的光头跟石头是一个颜色，白花花的阳光碎落下来，太阳被风化了。

河南兵看到这一幕，忍不住背过身，胸中涌起无限的悲壮。那一刻，他还记得他是个战士，他提上枪，他走到战友身边，好像战友已经壮烈了，他朝石头开了一枪，那地方溅起一团火星，昆仑山睁一下眼睛，就归于沉寂。陕西兵一动不动，就像坐化的高僧。河南兵说了一个完整的句子：

"喂，喂，你是唐僧。"

陕西兵朝他笑一下。他跟兔子一样跃上山坡，冲进房子，对着排长喊："喂喂，他是、他是唐僧！"

排长头伸到窗外看一下，慢慢地收进硕大的头，排长的头正在变大，因为排长想到了问题的严重性——他们正在丧失语言功能。

那是一次很疯狂的行动，排长带着河南兵冲过去大吼大叫，好像他们的嘴巴是大炮是机关枪是冲锋枪步枪手枪……兵器越来越小，舌头如辙中鱼，相濡以沫，三个人彼此相望，只有大声地喘息。

排长说："你。"

河南兵说："我。"

陕西兵说："他。"

他们反复说这个最简单的词，就像救命的稻草，舌头紧贴不放，咬住这个关键词，河南兵很勇猛地说出自己的名字：

"刘勇，刘勇。"

陕西兵紧随战友身后开了很响亮的一枪：

"锁堂，锁堂。"陕西兵两天后才想起他姓张。

排长喊："王建新。"排长叫王建新。

他们就大喊刘勇、锁堂、王建新，交叉着喊，换着喊，这三个名字很快成为他们共同的符号，喊任何一个，大家都点头。三个名字摞在一起跟一座山一样。他们的名字最终救了他们，不至于被淹没。他们还在原来的地方，那地方却给人一种岸的感觉。

早晨睁开眼睛先喊一遍，刘勇、锁堂、王建新。第三天陕西兵将战线往前推了一大步，他恢复了张锁堂。阵地扩大了好几米，这在昆仑山上是极其罕见的，大家举杯庆贺，打开了一桶牛肉罐头，排长很天才地喊出："战役，胜利！"倒满白酒的搪瓷缸子咣啷碰在一起。这天晚上睡觉前，他们例行一次刘勇、张锁堂、王建新，新名词奇妙无比，从刘勇到张锁堂到王建新，也是他们的身高次序，河南人刘勇瘦高，陕西人张锁堂胖高，乌鲁木齐人王建新简直就是那座博格达峰又粗又高，又是排长，很天然依地势而成峰顶。排长王建新转业到地方后，常常开会布置会场，领导的名次排列让他很不习惯，高山前边都是土丘和沙包啊，他就很怀念在昆仑山的日子，一座山拥着一座山直到苍穹，他——排长王建新被两个强壮的兵拥戴着，享受着蓝天之下大地之上罕见的高度。刘勇、张锁堂、王建新，多么科学的一个生命结构！

在名字之后，他们试图扩大阵地，把脑子里能想的词都挤出来了，都是一些没意思的废话，谁也没想到最后挤出来的是粗野的脏话，河南兵先喊："我操你姥姥日你妈妈……"

陕西兵："驴日马下老鼠把你养大……"

排长："毛驴子，牲口……"

他们面红耳赤，像喝了酒。在废话脏话之后，滚动在舌头上的依然是昆仑山、太阳、风、石头、鹰、雪，最后是水、饼干、罐头、牙膏、肥皂、帽子、鞋子等等，都是身体能接触到的东西。名字是很抽象的词，过了很久才翩然而至，跟冥冥长空里飞来的白色鸟一样，令他们激动不安，他们担心姓名之鸟飞走，他们跟圣徒一样净手净心，高举双臂，仰望蓝天、昆仑山上空的天啊，雄奇的群山在这里把天撑得特别辽阔，在以后的岁月里他们从未见识过这么辽阔而倾斜于眼瞳的蓝天，天几乎贴在他们脸上，飘过来的不是白云，是他们的名字：

是刘勇

是张锁堂

是王建新

排长后来成了作家，排长在昆仑山上干了九年，以副营职退役，回到故乡乌鲁木齐，便疯狂地爱上了语言。昆仑山上发生的故事就像梦幻。比梦幻更遥远，那里远离交通线，离最近的兵站也要走两天两夜，大雪封山七个月，封山前要囤积七个月的给养。

我们还叫他排长，这个职务印象太深了，他开始用笔想念他的战友，他真正的

213

作家生涯是从这里开始的，在他的想象里，河南兵和陕西兵应该这样生活着。

事实证明他们确实是这样生活的，几年后排长到内地开笔会，绕道看望两个战友，目睹了他们的生活，彻夜长谈，确实如此，不存在虚构的因素。

陕西兵张锁堂回到渭河北岸的黄土塬上，蹲在地里一声不吭闷头干活，跟人说话结结巴巴，待在地里他就轻松了。哥哥嫂子一下子被解放了，别人都说他们家有了一头牛。后来大家就不叫牛了，叫拖拉机。张锁堂往地里一蹲就是一整天，嫂子把饭送到地里，等于给机器加水，机器吃饱就突突突钻进地里。机器不但能干活，还能看书，大家都看种辣椒的书，科技人员反复讲解，还是种不出好辣椒。张锁堂把书捧到手上，捧了一礼拜就明白了。他说他明白了，没人相信，他哥他嫂都不相信。他也不多解释，他跟人说话都是枣核车板——两句（锯）。他的辣子长出来，硬撅撅像牛犄角，大家知道他确实把书读明白了。他们家开始有钱，钱来得太突然，关键是张锁堂能种辣子不能管钱，钱在他哥手里。他哥第一次拿这么多钱，吃饭时连筷子都不会拿了，甚至连路都不会走了，老婆就骂你想坐车就吭声，看把你张的！他哥张了半年，张到冬天，寒风一吹，手脚才变利索。复员军人张锁堂不止一次听村里人指点，大家发现这人是个木头。"简直是昆仑山上的石头。"大家都把他当石头。可他又不是一般石头，他往地里一蹲，种啥成啥，就有人给他说媳妇。他哥他嫂也想这个事，弟媳进门麻烦就大了，他哥他嫂就狠劲地想这个大事情，两口子种地一般，想大事情却想得很透。说一个媳妇，时间不长就莫名其妙地黄了。老娘很着急，张锁堂也急呀，不想媳妇是假的。越急越成不了，他的话越来越少，见女子面点了头，就不知道说啥好，女人太神秘太复杂，比守边防艰难也比种地艰难，他犯这个愁。他就扎在地里，土地能安慰他，红辣子绿辣子跟子弹一样跟娃娃尿一样，挨尿的就是没个聪明女子，天下女子都是日他妈瞎子。他就往嘴里塞一根辣子，咽下去，他整个人就红起来啦，比烈酒还要猛。他就疯狂地使蛮力干活，地是软的，他爱咋弄就咋弄，他就平静下来。

他想他的战友刘勇，河南人刘勇在昆仑山的岩石上刻了许多钱币，跟真的一样，刘勇给自己刻满满一条山沟，给排长和张锁堂也刻了满满一沟。刘勇拍拍手："慢慢花，一辈子花不完。"挨尿的河南担给咱弄上一担钱啥！张锁堂压根就不知道钱攥在自己手里。

好几年过去了，婚事没有着落。辣椒的收益越来越大，他哥想停止这个游戏，总不能让弟弟不成家吧，可到了收获季节就由不得自己啦。最近这段时间，两口子在琢磨万全之策，村里人背地骂呢。兄弟找上门来了，结结巴巴要买东西，听半天是VCD。他哥他嫂松一口气，不用兄弟操心，他哥亲手办理，电视加VCD搬到兄弟房子里，同时也让兄弟在协议书上签了字，兄弟意识不到自己放弃了多少权益，兄弟沉浸在遥远的昆仑山上。这些权益是他结婚后媳妇告诉他的，媳妇还告诉他最关键的一条，老娘跟哥嫂过日子，这叫"挟天子以令诸侯"。兄弟听不懂这个古老的语言。媳妇就抱怨他：你对你娘就像在昆仑山上放哨。他哥他嫂就利用他这一点。

分家过日子，但哥哥经常来发布老娘的最高指示。日子就这么过着。

一盘VCD，河南兵刘勇没回事。父亲接到包裹单，碰上二叔上街就让二叔捎回来。刘勇就莫名其妙地陷入迷宫，我们现在也弄不清他找到没有。他问二叔，二叔也说不清，邮局的单子上有二叔的签名，但也不能证明VCD就在二叔手里。二叔说半路托人捎回了，那个人又有了新说法。二叔是这样的人，你问二叔赶集去不去？二叔说不去，你在集市上又能碰到他。陌生人问二叔："你是哪儿人？"二叔会谈一个他自己都搞不清楚的地名。有时连二叔自己也稀里糊涂乱走，真正的家乡刘家店就迷失在记忆里，二叔曾经让警察送回来一次。刘勇回想起这些就彻底绝望了。

他抽着烟，回忆昆仑山。老婆劝他："给老排长打个电话另要一套，你要为难我来打。"

"不是这么回事。"

"你是不是让昆仑山给摧垮啦？"

"是给摧垮啦，垮掉的是另外一些东西。"

刘勇给老婆讲那些留在岩石上的画，有些是他的作品，有些是陕西兵张锁堂的杰作，老婆听出味了："画这个呀！"在刘勇的叙述里，那些袒露在岩石上的红彤彤的男性生殖器毫无邪恶之意，他在倾诉一种赤诚，他在洗涤这种生命之根，在他的低声诉说里，老婆渐渐安静下来，老婆也忍不住说出令人惊心动魄的话：

"我以为，我以为那是个脏事。"

在刘勇所讲述的昆仑山大峡谷，在一泻千里的辽阔岩石上，语言已经没有任何意思了，从士兵的生命里很自然地跳跃出最诚挚的情感。

"我和排长很羡慕他,由这个家伙创作出这幅画。"

他们下山时在岩画前合了影,照片在相册里。刘勇的老婆一直以为是原始人的艺术,刘勇从来没有给她解释过。在那里待过的人不善于作解释。

排长在山上多待了5年,排长送他们下山时特意拐进大峡谷。外边的人不明白这是何意?当三个军人从石头缝里走出来时,人们马上想到《西游记》里孙猴子从石头里蹦出来的情景。

排长九年后回到乌鲁木齐,排长还记得他下车后的情景。他家挨着小学校,他听见孩子们的琅琅书声,他仿佛听到天籁之音,仿佛回到人类之初,他没有回家,他跟傻子一样走进小学校,走进教室,坐在后排,跟着孩子们一起朗读。女老师一惊,很快平静下来,带着微笑领孩子们朗读,也领着这个风尘仆仆的老兵朗读:

"一大滴松脂从树上滴下来,刚好落在树干上,……最后积成一个松脂球,把两只小虫重重包裹在里面。"

附　录

在神性与诗意之间叙事

红柯是陕西宝鸡岐山人，1993年文坛曾刮起一阵以陈忠实、贾平凹为代表的"陕军东征"的旋风，但红柯并不在其列。他的出名要到3年以后。1995年底，红柯告别了工作10年的伊犁，返回故里宝鸡。1996、1997年，他以《奔马》《美丽奴羊》等带有新疆风情的小说崭露头角，其中不难察觉作者早年的诗歌素养，那不重情节、策力于想象、梦幻跳跃又元气丰沛的笔致自成一体，与稳重厚实的"陕军"作品相比，仿佛横空出世的"异数"。

"异域"的生命寻根

将红柯与早期的沈从文相比，可能更有助于我们走近红柯的单纯。红柯与沈从文在《神巫之爱》《龙朱》等篇中对苗族自由、野性生活不遗余力的渲染和赞美甚有相通之处。若承认沈从文标举的湘西人性旨在针砭失血怯懦、狡诈虚伪的国民性，并给客居城市的自我打气，那么红柯的新疆世界是否也有潜在的作为精神参照系的意味？红柯曾说："我所有的新疆小说的背后，全是陕西的影子。"

红柯在《西去的骑手·自序》中曾述及回返内地后的不适与狼狈："内地哪有什么孩子，在娘胎里就已丧失了儿童的天性。内地的成人世界差不多也是动物世界。回内地一年以后，那个遥远的大漠世界一下子清晰起来，群山、戈壁、草原以及悠扬的马嘶一次一次把我从梦中唤醒。"由此不难理解红柯书写新疆时的过滤与净化。"陕西的影子"即当下的阴影，并扯动往昔的记忆，新疆成为其自我调适、游刃的"乌托邦"。一种精神与话语的异域探险和实践，其参照意义指向被现实驯化的自身及熟透的文学。

中国现代文学的发展流脉中，类似红柯的"异域"开掘有两次高潮：除了30年代以沈从文为代表的京派小说外，最近的要数20世纪80年代中期兴起的寻根文学。

无论是寻根文学、京派小说，还是红柯的新疆小说，在文化上都呈现出意味深长的"后撤"举措。在寻根运动中，涌现了诸多"异域"：阿城的山地草原，韩少功的鸡头寨，张承志的西海固，扎西达娃的藏地"香巴拉"等。不难发觉，红柯的文本与寻根文学在精神动因、审美倾向、主题呈现上存在诸多交错重叠：回归自然的冲动，对个体生命、种族生命的关注热情，以及对当下生存困境的解脱、超越，等等。在阿城的《遍地风流》中，我们甚至已领略了红柯式的苍鹰、骏马，它们的英姿同被奉为生命自由极境的表达。

在此，我无意把红柯的作品视为寻根的余脉或复兴，亦非要抹杀红柯的独特，只是提供一个看待红柯笔下新疆的视角。如果允许寻根不局限于文学口号和流派的分类，或许可以说：作为文本内在的驱动，红柯的作品贯穿了浓重的生命寻根意识。这种意识在寻根派那儿无疑也有，却不能贯彻到底，精英意识阻碍了他们。对寻到的文化资源一面暗自寄予希望，一面又怀疑批判，把中国保守愚昧的东西寻出来做靶子，结果"根"成了祸害。其间的逻辑如下：因为有这样的"根"，才导致中国落后于西方，导致"文革"的出现。于是，寻根的另类思维又回到了原先的意识形态。而红柯由于淡泊散漫，其追寻生命之根的意志要纯粹和坚韧得多，神话也就是这样追溯到的。

孤独、脆弱的神话

在这转瞬即逝的瞬间里，马鬃飘扬，一根一根清晰得像腋下的肋骨，从蓝色空气里显露出来，又直挺挺向四周伸展，跟高车的轮辐一样把奔马围成一个飞旋的力的轴心。马跑成了一个迅猛的圆，很快掩住了苍穹的太阳，阳光如同尘埃簌簌飘落。司机和他的车被马的神性唤醒了，匆忙向马靠拢。大灰马就像伟岸的父亲教幼儿走路，汽车步履蹒跚，大灰马很有耐心地牵它向前，向前……汽车就这样摆脱了幼稚的青春期，声音变得沙哑起来，脖子上暴起坚硬的喉结，浑身上下散出一股邪劲。

以上引文出自红柯的成名作《奔马》，是该篇给人印象最深刻的部分。让野性的大灰马与工业时代的"怪物"——汽车比拼、较劲，并占据上风，想象确实奇特而大胆。小说由此进入一种执着、神秘的语义甬道，虽然画面的实物异常简练：人—汽车—马，但感觉、意象却层出不穷，仿佛不惟此便不能弥补实物的匮乏一般。或者反过来说，正是现实的单调与缺憾，导致了想象的异变、发达。汽车染上了马的"邪劲"，马的身躯变成了钢制的汽车"轮辐"，这种把人、动物和自然浑然一体并寻觅其间内在感应的情节设置与意义增殖法，在红柯的小说中屡见不鲜。它不仅是单纯的修辞，更是一种文学思维的范式。在《乔儿马》《廖天地》《麦子》等篇中，这种局部的修辞术已演变为全部文本致力的主题：人如何在荒凉、险恶的土地上生存下去。在此，新疆的"异域性"已大大减弱，完全可用别个不叫"奎屯"或"阿尔泰"的、偏僻贫困的地方代替。其间的无名主人公（"他"）之所以能自得其乐、安贫超然，完全是因为他们和作者一样，掌握了一套和自然、动物"对话"的方式，在万物有灵的冥想感悟中消磨时光，把孤独和寂寞咀嚼成意义的圣餐。不妨再引《廖天地》中的一段，其中意义的衍生和辐射与《奔马》如出一辙：

  那是好多泉水汇聚的地方。他把手伸进去，可以感觉到泉水的跳动，跟小动物一样。他趴到地上，嘴贴上去，舌头伸进泉里，舌头就大了，跟鱼一样往深水里扎。他听见泉水"啊"了一下，他的舌头搅得更欢。泉水翻腾起来，他紧紧压着泉水，越压它翻腾得越厉害。他曾这样亲过一个女人，那个女人就成了他老婆。他手撑着地，舌头和嘴已经回到脑袋里，脑袋里有一团火焰。他身下是秋天无边无际的草原和草原上的一眼泉。他笨手笨脚起来，走好远，还能听见肚子里哐啷哐啷的泉水声，像个孕妇。他怀了大地的孩子，他很高兴。

人成了鱼，泉水化作了女人，人与自然投契交欢。这是红柯出具的极富浪漫色彩的、反现代性的生活对策，且不论其深刻与否，就其中蕴含的人与世界之间的想象性关联和构思来看，神话思维的意味是很明显的。

在此，神话和所谓"文学性"表露出有意味的纠缠。主人公在冥想的"独语"中获得了内心的平静与和谐，但这并没有触动他孤独的生存境遇。事实恰恰相反，浪漫的神话思维愈发加重了孤独、封闭的感受。除非不再思考，否则便免不了如下疑惑：这是解脱，还是自欺欺人的幻影？在自然中发掘休戚共生的精神纽带和维系，是意味着自我解放，还是投身新的囚禁？红柯本人对神话和童话评价甚高，认为它们在激发文学想象方面颇具功效，他说现代小说有向神话和童话回归的趋势，比如纳博科夫的部分作品，以及沈从文的《边城》《长河》等。

对此，红柯身体力行，《一把手》写保安人的英雄赫赫阿爷和波日季，完全是民族古老传说的笔致；《金色的阿尔泰》记述兵团人艰苦神圣的垦荒生活，每个人都操一口史诗语言，如同另一版本的《创世纪》；《树桩》更是一个货真价实的神话，一对男女在树杈上相恋，后来男人与树长在了一起。这类神异、荒诞的细节在红柯的小说中俯拾皆是，以至只有在神话的基础上，我们才能心安理得地接受红柯的作品。红柯似乎有意识地要唤起我们对神话的记忆，他作品中简单的人伦关系、人物的去名化、部分纯净的说故事的口吻语调，都让人产生神话的联想和错觉。

然而，红柯似乎低估了读者的阅读习惯。要产生情感的共鸣，读者天然倾向于对更多的现实成分的索取和确认，这是红柯的神话所不能胜任的。在自然冥想术的运作中，世界被摇动得色彩斑斓如万花筒，但还原过来却只有几片碎玻璃，像《奔马》中的人—车—马、《麦子》中的老夫妇与麦地、《过冬》中的老头和土屋。我并非排斥小说拥有神话的质素，像卡夫卡那样把人变成甲壳虫便是一个极具震撼的神话变形，他用神话的形式把现实中难言的异化、压抑、屈辱给具象和客观化了，神话与生活、现实与虚构在此融为一体。

而红柯的神话由于过分依托想象和人物膨胀的感觉，因而文本留下了一厢情愿、一面之词的印迹。在内容的某些衔接和转折点，顺手拈来的神话情节尽管温馨动人，但多少有些回避和美化严酷现实的味道，呈现出硬性的黏附与过渡。《白天鹅》里开垦白碱滩的兄弟二人终于等来了美丽的女人，这个皆大欢喜的故事和"天鹅要在荒凉的地方落脚"的童话结合在一起，两者互相印证。如同小说开头所说："从天山腹地起飞的一大群白天鹅穿越准噶尔盆地，飞往遥远的西伯利亚，理所当然要发生一些故事。"若不是这一天真神奇的希冀，很难设想小说将如何为继。

我不否认红柯回归自然的真诚，在他笔下的自然冥想中，人确有获得净化和解脱的可能，但这并不意味着它是抵达自由、幸福的唯一方式，更谈不上终极。这种环境本身、采取此种方式的人没有价值、文化、伦理上的优越性。正如我们无法选择一个身处边远之地、物质贫乏的人和一个在城里打拼挣扎、心力交瘁的人，究竟哪个更苦一样。苦难乃心造之境，执着其中便苦不堪言，对此，文学应该持有平等的仁慈。而红柯的热忱及拯救意识似乎更多眷顾的是边远之地的人们，一种潜在的二元对立的审美暗示，对内地、城里的人，红柯没有指出任何出路。是不愿，抑或无力？就文本的结果而言，无论在美学还是情感的版图上，我们都难以找到内地的位置。

神话里的"父亲"

加拿大学者弗莱认为，神话反映了原始人的欲望和幻想，神的超人性不过是人类欲望的隐喻性表达。

以《奔马》为例，初看起来，这仿佛是一篇召唤回归自然的生态小说。车马角逐、灰马像父亲般引导汽车的细节，容易招致上述解读。然而情节的发展却摧毁了这一理解格式塔。失控的汽车压断了马的后腿，司机情绪低落。妻子在一次骑马中鬼使神差地爱上了马。

此后，两人对神骏的记忆萦回不去，它们和夫妇间的性事交织一处，如同电影中的蒙太奇，只要丈夫对妻子说她是马驮来的，两人便能达到高潮。小说的结尾，孩子出生了，他的哭声像马的嘶鸣，那是"从大地深处蹿出的一匹儿马：雄壮、飘逸和高贵"。至此，一个新的意义脉络（格式塔）形成了。回归自然只是序曲和外在的凭借，《奔马》力图表达和张扬的是对雄性生命、对父亲的追溯和憧憬。

红柯后来标举的强悍、勇武的英雄美学在此已现端倪，但作为主人公的司机却并非英雄。小说写的是司机如何克服内心的恐惧和障碍成长为父亲的故事。较之以往的寻根运动，此处的追溯，民族启蒙的意味很弱，它更多指向男性精神危机的自救。在红柯看来，社会的最大问题在于对雄性生命的压抑和扭曲，男人不像男人。而解决个体危机和重建社会的第一步，就是重塑男人，让男人成为英雄和父亲。然而，这一过程已不能在现有社会中进行，只有借助自然的教化。

如同《奔马》中的司机，在与灰马的较劲中领受了野性的熏陶，神秘的雄性生命力从马传递到司机身上，再经生育传给儿子。儿子的出世象征英雄的诞生，同时标志着一个精神父亲的成熟。到此，安泰式的原型实现了。

由于《奔马》着力刻画的是司机这个普通人的体验，神话原型中古远缥缈的色彩被克服了不少。而《奔马》的魅力就在于用神话的方式来解决、而非简单敷叙甚为棘手的现实和心理问题时所产生的内部张力。小说惹人注目地将父亲和英雄的角色分摊在两个人物身上，一个神话在进入现代语境时分裂、变形的触目标记。父亲由凡人来担任，并充当凡人向英雄过渡的枢纽，它显示了主体对父权（伦理）秩序和权威的记忆与渴望，一种由凡入圣的僭越。毋庸讳言，与多数史前神话的特质类似，红柯的文本建构或者延承了一种相当纯粹的父权文化形态。它的真率、血质和阳刚气亦由此而来。在对父亲的塑造和幻想中，主体对自我和现实不满的郁结间接得到了释放。这或许是主体心仪神话的最重要的理由。作为对现实的必要妥协，神话中英雄的实现被推向将来（下一代），化作了撩拨人心的希望和承诺。

与《奔马》可作为姊妹篇来读的是《狼嗥》。女人被狼叼走，安然无恙地回来，但身上留下了狼的剽悍气息，每次与男人亲昵，对方总感觉在与一股神秘的力量对决。换句话说，只有战胜狼，或者把狼的力量消化掉纳入自身，才能实现男人的本色和功能。这与《奔马》的构思何其相似！在红柯的小说中，抵达男人或父亲的地位要经过一个特殊的成年仪式，即接受自然（包括动物和环境）的挑战和洗礼。它成为红柯文本里一个基本的原型结构。除了司机与马的赛跑（《奔马》）、丈夫与狼的较劲（《狼嗥》）外，孩子对鹰的模仿和迷恋（《鹰影》）、破冰人对冰河的开凿（《雪鸟》）等，都可视为这种原型的展开。

一种原始古朴的自然优选法。值得注意的是其间女子的作用。在男性的成年仪式里，红柯经常写到性爱，却毫无猥亵之气。很少有人能把性爱写得如此干净、质朴、坦然、明亮。这可能与红柯从神话中接受的父权文化秩序有关，女人在此的奉献功能已然命定。

红柯关注的兴奋点与其说是情爱的细枝末节或微妙情绪，不如说是对男人主动性的信念，是性爱启动的生命能量的沟通与交流（男人以此砥砺和保持自己的主体地位）。《狼嗥》里的女子为激发男人的雄性意志，竟杀死了她一度迷恋的狼。如是壮举并不改变她配角的地位，她只是依"法"行事，本能地效忠男人。

在红柯神话的情爱格局中，女人大多天然地崇拜男人、依附男人、栽培男人、浇灌男人，如同安泰脚下的大地（无独有偶，红柯描写土地时会惯性地采用性感的笔触，拓荒者开垦土地，仿佛在触摸女性的肌肤）。苏拉遭海布始乱终弃，却无怨无悔（《帐篷》）；骄傲的女记者被扎根新疆的大学生一举征服（《美丽奴羊》）。

这类情节在红柯的作品中出现频繁，现代小说以模式化的代价迎来了神话的荣归故里。《靴子》写旅店少女为醉酒的客人洗靴子时萌生的复杂微妙的情愫："靴筒里装着一个高贵的灵魂"，"靴子走进草原，在辽阔草原的至极之境，就是这个女人和她柔软的怀抱"。作者大约是要表达对雄性力量的顶礼膜拜，但初读之际，若不立时进入神话伦理的语境，上述细节和联想未免做作了些。

重塑男人和父亲在红柯的神话写作中是非常关键的一步，它为主体游刃于神话之境注入了必要的底气和自信。在此基础上，出现《太阳发芽》《跃马天山》《骑着毛驴上天堂》之类作品便顺理成章了。三篇小说都触及抗拒死亡的主题，这是在张扬雄性生命基础上逻辑的自然延伸。爷爷把厚厚的松木棺材看成猛虎、狮子和金色的骏马，仿佛不是棺材带他入土，而是骏马待他跨上去驰骋草原。《太阳发芽》用强韧的生命欲望消弭了死亡的恐惧与权威；马仲英就像传说中的不死鸟，他不断地死而复生成为阅读《跃马天山》的最大兴奋，文学因神话信念的注入变得年轻而有朝气；《骑着毛驴上天堂》以神话式的情节调侃死亡，老天爷派的死亡使者居然拿老人和他的倔驴毫无办法，老人最后定下协议："我不想活的时候就叫你。"死亡被生命的意志彻底打败。

也许你不能完全认同这类作品，却很难抗御那久违的昂扬、乐观的情绪。

李丹梦